무한 육각형의 표범

무한 육각형의 표범

초판 1쇄 발행 | 2018년 03월 20일
    5쇄 발행 | 2022년 11월 2일
지은이 | 박용기
펴낸이 | 최윤정
펴낸곳 | 바람의 아이들
만든이 | 강지영 박한솔 김재이 강보람 양태종
등록 | 2003년 7월 11일(제312-2003-38호)
주소 | 서울시 종로구 필운대로 116 신우빌딩 501호
전화 | (02)3142-0495 팩스 | (02)3142-0494
이메일 | barambooks@daum.net
제조국 | 한국
구독 연령 | 11세 이상

ⓒ 박용기 2018

ISBN 979-11-6210-011-0 44800
    978-89-90878-04-5(세트)

www.barambooks.net

「이 도서의 국립중앙도서관 출판예정도서목록(CIP)은 서지정보유통지원시스템 홈페이지(http://seoji.nl.go.kr)와 국가자료공동목록시스템(http://www.nl.go.kr/kolisnet)에서 이용하실 수 있습니다.(CIP제어번호:CIP2018004410)」

무한 육각형의 표범

박용기 지음

바람의아이들

차례

손혜승에게

VR 살인 사건

VR(Virtual Reality 가상현실)에서 세계적으로 인기를 누리고 있는 아이돌 그룹 살로메의 공연이 벌어지고 있었다. 남녀 9명 가운데 그룹의 리더인 루는 짧은 바지와 하얀 블라우스를 입고 춤을 추었다. 살로메는 8년 전 AR(Actual Reality 실제 현실)에서 가장 유명했던 댄스 그룹이었다. 그런데 공연 장소 이동 중 불의의 사고로 모두 목숨을 잃었다. 가상현실 그룹 살로메는 바로 그들의 이름을 땄다.

오늘 공연은 전 세계 약 3억 명의 네티즌들이 생중계로 보고 있다. VR 그룹 살로메가 8년 전 실제 그룹보다 훨씬 더 큰 인기를 누리고 있다. 빠른 템포의 음악이 흘러나오고 멤버들은 격렬한 춤을 추었다. 루는 춤과 함께 노래를 불렀다. 현란한 조명이 사방에서 번쩍거렸다. 객석에는 빛살에 반짝이는 수많은 관객들이 노래에 맞춰 몸을 들썩이고 있었다. 무대와 객석이 하나가 된 듯했다.

그때, 무대로 이어지는 계단 위로 한 남자가 불쑥 나타났다. 남자는 쏜살같이 무대 위로 뛰어올랐다. 건장한 체격에 검은 옷을 입고 후드를 덮어써서 얼굴은 거의 보이지 않았다. 남자의 오른손에 권총보다 조금 큰 소형 레일건이 들려 있었다. 남자는 번개같은 움직임으로 루에게 다가가 한 치의 망설임도 없이 레일건을 쏘았다. 루의 손에서 마이크가 떨어졌다. 오른손으로 가슴을 움켜잡으며 루는 털썩 주저앉았다.

남자는 한달음에 무대 아래로 뛰어내려 관객 속으로 사라졌다. 순식간에 벌어진 일이었다. 음악이 멈췄다. 춤을 추던 멤버들이 쓰러진 루를 보았다. 관객들이 비명을 질렀다. 남자가 뛰어내린 곳에서 관객들은 후드가 달린 검은 옷을 발견했다. 그리고 놀란 눈으로 서로의 얼굴을 쳐다보았다.

공연을 지켜보던 전 세계 3억 명의 네티즌들도 충격에 빠졌다. 화면은 루를 클로즈업했다. 마치 이 모든 것이 예정된 퍼포먼스인 것처럼 화면은 현장을 리얼하게 보여 주고 있었다. 루는 숨이 끊어졌다. 십분 뒤, 인터넷은 루의 살해 소식을 전했다. 공연을 주관한 사이트 관계자는 이건 무대 퍼포먼스가 아니며 전혀 계획에 없는 일이라고 말했다. 사이트에 해커가 침입한 경우는 자주 있지만 이번처럼 공연 중인 인공지능을 살해한 것은 처음이었다.

네트워크는 수많은 가상현실 플랫폼으로 이루어져 있다. 오래전 포털사이트라고 불렸던 1차원적인 플랫폼은 모두 사라졌다. VR 플랫폼은 인공지능이 운영하고 있으며, 다양한 형태의 인공지능을 탑재할 수 있는 인터페이스 모듈들로 방대하게 구축되어 있다. 전 세계 네트워크를 떠도는 인공지능들은 이런 가상현실 플랫폼을 거주지나 활동 무대로 이용하고 있다.

이런 환경에서 인공지능 살해라는 전대미문의 사건이 터진 것이다. 가상현실에서 가상의 인간을 살해한 이 사건은 실제 현실에서의 살인 사건과 비교해서 살인 사건의 범위를 어디까지로 잡아야 할지, 과연 인공지능의 살해를 범죄로 인정해야 할지, 사람들에게 많은 논란거리를 던져 주었다.

진로 선택

데미안 학교 12학년 교실. 아이들은 여기저기 삼삼오오 모여 왁자지껄하게 떠들고 있다. 때마침 화제가 된 살로메 루의 살인 사건이 대화의 중심으로 떠올랐다. 한 아이가 노트북으로 어제 그 순간을 재생해서 보여 주고 있다.

"도대체 뭣으로 죽인 거야?"

"레일건이라고 하던데. 미사일을 쏘는 건데, 어떻게 가상현실에서 사람을 죽이는 무기로 바뀌었는지 모르겠어."

"인공지능이 사람이야?"

"VR에서 인공지능이니 사람이니 구분하는 게 무슨 의미가 있어. 살인 사건이 벌어졌다는 게 중요한 거지."

"AR에서 벌어지는 사건도 VR과 구분할 수 없는 건 마찬가지 아냐?"

"그래도 실제와 가상은 다르잖아."

"실제라고 해서 우리가 진짜로 보는 것은 아니잖아. 어차피 AR
도 미디어를 통해서 보고 있어. AR도 미디어 너머의 세계야. 리얼
리티란 말 자체가 웃기는 거지."

대화가 좀 어려워지자 아이들의 수다가 뜸해졌다. 평소와 달리
대부분의 아이들이 수업에 들어온 것은 오늘 진로 선택이 있기 때
문이다. 아이들은 정해진 수업 일수만 채우면 날마다 학교에 오지
않아도 된다. 그래서 대개 교실에는 절반 정도의 아이들만 모여
있을 때가 많았다. 공부는 집에서도 얼마든지 할 수 있기 때문이
었다.

"루갈, 넌 무엇이 될 것 같아?"

"글쎄, 당연히 A클래스겠지."

"아누도 A클래스겠지?"

한 아이가 그렇게 말하자 아누가 얼굴을 붉혔다. 바유는 아누를
부러운 눈으로 바라보았다. 루갈은 코웃음을 치며 건들건들 걸어
갔다. 아누는 분명히 A클래스가 될 것이다. 공부를 잘 하니까. 진
로 선택은 12학년부터 매년 한 번씩 있다. 12학년인 바유네 학급
은 그러니까 이번에 처음으로 진로 선택을 받는 셈이다.

진로 선택은 학생들의 공부를 통합 관리하는 자율 학습 시스템

(Autonomic Learning System ALS)이 분석한 데이터를 바탕으로 국가 진로 선택 위원회가 결정한다. 진로 선택은 말이 선택이지 실제로 진로가 결정되는 것과 다를 게 없다. 그러니까 아이들의 미래가 12학년인 16세 때부터 결정되는 것이다.

선생님이 들어왔다. 아이들은 각자 자리로 돌아갔다. 선생님이 잠시 진로 선택에 대해서 말했다. 아이들이 말똥말똥한 눈으로 선생님을 바라보았다. 선생님이 시간을 확인하고는 단말기의 키를 눌렀다. 아이들이 자기 노트북을 들여다보았다. 아이들의 노트북에 메신저가 떴다. 아이들은 서둘러 메신저를 확인했다. 아이들의 표정은 각양각색이었다. 루갈의 얼굴은 득의만만했다. 당연하다는 표정. 다른 아이들도 대체적으로 만족하는 표정이었다. 그런데 바유의 얼굴은 흑갈색으로 변했다.

「바유 U클래스」

이게 무슨 말인가. U클래스라니!

참고로, 클래스와 그 클래스에 포함된 직업은 다음과 같다.

A클래스 : 시스템 관리 및 설계, 정치인

B클래스 : 엔지니어, 프로그램 개발자, 과학자

C클래스 : 사회 관리자, 판사, 검사, 경찰, 공무원, 교육자

D클래스 : 일반 노동자, 서비스업, 제조업, 판매업, 의사, 변호사, 학자

U클래스 : 예술가, 미결정자

바유는 자신의 눈을 의심했다. 손으로 눈을 비볐다. 그러나 메신저의 글자는 그대로였다. 오류 메시지도 뜨지 않았다. 바유 U클래스.

"바유는 수업 끝나고 교무실로 오도록."

선생님이 말했다. 아이들의 눈이 일제히 바유에게 쏠렸다. 바유는 덮그물이 하늘에서 떨어져 꼼짝없이 갇힌 기분이었다. 여기저기서 키득거리는 소리가 들렸다. 비웃음처럼 들렸다. 당장 교실 밖으로 뛰쳐나가고 싶지만 그럼 더욱 비참할 것 같아 참았다. 왜 하필 U클래스인가, D도 C도 아니고.

수업이 시작되었다. 아이들은 각자 자리에 앉아서 헤드셋을 쓰고 ALS에 들어갔다. 실제 교실과 똑같은 장면이 눈앞에 펼쳐졌다. ALS의 모든 수업은 가상현실에서 이루어지고 있다. 바유는 멍하니 화면을 쳐다보았다. 다른 때 같으면 원하는 과목을 선택하고 수업을 들었을 것이다. 하지만 지금은 공부고 뭐고 아무것도 하고 싶지 않았다. 화면에서 교과목을 선택하라는 말소리가 들렸다.

가상 수업의 선생님은 인공지능이다. 아이가 수업을 선택하면 ALS는 아이의 학업 성취도에 따라 아이에게 맞는 최적의 학습 과정을 제시한다. 아이의 취미, 습관, 성격, 대인관계 등을 고려해서 수많은 학습 과정 가운데 아이가 가장 공부에 몰두할 수 있는 수업을 선택하는 것이다. 바유는 인공지능 교사의 재촉에 할 수 없이 과학을 선택했다. 그러자 '과학11-3 : 지구 생성의 역사'라는 교과목 목차가 나오면서 눈앞에 그랜드캐니언과 같은 거대한 협곡이 나타났다. 마치 헬리콥터를 타고 실제로 협곡을 굽어보는 것처럼 화면은 3차원으로 실감나게 전개되었다. 지구 생성의 역사를 암석과 화석으로 설명하겠다는 말이 들렸다. 평소 같으면 무척 흥미로운 장면임에도 오늘은 영 기분이 아니어서 바유는 시큰둥하게 눈만 껌벅였다.

인공지능은 수업 내내 아이의 학습 태도, 학업 성취 능력, 적성 등을 분석해서 ALS 데이터베이스에 저장하고 국가 진로 선택 위원회로 그 정보를 보낸다. 국가 진로 선택 위원회는 이렇게 해서 쌓인 방대한 데이터를 바탕으로 아이의 장래 직업을 결정하는 것이다. 아마도 오늘 바유는 최하위 등급을 받았을 것이다. 거의 수업에 응하지 않았기 때문이었다.

수업이 끝나고 바유는 서둘러 선생님을 따라 교실을 빠져나갔다. 선생님은 바유를 데리고 상담실로 갔다. 상담실은 가운데 긴 테이블이 있고 양쪽에 의자들이 죽 놓여있었다. 선생님이 테이블 가운데 의자에 앉았다. 바유는 우물쭈물 선생님 맞은편에 앉았다. 선생님은 16학년까지 매년 진로 선택이 있으니 너무 조급하게 생각할 필요는 없다고 조금 의례적인 말을 꺼냈다. 바유는 그런 말

16

이 귀에 들어오지 않았다.

"제가 왜 U클래스가 되었는지 모르겠어요."

바유는 더 이상 참을 수 없어 물었다.

"진로 선택에 대해서 이의를 제기할 수 없다는 건 너도 알고 있지?"

"하지만 전 열심히 했어요. 학교도 열심히 나오고, ALS도 날마다 체크해서 들어요. 수업 적응도나 학업 성취도도 남들보다 뒤처지지 않을 텐데요. 동아리 활동도 적극적이고 친구들과 어울리는 데도 문제없어요."

사실 그것은 바유의 일방적인 주장이었다. ALS나 국가 진로 선택 위원회의 데이터베이스는 엄격히 통제되고 있다. 개인 정보이기 때문에 보안도 철저하다. 그러니까 바유는 스스로 열심히 하고 있다고 생각하는 것일 뿐 국가 진로 선택 위원회가 어떤 평가를 하고 있는지는 알 수 없는 일이었다.

"너에 대한 평가는 아무도 몰라. 물론 선생님도 네가 열심히 하고 있다는 건 알고 있어."

"U클래스는 성적이 꼴찌라는 뜻 아닌가요? 진짜 확신하는데, 전 꼴찌는 아니에요."

바유의 눈에서 눈물이 찔끔 났다. 억울하다기보다 답답해서 미칠 것 같았다. 선생님은 상담을 해야 하기 때문에 할뿐 처음부터 바유의 마음을 달랠 생각은 없는 듯했다. 대개 선생님은 학생들에게 별 관심이 없었다. 왜냐하면 인공지능이 알아서 다 해 주기 때문이었다.

바유는 상담실을 나왔다. 10월의 햇살이 화창하게 빛났다. 바유는 고개를 푹 숙이고 캠퍼스를 걸었다. 잔디밭에 앉아서 웃고 떠들고 있는 학생들이 마냥 부러웠다. 터덜터덜 걷다가 쓰레기 하치장이 가까이에 있는 캠퍼스 끝자락에 아무도 앉지 않는 빈 벤치를 발견했다. 바유는 거기에 앉았다. 아름드리 삼나무가 하늘로 꼬리치듯 치솟아 있었다. 이런 삼나무마저 한없이 부러웠다. 방금 떨어진 낙엽들이 발치에 주르르 몰려들었다.

U클래스에는 미결정자 말고 예술가가 있다. 이제는 예술가라는 용어조차 낯설 정도로 예술가는 시대에 뒤떨어진 직업이다. 예술가는 가장 인기가 없는 직업이며 거의 존재 가치가 사라졌다. 영혼의 깊은 울림, 예술혼의 위대한 승리, 인간 내면의 심오함 등등, 예술을 찬양하던 말들은 사라진 관용어 목록에나 남아 있다. 지금은 엔터테인먼트란 말이 예술을 대신하고 있다. 가볍고 즉흥적이며 그때그때의 기분을 달래 주는 오락 정도가 예술이라는 의미다.

사람들은 심각하고 머리를 많이 써야 하는 일은 하지 않는다. 물론 일부 상위 클래스의 직업을 가진 사람들은 그것 자체를 즐기는 경향이 있어서 예외일 수는 있다. 그러나 대부분의 사람들은 고민을 하며 신경을 써야 하는 일은 스트레스를 받는다는 이유로 거부하고 있다. 그들은 그런 일은 기계가 다 해 주는데 왜 사람이 아직까지 그런 일을 하며 뇌세포를 괴롭혀야 하느냐며 불만을 터뜨린다. 그러니 예술과 같은 고도의 창의적인 사고를 필요로 하는 일은 어쩌면 사라질 수밖에 없는 분야인지도 모른다. 그래서 대부분의 예술이 자연스럽게 인공지능에게로 넘어갔다. 과거에 위대한 예술로 추앙받던 작품들이 인공지능에 의해서 재창조되고 있다.

"여기 있었네."

바유는 고개를 들었다. 언제 왔는지 안나가 앞에 서 있었다. 캠퍼스 구석에 있는 바유를 어떻게 찾아냈는지 의아스러울 정도였다. 안나는 바유와 같은 학년이고 동아리도 같아서 자주 보는 편이었다. 그렇다고 아주 친한 사이는 아니었다. 동아리 모임에서 같이 웃고 떠들다, 가끔씩 의견 다툼으로 티격태격하는 그런 정도였다.

"지나가다가 봤어. 너 U클래스야?"

안나는 호기심으로 물어보는 것 같지는 않았다. 무표정했다. 바유는 대꾸하고 싶지 않아 가만히 있었다.

"난 D클래스야."

안나는 스스로 자신의 클래스를 말했다. 바유는 헷갈렸다. 그래도 난 너보다 높은 클래스를 받았다고 자랑하려는 것인지, 아니면 서로 비슷한 처지 아니냐며 위로하려는 것인지 알 수 없었다. 바유는 안나를 째려보았다. 안나는 조금 당황하는 기색이었다. 안나가 말했다.

"우리 나이에 벌써 직업이 결정된다는 게 말이 돼?"

그래서 어쩔 건데, 되돌릴 수 있어? 그런 말할 자신 있으면 소셜미디어에나 올려서 떠들어 봐, 라고 바유는 말해 주고 싶었다. 바유가 말없이 고개를 떨어뜨리자 안나는 무안해졌다. 그래도 조금 위로라도 될까 해서 지나가다가 일부러 왔는데 바유가 이렇게 나올 줄은 몰랐던 것이다.

사실 국가에 의해서 진로가 선택되는 것은 오래 전부터 해 오던 것이었다. 물론 과거에는 요즘처럼 개인의 방대한 데이터를 가지고 일방적으로 직업을 결정하지는 않았다. 그때는 누구나 자신의 직업을 선택하기 위해 치열한 경쟁에서 살아남아야 했다. 대학에 들어가기 위해서 어릴 때부터 입시 학원을 전전하며 고도의 시험 기술을 익혀야 했다. 왜냐하면 대학은 직업을 결정하기 위한 선결 요건이었기 때문이었다. 대학을 졸업한 사람과 졸업하지 않은 사람에 대한 사회의 차별도 심했다. 대학을 졸업해도 취업은 쉽지 않았다. 과도한 경쟁 때문에 매년 수백 명의 아이들이 스스로 목숨을 끊었다. 안정적인 직업이 미래의 삶을 보장한다는 믿음의 확산은 삶의 목표를 오직 직업 선택에만 두게 만들었다. 먹고 사는 것은 국가가 보장해 주었음에도 이른바 리프레프(riffraff)라는 최하위 집단에 들어가는 것은 극도로 혐오해서 그런 구조가 바뀌지 않았다. 그래서 국가가 일방적으로 직업을 결정하는 정책을 도입했던 것이다.

"리프레프에 가도 그런 말을 할까."

바유가 힐난하듯 말했다. 순간 머쓱하게 서 있던 안나가 팩 토라졌다.

"날 그렇게밖에 안 보는 거야?"

바유는 자신의 말이 지나쳤다는 생각이 들었다. 그러나 그걸 수습할 만큼의 여유는 없었다. 이어서 바유가 뱉은 말은 더욱 가관이었다.

"D클래스라도 됐으면 좋겠다."

"뭐라고?"

안나는 완전히 모욕을 당했다고 생각했다. 뒤도 돌아보지 않고 가 버렸다. 바유는 멀어지는 안나의 뒷모습을 멍하니 바라보았다.

집사 로봇

바유는 출입문 보안장치에 눈을 들이대고 5초 정도 기다렸다. 홍채 인식 센서가 바유의 눈을 확인하자 도어 록이 자동으로 스르 륵 열렸다. 토니가 멍멍 소리치며 달려왔다. 바유는 토니를 안았 다. 토니가 바유의 뺨에 코를 비벼댔다. 하지만 그뿐이었다. 바유 는 토니를 바닥에 내려놓았다. 평소 같았으면 안고서 자신의 방까 지 갔을 것이다. 귀여워 죽겠다는 애정 표현을 하면서. 토니는 강 아지 로봇이다.

넓은 거실 오른쪽 끝에는 아버지의 작업 테이블이 있다. 말하자 면 그곳은 아버지의 일터인 셈이었다. 테이블에는 커다란 모니터 두 대가 있었다. 모니터 안에는 거대한 로봇 기계들이 일렬로 늘 어서서 아래위로 움직이고 있고 그 앞에는 조립 중인 자동차들이 컨베이어시스템에서 천천히 움직이고 있었다. 아버지는 모니터를 주시하고 있다가 가끔씩 키보드를 두드렸다. 아버지는 P자동차회사에서 일하고 있다. 하지만 대부분의 일은 집에서 하고 있다.

바유의 눈이 홍채 인식기 앞에 나타났을 때, 아버지는 벌써 바깥에 누가 왔는지 알고 있었다. 바유의 움직임 하나하나가 모니터의 오른쪽 하단에 새로 만들어진 조그만 창에 보이고 있었다. 하긴 홍채 인식기보다 먼저 알아챈 것은 토니일 터였다. 토니의 냄새 센서는 진짜 개보다 세 배나 더 강력하다.

바유가 거실로 걸어 들어오자 아버지는 고개를 돌리지도 않은 채 손을 들었다. 바유는 머리를 까닥하고는 2층 자기 방으로 올라가려는데 아버지가 불렀다.

"U클래스라고, 메시지 받았다. 너무 걱정마라."

순간 짜증이 확 솟구쳤다. 아버지는 뭘 안다고 저렇게 태연스레 걱정하지 말라고 말하는 것일까.

"신경 안 써요."

바유는 마음에도 없는 말을 뱉었다. 아버지랑 대화하고 싶지 않았다.

"내가 하는 일은 어떠냐?"

"네? 자동차 조립 공장 노동자요?"

"최종적으로 미결정자가 되면 내 일을 물려받을 수 있어. D클래스만의 혜택이지."

"그런 특혜는 D클래스에만 있지 않나요? 늘 숫자가 부족하니까."

"노동은 신성한 거야. 누구든 노동을 해야만 살아갈 수 있어."

아버지가 말을 마치고 키보드를 두드렸다. 바유는 아버지가 잠시 말을 끊자, 기회다 싶어 재빨리 거실을 나와 버렸다. 주방에서 물 한 잔을 받아들고 아버지의 뒷모습을 흘깃 쳐다보았다. 아버지는 금방 아들과의 대화를 잊었는지 조립라인의 로봇들을 부지런히 조종하고 있었다. 바유는 경멸하듯 몸을 돌려 2층으로 올라가는 계단을 밟았다.

바유는 항우울제 한 알을 입에 넣고 물을 마셨다. 우울증은 감기보다 흔한 병이라 누구든 쉽게 처방 받을 수 있다. 바유는 헤드셋을 머리에 쓰고 침대에 누웠다. 바유 눈앞에 가상현실의 홀로그래피가 떴다. 게임장이다. 여러 사람들이 모니터 앞에 앉아서 게임을 하고 있다. 음료수를 마시며 게이머들이 하는 고난도의 게임을 감상하고 있는 친구들도 있다.

여자 친구들과 카페에 앉아서 이야기를 나누고 있는 안나를 발견했다. 바유는 학교에서 있었던 일을 사과할 마음으로 안나에게 다가갔다. 바유가 안나 어깨를 치며 아는 척을 했다. 안나는 슬쩍 쳐다보고는 바로 고개를 돌렸다. 바유는 멋쩍었다.

"낮에는 미안했어."

하지만 안나는 친구들과 재잘거릴 뿐 아무런 대꾸도 없었다. 바유는 잠시 이러지도 저러지도 못하고 서 있다가 어색하게 자리를 떴다. 게이머들의 화려한 게임을 훔쳐보았다. 지금 게임을 하고 싶지는 않았다. 바유는 헤드셋을 벗으며 소리쳤다.

"알프레드, 음악!"

기타 소리가 났다. 알프레드가 바유의 기분을 알아채고서 잔잔하면서도 경쾌한 음악을 선정했다. 알프레드는 집안일을 하는 집사 로봇이다. 집안의 각종 센서와 시스템을 관리하는 인공지능이다.

바유가 아버지와 소원해진 것은 어제 오늘의 일이 아니다. 언제부턴가 바유는 아버지처럼 살고 싶진 않다는 생각을 해왔다. 아버지는 늘 무뚝뚝했고, 친절하지 않았다. 그저 묵묵히 바유의 행동을 지켜만 볼 뿐 크게 간섭도 하지 않았다. 때로는 무관심한 듯 보였고 어쩔 때는 다른 세상에 있는 사람처럼 보였다. 바유는 막연한 반항심에 거칠게 대응할 때도 있었다. 아버지는 버릇이 없다거나 한심하다는 투로 나무라지 않았다. 그냥 대화를 중단할 뿐이었다. 아버지가 무섭게 지청구를 했으면 하는 생각마저 들다가도 그냥 VR에서 폭력적인 게임을 하며 스트레스를 풀 때도 있었다.

바유는 엄마에 대한 기억이 없다. 어릴 때 기억은 보육원에서의 생활이 전부였다. 생후 네 살까지 모든 아이들은 보육원에서 생활했다. 다섯 살이 되면 학교에 가기 위해 가족의 품으로 돌아왔다. 바유는 가족보다 보육원 생활이 기억에 훨씬 많이 남아 있다. 아이들이 선생님이 시키는 대로 손짓 발짓하는 모습. 그걸 지켜보고 있는 자기 자신의 모습. 아이들이 선생님을 따라하는 모습이 싫었다. 바유는 따라하지 않아 선생님에게 혼날 때가 많았다. 왜 그랬는지 모른다. 그냥 하기 싫었다.

바유의 변함없는 친구는 토니였다. 집에 돌아오면 토니하고 놀았다. 지금 토니는 시스템이 서너 번 업그레이드된 것이다. 초기 버전은 그저 멍멍 짓고 꼬리를 흔드는 정도였다. 지금은 거의 실제 강아지와 비슷하다. 그때나 지금이나 변하지 않은 것은 언제나 충직하게 바유를 따른다는 것이었다. 화낼 줄 모르고 묵묵히 바유가 시키는 대로 언제나 같은 행동을 반복한다. 그런 토니를 보며 바유는 외로움을 잊곤 했다.

아버지는 자동화 시스템으로 편하게 집에서 일을 하고 있지만, 그래서 자유 시간이 많지만, 남은 시간의 대부분을 가상현실에서 살고 있다. 그런 아버지가 싫은지도 몰랐다. 다정한 아버지가 그립기도 하지만 만약 아버지가 그렇게 변한다면 어쩌면 더 낯설어질지도 모른다는 두려움도 있었다.

바유는 자신을 돌아보았다. 루갈이나 아누처럼 특출하게 잘 난 것 없는 지극히 평범한 존재였다. 그렇다고 공부를 안 하는 건 아니었다. 나름 열심히 하고 있지만 성적은 늘 제자리였다. 그건 아마도 바유 자신이 모자라기 때문이 아니라 아누나 루갈 같은 친구들이 훨씬 뛰어나기 때문일 것이다. 그러니까 아무리 열심히 해봐야 그들을 뛰어넘을 수 없는 것이다. 그래, 해도 안 되는 거, 공부고 뭐고 다 때려치우자.

"알프레드, 헤비메탈!"

바유가 빽 소리를 질렀다. 강렬하고 폭발적인 비트의 음악이 흘러나왔다. 바유는 미간을 찌푸리며 눈을 감았다. 귀를 찢는 굉음 속에서 바유는 생각했다. 정말 나는 이대로 미결정자나 예술가로 남게 될까. 그럼 나중에 리프레프에 가는 건 아닐까.

베리칩

바유는 자율 수업 시간에 DIY(do-it-yourself)실에서 마이크로 파 수신 장치를 만들었다. DIY실에는 3D프린터, 레이저 커터기, 센서 등 여러 가지 디지털 장비와 각종 인터페이스 소프트웨어들이 갖추어져 있어 학생들이 로봇, 모형 비행기, 모형 자동차 등, 다양한 물건들을 직접 만들 수 있다.

마이크로파 수신 장치는 전에도 만들어 본 적이 있어 별로 어려움은 없었다. 바유는 프로그램을 실행해서 장치가 작동되는지 확인했다. 완벽했다. 바유는 센서를 손목에 댔다. 손목에는 개인 식별 칩인 베리칩이 심어져 있다. 그것은 태어날 때 누구나 해야 하는 것이다. 스마트폰에 베리칩의 정보가 코드와 숫자로 스크롤되어 올라왔다. 바유의 신상기록은 곧바로 문자로 떴지만 다른 정보는 암호 파일이라는 메시지가 뒤따랐다.

"뭐야, 이런……."

바유는 암호 파일을 컴퓨터로 옮겨 공개된 암호 해독 프로그램을 돌렸다. 하지만 암호는 풀리지 않았다. 쉽게 풀어질 것 같지 않았다. 보안 단계가 높은 암호로 설정된 듯했다. 베리칩에는 단순한 신상 정보부터 개인의 유전체 정보까지 들어있다. 유전체 정보에는 유전자 특이성이나 심리 치료 여부 등, 누출되면 심각하게 악용될 수 있는 정보도 들어있다. 바유가 알고 싶은 것은 바로 유전자 정보였다. 자신이 U클래스로 결정된 이유가 유전자 때문인지도 모른다는 생각에 베리칩을 해킹하려고 한 것이다.

"여기서 뭐해?"

바유는 재빨리 화면에 뜬 내용들을 지웠다. 고개를 돌려보니 루갈이 뒤에 서 있었다. 바유는 별로 말하고 싶지 않았다. 루갈이 느물느물 웃으며 뭔가를 내밀었다. 바유는 그게 뭔지 안 봐도 알았다.

"난 필요 없어."

루갈은 3D프린터로 몰래 약을 만들어 친구들에게 팔고 있었다. 온라인으로 원격진료를 받으면 처방약도 자동으로 배달된다. 항생제, 스테로이드제, 항우울제 등 다양한 약들은 의사를 대면하지 않아도 처방만으로 공급받을 수 있다. 루갈은 그런 약들을 가지고 분자 수준에서 해체하거나 재결합시켜서 새로운 약을 만들었다.

루갈이 새롭게 만든 약은 신경전달물질을 조절하는 약이었다. 약에 대한 깊은 지식이 없어도 인터넷만 잘 뒤지면 그런 약을 제조하는 방법들은 얼마든지 찾아낼 수 있었다. 물론 개인이 사적으로 약을 제조하는 것은 불법이다. 루갈은 딥웹 우회로 경유 사이트를 이용해 자신의 행적을 감추는 방법으로 제조법을 익혔다. 루갈이 위험을 감수하며 불법으로 제조한 약을 파는 이유는 돈벌이가 쏠쏠하기 때문이었다.

"이건 암페타민과는 달라. 도핑테스트에도 걸리지 않아. 중독성도 없다고. 나중에 이 약으로 회사 차릴 거라니까."

아이들은 한 달에 한 번씩 금지 약물을 복용했는지 도핑테스트를 받았다. 국가에서도 불법 제조약이 광범위하게 퍼져 있는 것을 알고 있기 때문이었다.

루갈의 집요한 접근에 바유는 조금 신경질이 났다.

"난 관심 없다니까."

"너 U 받았지? 그러니까 그거 받은 거야. 좀 융통성 있게 살아."

루갈이 바유의 신경을 긁었다. 바유가 자리에서 벌떡 일어났다. 화가 치밀어 올랐다. 그러나 루갈을 한 대 후려칠 용기는 없었다. 그걸 알기에 루갈은 여전히 실실거렸다. 둘레에 있던 아이들이 둘을 돌아보았다. 바유의 마음이 빠르게 움츠러들었다. 바유는 천천히 자리에 앉았다. 컴퓨터 화면에는 지우다 만 것이 있었는지 정말 삭제하겠느냐는 메시지가 깜박 거리고 있었다. 루갈이 슬렁슬렁 둘레를 돌아보며 멀어져갔다. 바유는 삭제를 클릭했다. 데이터는 스마트폰에 저장되어 있었다.

오후에 축구 시합이 있었다. 체육 시간은 아이들이 유일하게 단체 행동을 하는 시간이었다. 대체로 여자아이들은 체육관에서 배구나 배트민튼, 탁구 등을 하지만 남자아이들은 운동장에서 농구나 축구를 했다. 내부분의 활동이 VR에서 이루어지다보니 학교나 교육 당국도 아이들의 운동을 장려해서 체육 활동을 적극 지원하는 편이었다.

바유도 축구를 좋아했다. 다른 건 몰라도 축구라면 웬만해서 빠지지 않았다. 오늘은 학교에 오자마자 DIY실에서 자율 수업을 했기 때문에 아이들과의 접촉도 없었다. 아이들은 벌써 자신의 진로 선택에 대해서 잊어 버렸는지 바유가 무얼 받았는지도 관심이 없었다. 바유는 나도 잊어 버릴까 하는 생각을 해 보았지만, 풀리지 않는 의문들이 있다는 생각이 들었다. 그건 아마도 좋은 일은 금방 잊어버리고 나쁜 일은 오래 남는 것과 같은 이치일 것이다.

어쨌든 우울한 기분을 털어 버릴 요량으로 바유는 기꺼이 운동장에 나왔다. 신발 모드를 점핑 모드로 바꿨다. 신발에는 다양한 센서들이 달려 있다. 운동량, 위치, 길 안내는 기본이고. 체온, 혈

압 등 건강 정보까지 자동으로 체크할 수 있다. 점핑 모드는 일종의 동력형 외골격 시스템인데, 수직으로 2-3미터, 수평으로 4-5미터를 한 번에 뛸 수 있다. 최고 속도로 시속 60킬로미터까지 낼 수 있었다. 하지만 초보자에게는 점핑 모드가 다칠 위험이 있었다. 상당량의 훈련이 있어야 자유롭게 점핑 모드를 활용할 수 있었다. 학교에서도 저학년 아이들에게는 아예 점핑 모드를 쓰지 못하게 하고 있다. 다치는 경우가 자주 있기 때문이었다.

코치 선생님이 양쪽 선수들을 모아놓고 페어플레이를 주문했다. 학생들이 두 줄로 서서 인사를 하고 악수를 했다. 공교롭게도 바유 앞에 루갈이 있었다. 루갈은 공부도 잘 하지만 운동도 좋아했다. DIY실에서 언쟁도 있고 해서 바유는 별로 쳐다보고 싶지 않았다. 하지만 루갈이 히죽거리며 악수를 먼저 청했다. 바유는 마지못해 손을 내밀었다.

"그래도 축구는 좀 하지 아마?"

역시 그냥 넘어가고 싶지 않은 모양이었다. 적당히 바유의 속을 꼬아 놓는다. 바유는 못 들은 척 했다. 그냥 모든 걸 잊고 심장이 터지도록 뛰어 볼 생각이었다. 코치가 시작 휘슬을 불었다.

시합이 시작되었다. 아이들이 공을 따라서 달렸다. 공이 바유 팀의 진영으로 넘어왔다. 수비가 바유에게 패스를 했다. 바유는 빠른 속도로 공을 몰았다. 상대 수비수 한 명을 제쳤다. 그때 언제

왔는지 루갈이 슬라이딩을 하며 공을 가로챘다. 루갈이 자기 팀에게 패스를 하고 쏜살같이 앞으로 달려갔다. 루갈은 점핑 모드를 써서 솟구쳤다. 몸이 공중에 떠서 4미터 정도를 날아갔다. 착지가 잘못되면 발목을 삐거나 무릎을 다칠 수 있었다. 하지만 루갈은 사뿐히 내려앉았다. 그리고 날아온 공을 받아 그대로 골대를 향해 강슛을 날렸다. 골인이다. 같은 편 친구들이 환호성을 질렀다. 역시 루갈이라는 칭찬이 쏟아졌다.

중앙 볼. 다시 휘슬이 울리고 바유 팀이 공격에 들어갔다. 바유도 점핑 모드를 썼다. 날아온 공을 받자마자 총알같이 몰았다. 상대 선수 두세 명을 곧바로 제치고 골대 앞에 있는 자기 팀에게 패스했다. 그 선수는 몸을 공중으로 띄워 날아오는 공을 가슴으로 트래픽하고는 그대로 터닝슛을 날렸다. 골인.

시합은 중반으로 치닫고 선수들의 몸싸움이 치열해졌다. 중앙에서 공이 왔다 갔다 했다. 바유가 잡았다. 공을 앞으로 차고 점핑모드로 몸을 날렸다. 그리고 다시 공을 잡아 패스를 하려는 순간 누군가 강력한 태클이 들어왔다. 바유는 세 번 몸을 구르며 앞으로 나가떨어졌다. 코치가 휘슬을 불었다. 바유는 다치지는 않았지만 조금만 늦어서도 발목이 나갈 뻔했다. 태클을 한 선수는 루갈이었다. 바유가 째려보았다. 루갈이 어깨를 으쓱하며 정당한 태클이란 표정을 지었다. 미안한 기색은 조금도 없었다.

모든 선수들이 골대 앞에 모였다. 프리킥 공이 날아올랐다. 대부분 점핑 모드를 써서 아이들이 마치 트램펄린 위에서 뛰는 것 같았다. 공은 바유의 머리에 닿아 절묘한 각도로 휘어져 골 망을 갈랐다. 바유 팀 아이들이 환호성을 질렀다.

루갈 팀의 공격이 거칠어졌다. 바유도 수비를 했다. 루갈이 아주 빠른 동작으로 바유를 가로질러 달려갔다. 바유가 빠르게 뒤쫓아 슬라이딩을 했다. 공은 바유 팀으로 넘어갔다. 루갈이 사납게 쏘아보았다. 바유는 복수를 한 것 같아 기분이 좋았다. 루갈에게 다시 공이 갔다. 루갈은 다른 친구에게 패스할 생각은 하지 않고 단독플레이를 했다. 좋은 위치에 자기편 선수가 있지만 패스하지 않고 자신이 몰고 가더니 슛을 날렸다. 골키퍼가 몸을 날려 막아냈다.

다시 바유에게 공이 왔다. 루갈이 발을 뻗었다. 공을 뺏으려는 게 아니었다. 아예 목표가 바유의 발이었다. 바유가 넘어졌다. 발목이 시큰거렸다. 바유가 루갈을 노려보았다. 루갈은 모른 척 공을 몰고 갔다. 그리고 공중으로 점프해서 골대 안으로 공을 날렸다. 골인. 환호성은 없었다. 루갈이 반칙으로 공을 뺏은 것을 알고 있기 때문이었다.

시합이 끝나고 아이들은 다시 운동장 가운데로 모였다. 코치가 루갈에게 주의를 주며 페어플레이를 강조했다. 루갈은 듣는 둥 마는 둥 했다. 아이들이 상대방에게 인사를 하고 흩어졌다. 루갈이 조금 절뚝거리는 바유를 힐긋 보고는 가버렸다. 바유는 루갈이 분위기를 약간 망쳐 놓기는 했지만 그래도 조금은 스트레스를 날려 버린 것 같아 기분이 좋았다.

무한 육각형

학교가 끝나고 바유는 거리로 나왔다. 거리는 조용했다. 많은 차들이 도로를 달리고 있지만 차에서는 아무 소리도 나지 않았다. 전기나 수소 연료전지로 움직이고 있기 때문이었다. 게다가 차들이 자율 주행을 하고 있어서 갑자기 차선을 바꾸거나 급정차를 해서 경적을 울릴 일도 없었다.

바유는 조금 서둘러 걸었다. 안나가 공중 궤도 캡슐 정거장에 서 있는 게 보였기 때문이었다. 안나에게 한 번 더 사과를 해야겠다는 생각이 들었다.

"어제는 내가 미안했어. 내 생각만 하느라⋯⋯."

안나가 뒤돌아보고 바유인 걸 확인하더니 짜증스런 표정을 지었다.

"지금 증강 현실 보고 있는 거 안 보여?"

안나는 스마트 안경을 통해 최신 옷을 검색하고 있었다. 갑자기 바유가 끼어들어 방해가 된 모양이었다.

"난 네가 뭘 하든지 관심 없어. 그러니까 내 일에 신경 꺼."

바유는 멋쩍어 다음 말을 잇지 못했다. 도로 위 15미터 높이에서 궤도가 뱀처럼 곡선을 그리며 길게 이어져 있었다. 20명 정도 탈 수 있는 캡슐 모양의 궤도 캡슐이 다가와 멈췄고, 트랙이 아래로 내려왔다. 안나가 트랙을 밟고 위로 올라갔다. 바유가 물끄러미 쳐다보고 있는데도 안나는 뒤돌아보거나 작별 인사도 없었다. 궤도 캡슐이 소리 없이 미끄러지더니 멀어져갔다. 평소 같았으면 바유도 캡슐을 탔을 것이다. 하지만 안나의 눈치를 계속 봐야한다는 게 싫어 그냥 있었다. 궤도 캡슐은 십 분이 지나야 온다. 바유는 신호등 앞에 섰다. 집으로 곧장 가고 싶지 않았다.

신호가 바뀌자 차들이 하얀 선에 일렬로 멈췄다. 어떤 차도 하얀 선을 밟거나 넘어가지 않았다. 바유는 횡단보도를 건넜다. 멀리 하늘을 찌를 듯이 높이 솟아있는 마천루들이 보였다. 그 아래에 먼지구름이 뿌옇게 깔려 있어 건물들이 마치 공중에 떠 있는 것 같았다. 궤도 캡슐의 공중 궤도들이 구불구불 먼지구름 속으로 빨려들기도 하고 굽이쳐 나오기도 했다. 마치 다다를 수 없는 곳에 있는 딴 세상처럼 보였다.

바유는 앞을 보고 걸었다. 틀에 맞춘 규격품처럼 생긴 건물들이 길을 따라 늘어서 있었다. 건물 색이 지나치게 원색이어서 마치 알록달록한 상자들을 붙여 놓은 것 같았다. 사각형의 창문들이 색종이를 오려 놓은 듯 나 있었으나 외벽의 턱이 높아 건물 안은 보이지 않았다. 외벽에 붙은 건물 이름만으로는 그곳이 어떤 곳인지 알 수 없었다. 대부분 사무실일 것이다. 상품은 모두 생산지에 있고 소비자와 물류에 관한 모든 업무는 사무실에서 컴퓨터로 하기 때문이었다.

조금 걸어가자 공사 현장인 듯 커다란 크레인이 뭔가를 들어 올리고 있었다. 가까이 다가간 바유는 깜짝 놀랐다. 크레인이 들어 올리고 있는 것은 노란색의 거대한 상자였다. 그런데 그 상자는 바로 옆 건물과 똑같은 크기에 똑같은 모양이었다. 인터넷에서만 보았던 3D프린터로 찍은 건물이었다. 작업복을 입은 두 사람이 크레인 운전자에게 수신호를 보냈다. 그러자 건물이 세워져야 할 자리를 찾는 듯 천천히 움직였다. 다른 인부들은 보이지 않았다. 콘크리트나 철골 따위는 없었다. 가공품처럼 완성된 건물이 슈퍼마켓에 물건 채우듯 건물 사이의 틈새로 채워지고 있었다.

바유는 그만 돌아갈까 생각했다. 그러나 발은 계속 앞으로 나아가고 있었다. 그래, 이왕 온 거 좀 더 가보자. 바유는 다시 횡단보도 앞에 섰고, 신호가 바뀌자 길을 건넜다. 첫 번째 골목에서 방향을 틀었다. 약간 내리막길이었다. 처음 와보는 길이었다. 시내에 나올 일이 거의 없으니 당연했다. 백여 미터를 걸었다. 어디선가 진한 음식 냄새가 났다. 오른편 좁은 골목에서 나오고 있었다. 바유는 잠시 망설이다 그리로 들어갔다. 차 한 대가 다닐 정도의 길이었다. 그런데 건물들이 이상했다. 모양이 조금 전에 본 것과 딴판이었다.

낡은 사오층 건물이 따닥따닥 붙어 있고 건물들 사이에 전선줄이 얼기설기 얽혀있었다. 거리에 제법 많은 사람들이 분주히 움직이고 있었다. 아마도 오래 전에 형성된 구시가지인 듯 했다. 다양한 음식을 파는 식당들도 있고 옷이나 귀금속을 파는 상점들도 많았다. 바유는 신기한 생각마저 들었다. 조금 전에 본 거리와는 달라도 너무 달랐던 것이다. 식당 안을 들여다보니 사람들이 웃고 떠들면서 음식을 먹고 있었다. 바유는 조금 전까지 우울했던 기분이 조금 가시는 것 같았다. 지나가는 사람들의 말소리가 들렸다.

"역시 오랜만에 오니까 좋지?"

"그래, 가끔씩 와야 한다니까. 여기 오면 살맛이 나거든."

"추억을 파는 곳이지."

바유는 조금은 말뜻을 이해했다. 생활의 대부분을 기계에 둘러싸여 살다보니 사람 냄새가 물씬 나는 이런 곳이 그립기도 할 것이었다. 바유는 방금 지나간 사람들을 따라 골목 안으로 더 깊숙이 들어갔다. 골목의 끝이 보일 무렵, 바유의 눈에 간판 하나가 들어왔다. 마름모꼴의 노란 간판. 〈무한 육각형〉. 그 글자 아래에 고딕체로 '서점'이라는 글자가 씌어 있었다. 바유는 걸음을 멈췄다. 서점이라니, 책을 파는 곳이 아직도 있다는 말인가.

바유는 두꺼운 강화유리로 된 출입문에 얼굴을 갖다 대고 안을 들여다보았다. 하지만 오후의 햇살이 되레 유리에 반사되어 얼룩덜룩 거리 풍경이 비쳤다. 바유는 양손을 얼굴 끝에 대고 빛을 차단했다. 책들이 책장에 꽂혀있는 게 보였다. 책이다! 종이책은 어디서고 거의 볼 수 없다. 모든 책은 디지털북으로 바뀌었다.

예나 지금이나 책은 별로 인기가 없다. 필요한 정보는 즉각적으로 인터넷에서 얻을 수 있는데, 시간을 내서 책을 읽는다는 것은 웬만한 인내가 아니면 할 수 없는 일이었다. 따분하고 지루한 것만큼 아이들이 싫어하는 것도 없다. ALS도 아이들의 특성을 고려하다보니 책 읽기를 강요할 수도 없는 형편이다. 왜냐하면 학습 효과 차원에서 기대할 것이 없기 때문이었다.

어쨌든 전혀 생각지 못했던 책을 실제로 보자 바유는 호기심이 발동했다. 문을 밀고 안으로 들어갔다. 안은 바깥에서 본 것보다 훨씬 넓었다. 왼쪽 안으로 칸막이 형태의 책장이 여러 겹으로 늘어서 있고, 책들이 가득 꽂혀 있었다. 카운터가 있는 출입문 쪽에는 의자와 테이블, 소파들이 있었다. 편하게 앉아서 책을 봐도 된다는 뜻인 것 같았다. 카운터에는 사람이 없고 테이블 앞에 머리카락이 희끗희끗한 남자가 앉아서 노트북을 두드리고 있었다.

"어서 오세요."

문 열리는 소리에 쳐다보지도 않고 남자가 인사말부터 뱉었다. 대꾸가 없자 남자가 고개를 들었다. 남자의 얼굴에 웃음이 피어났다. 눈가에 잔주름이 잡혔다. 오십은 넘어 보였다. 짙은 눈썹 아래에 눈빛이 맑고 깨끗했다.

"어서 와."

학생임을 확인한 남자가 반말로 말을 건넸다. 바유는 얼결에 고개를 숙여 인사를 했다. 학생은 드문 편이라며 남자가 반겼다. 바유는 뒷머리를 긁적이며 겸연쩍은 웃음을 지었다. 남자의 웃음 뒤에 어딘가 쓸쓸함이 배어 있었다. 바유가 책장 쪽으로 눈길을 돌리자 남자가 얼마든지 보라는 듯 고개를 끄덕였다. 바유는 책장 쪽으로 걸어갔다. 두 사람이 옆으로 비켜서야 겨우 지나갈 정도로 책장 사이의 공간은 좁았다. 앞뒤 좌우로 시선이 닿는 모든 곳에 책들이 빼곡하게 꽂혀 있었다. 바유는 눈길 닿는 대로 책의 제목을 훑어보았다.

『평행우주』『마왕과 황금별』『올리버 트위스트』『파우스트』『우주의 구조』『종교형태론』『야생의 사고』『캔터베리 이야기』『장마』『삼대』『무정』『어둠의 속도』『신의 주사위』『니벨룽겐의 노래』『신의 가면』『지상최대의 쇼』『시냅스와 자아』『상상계의 인류학적 구조들』『리만가설』…….

책은 분야 별로 분류되어 있지 않았고 대부분 오래 되고 낡았다. 하긴 요즘은 종이책이 거의 인쇄되지 않으니 최신 책은 없는 게 당연했다. 제목조차 생소했다. 바유는 아무거나 손이 가는 대로 한 권을 꺼내 들었다. 손바닥에 책이 닿는 느낌이 놀라웠다. 디지털북은 이런 느낌을 가질 수가 없다. 책장을 넘기는 것도 그저 흉내에 불과할 뿐이었다. 바유는 책장을 넘겼다. 뭔가 쾨쾨하고 시큼한 냄새가 났다. 종이가 썩어가는 냄새였다. 누리끼리한 종이 위에 글자가 찍혀 있었다. 잉크 냄새도 풍겼지만 바유는 그것이 잉크 냄새인지도 몰랐다.

「나는 나를 둘러싼 우주의 무시무시한 공간을 본다. 그리고 광막한 우주의 한 구석에 매달려 있는 나 자신을 발견하지만, 무슨 이유로 내가 다른 곳이 아닌 이곳에 놓여 있는지, 무슨 이유로 나에게 허용된 짧은 시간이, 나를 앞선 모든 영원과 나의 뒤를 이을 모든 영원 사이에서, 다른 시점도 아닌 바로 이 시점에 배정되었는지를 모른다. 어느 곳을 둘러보아도 보이는 것은 무한뿐이고 이 무한은 다시는 돌아오지 않을 한순간 지속될 뿐인 하나의 원자, 하나의 그림자와도 같은 나를 덮고 있다. 내가 아는 모든 것은 내가 곧 죽으리라는 것, 그러나 그 무엇보다도 내가 모르는 것은 이

피할 수 없는 죽음 그 자체다.」

알 수 없는 어떤 느낌이 바유의 가슴을 훑고 지나갔다. 지금 이 순간 자신이 여기에 있다는 사실과 이 책을 집어 든 것이 하나의 운명이라는 생각이 들었다. 학교를 나와서 공중 궤도 캡슐 정거장에서 안나를 본 것, 그리고 집으로 곧장 가지도 않고 횡단보도를 건넌 것, 3D프린터 건물들을 지나 구시가지까지 오게 된 것, 아니 원인을 더 밟아 가면 U클래스로 결정된 것조차 여기를 오게 만든 사건이지 않았을까. 어쨌거나 운명은 수많은 우연에 의해서 만들어지는 것인지도 몰랐다.

바유는 표지를 보았다. 『팡세』. 바유는 멍하니 고개를 들어 책장이 만든 협곡을 바라보았다. 한 점을 향해 협곡이 끝없이 펼쳐져 있었다. 울긋불긋한 나무들처럼 책들이 협곡을 이루고 있었다. 협곡의 끝은 뿌연 먼지 속에 잠겨 있었다. 서점 아저씨가 부르는 소리에 정신이 번쩍 들었다. 바유는 책을 책장에 꽂고 터널을 빠져나오듯 책장 사이를 빠져 나왔다. 서점 아저씨가 테이블에 음료수를 갖다 놓으며 마시라고 했다.

"오랜만에 학생을 봐서 반가워서 그래."

서점 아저씨는 별 것 아니니 부담스러워하지 말라는 듯 그렇게 말했다. 바유는 고맙다는 인사를 하고 음료수 잔을 들었다. 달짝지근하니 맛있었다. 서점 아저씨는 책을 사지 않아도 좋으니 자주 놀러 오라고 말했다. 바유는 어색하게 미소를 지었다. 하지만 다시 오게 될지는 확신할 수 없었다. 어쩐지 잠시 가상현실에 들어온 것 같은 생각이 들었기 때문이었다. 여길 나가면 공중 궤도 캡슐과 자율 주행차가 다니는 거리를 U클래스가 된 초라한 자신이 걸어가고 있는 현실이 기다리고 있을 것이다.

"책이 모든 것이었던 시절이 있었지. 세상이 많이 변했지만, 그래도 사라져서는 안 되는 것도 있을 텐데."

아저씨는 탄식하듯 말했다.

"책은 우리의 정신이야. 그건 지금도 변할 수 없는 진실이지."

"종이책이 사라졌을 뿐이지, 지식은 인터넷에 넘쳐나요."

"그러긴 하다만, 한 권의 책을 읽는 것과 조각난 지식을 꿰맞추듯 읽는 것은 성격이 다르지 않을까."

하지만 달라진 현실에서 옛날 방식을 고집하는 것도 마냥 옳다고만 할 수 없을 것이다. 어쨌든 그런 사정을 알면서도 책방을 열었다는 것은 뭔가 딴 목적이 있을 수도 있었다. 바유가 물었다.

"그런데 서점 이름이 왜 '무한 육각형'이에요?"

"그래, 궁금했을 거야. 옛날에 책을 아주 좋아했던 한 작가가 있었어. 도서관 사서를 하면서 밤낮 없이 책을 읽고 글을 쓰다가 끝내는 눈까지 멀었지. 그가 쓴 책 가운데 '바벨의 도서관'이란 게 있는데, 그 책의 첫 문장이 이래. '우주(다른 사람들은 도서관이

라고 부르는)는 정할 수 없는 무한한 육각형 진열실로 이루어져
있다.'"

'무한한 육각형의 진열실'에서 무한 육각형을 땄다고 했다. 바
유는 무슨 말인지 잘 알아들을 수 없었다. 서점 아저씨도 더 이상
설명하지 않았다. 다만 그 작가의 이름이 보르헤스라고 말해 주었
다. 마침 고개를 드니 카운터 뒤 벽에 판자로 된 편액이 눈에 들어
왔다. 거기에는 다음과 같은 글이 적혀 있었다.

「어둠이 짙게 깔린 숲으로 들어가라. 그곳에는 어떤 길도 나 있
지 않다. 길이 있다면 그것은 다른 사람의 길이다.」

서점 아저씨는 조지프 캠벨이란 사람이 쓴 책에 들어있는 글이
라고 말했다. '어둠이 짙게 깔린 숲, 어떤 길도 나 있지 않다…….'
바유는 몇 번이고 그것을 중얼거렸다. 묘한 느낌이 들었다. 그날
부터 바유는 서점 아저씨를 캠벨 아저씨라고 불렀다. 캠벨이란 사
람이 어떤 사람인지 모르지만 그냥 서점 아저씨의 이미지로 굳어
졌다.

복원 동물원

다음날 12학년 학생들은 복원 동물원 견학을 갔다. 아이들이 탄 공중 궤도 캡슐이 시내를 가로질러 달렸다. 동물원 앞에서 궤도 캡슐이 멈췄다. 동물원에는 사람들이 꽤 북적거렸다. 개장한지 얼마 되지도 않았는데 벌써 많이 알려진 모양이었다. 겉모습은 여느 동물원과 다르지 않았다.

우리 안쪽에 뭔가가 껑충껑충 뛰고 있었다. 토끼처럼 생겼으나 토끼는 아니었다. 거대한 쥐. 작은 돼지만 했다. 우리 가운데 팻말이 붙어있었다. 웜뱃. 호주에서 살았던 동물인데, 동물원에 남아있던 마지막 웜뱃이 죽은 뒤 유전자 복제로 되살린 것이라고 팻말에 씌어 있었다. 아이들은 신기한 듯 우리 안을 들여다보았다.

다음 우리에는 커다란 뿔을 가진 사슴이 나무 사이로 천천히 걷고 있었다. 팻말에 숀부르크사슴이라고 적혀있었다. 태국이 원산지로 아름다운 뿔 때문에 남획되어 1930년대에 멸종했다고 되어 있었다.

매머드를 보려면 전망대로 올라가라는 글씨와 함께 화살표가 그려진 팻말이 보였다. 아이들은 전망대 계단을 밟고 올라갔다. 전망대는 2층 정도의 높이고 둘레가 훤히 내려다보였다. 3-40미터 앞에 거대한 동물이 서 있었다. 온몸이 검은 털로 덮여 있었다. 멀리서 봐도 코끼리의 두 배는 될 듯했다. 거대한 상아가 햇빛에 번쩍였다. 긴 코로 나뭇가지에 붙은 잎을 훑고 있었다. 아이들이 탄성을 질렀다. 1만 년 전에 멸종한 생물을 직접 보고 있으니 그럴 만도 했다.

한참 구경한 뒤 아이들은 전망대를 내려왔다. 좀 구부러진 길을 따라 다음 우리로 향했다. 사람들이 튼튼한 철망이 촘촘하게 얽혀 있는 커다란 우리 앞에서 웅성대고 있었다. 짙은 갈색의 커다란 고양잇과 짐승이 견고한 몸을 과시하며 천천히 걷고 있었다. 검치호랑이였다. 긴 털과 날카로운 눈, 유연한 곡선을 그리며 뻗어 내려간 등과 꼬리. 아래턱 밖으로 길게 뻗은 커다란 송곳니가 단연 돋보였다. 칼날처럼 빛났다.

검치호랑이는 철망을 따라 천천히 움직이고 있었다. 바유가 궁금증을 가지고 다가갔을 때 검치호랑이는 우리 안쪽의 그늘로 들어가 모습이 거의 보이지 않았다. 그러나 잠시 뒤, 검치호랑이는 다시 우리 가장자리를 돌아 철망 쪽으로 다가오기 시작했다. 한 발 한 발 부드럽게 내딛는 발걸음이 공기의 진동마저 멈추게 하는 것 같았다. 완벽한 움직임. 순간 바유는 숨이 멎는 것 같았다. 존재 하면서도 존재하지 않는 듯한, 완벽함은 있음의 가치도 무의미하 게 만드는 것 같았다.

아이들이 무서운지 한 발짝씩 뒤로 물러났다. 바유는 홀린 듯 꼼짝을 않고 서 있었다. 검치호랑이는 바유 바로 앞 철망까지 다 가왔다. 위험해! 누군가가 낮게 소리쳤다. 그러나 바유는 그 소리 를 듣지 못했다. 어둠에 둘러싸인 하얀 눈빛이 철망을 가로질러 날아들었다. 하나의 생명체에서 그처럼 압도적으로 강렬하게 뿜 어져 나오는 빛을 바유는 본 적이 없었다. 얼음처럼 차가운 불기 둥이었다.

정적. 아이들도 터질 것 같은 긴장감 때문에 순간적으로 모두 숨을 죽였다. 바유는 모든 것이 아득히 멀어지는 듯한 느낌이 들 었다. 그때 한 가지 소리가 조금씩 크게 들려왔다. 쿵쾅쿵쾅. 바유 의 심장 소리였다. 아이들 사이에 안나가 있었다. 안나도 검치호 랑이를 보는 순간 전율을 느꼈다. 그런데 철망 앞에서 넋 나간 사 람처럼 서 있는 바유를 보고 강한 호기심을 느꼈다. 무엇이 바유 를 저렇게 자석처럼 끌어당기고 있는 것일까. 검치호랑이의 무엇이. 그 순간 안나는 가슴 저 아래 바닥에서 무엇인가 강하게 차오르는 것을 느꼈다. 좀처럼 느껴보지 못한 것이었다. 안나는 아무도 모르게 눈가를 훔쳤다.

바유와 눈이 마주치는 순간 거의 움직이지 않고 있던 검치호랑이가 왼쪽 앞발을 내딛었다. 그리고 그지없는 유연함으로 다음 발을 움직였다. 존재하지 않는 무엇이 움직이고 있는 것 같았다. 팽팽하게 쿵쾅거리던 바유의 심장이 찬물을 뒤집어쓴 쇳덩이처럼 식어갔다. 철망 끝에 다다른 검치호랑이가 우리 안쪽으로 걸어갔다. 어쩌면 검치호랑이는 바유와 아무 상관없이 좁은 우리 안을 배회하고 있었던 것인지도 몰랐다. 공간을 최대한 넓게 잡기 위해 철망을 따라 가장자리를 움직였을 것이다. 여기저기서 아이들의 탄성이 터졌다. 그 소리에 바유도 정신이 들었다. 바유는 도대체 무엇을 본 것일까. 하지만 바유는 아무 것도 생각나지 않았다. 마치 한순간 아주 먼 곳을 빛의 속도로 여행하고 돌아온 것 같았다.

이제 아이들은 다음 우리에 무엇이 있을지 호기심이 생겼다. 매머드, 검치호랑이를 봤으니 그보다 더 특별한 멸종동물이 또 있을까 궁금해진 것이다. 그러나 호기심은 실망으로 이어졌다. 두 발로 선 사람의 뒷모습이 보였다. 팻말에는 네안데르탈인이라고 씌어있었다. 언뜻 보기에 그냥 사람이었다. 네안데르탈인이라고 적혀 있지 않았다면 멸종동물을 복원한 동물원에 웬 사람을 가뒀을까 의아하게 생각했을 정도였다.

누군가 네안데르탈인이라고 소리치자 그가 돌아섰다. 덩치가 작았다. 그러나 어깨는 다부지게 딱 벌어졌다. 검은 머리카락이 이마를 덮고 있었고, 두툼하게 솟아오른 이마 아래에 검은 눈동자가 맑고 또렷했다. 코는 넙데데하게 컸다. 사각형의 단단하고 강인해 보이는 턱이 앞으로 조금 튀어나와 있었다. 다큐멘터리에서 많이 본 이누이트나 툰드라 지방 사람처럼 보였다. 나이는 좀 어려 보였다. 열네다섯 살 정도 되었을까. 아이들은 네안데르탈인이라는 사실에 조금 호기심을 드러냈다.

바유는 검치호랑이의 충격에서 겨우 벗어났는데 네안데르탈인을 보자 또 다시 기분이 이상해졌다. 30만년 이상을 살다가 3만년 전에 멸종한 것으로 알려진 네안데르탈인이 지금 눈앞에 있다는 것이 믿기지 않았다. 네안데르탈인은 분명 인류의 조상이다. 현생인류가 등장한 후에도 한참 동안 공존했다. 오늘날 인간에게도 네안데르탈인의 유전자가 남아 있다고 했다. 그렇다면 네안데르탈인도 인류의 조상임에 틀림없다. 그런데 우리에 가둬 놓다니. 게다가 멸종한 인류의 조상을 복원한 것도 윤리적으로 타당한지 판단이 서지 않았다.

루갈은 3만 년 전의 뼈에서 뽑아낸 유전자를 온전하게 복원하는 것은 고도의 기술이 필요하다며 이것은 현대 과학의 위대한 승리라고 호들갑을 떨었다. 루갈에게 과학과 윤리는 양립할 수 없는 것처럼 보였다. 윤리 따위는 발전을 가로막는 장애물일 뿐이었다. 몇몇 다른 아이들도 루갈의 주장에 동의했다. 단지 멸종한 인류의 조상을 살아있는 상태로 보고 있는 것뿐이었다. 그 정도로만 생각하는 것 같았다.

네안데르탈인은 철창 안에서 바깥의 사람들을 바라보았다. 그는 무슨 생각을 하고 있을까. 자신이 왜 지금 여기에 있는지 알고나 있을까. 바유는 멀찍이 떨어져서 네안데르탈인을 보았다. 좀 슬프다는 느낌이 들었다. 인간 복제는 분명 불법이다. 네안데르탈인도 인간이다. 그러므로 네안데르탈인의 복제는 불법이다. 그런데 단지 멸종한 생명체라는 이유만으로 복제를 정당화할 수 있을까. 바유는 그런 생각을 말하고 싶었지만 참았다. 똑똑한 녀석들이 떠들고 있는데 U클래스인 자신이 나설 처지는 아니라는 생각이 들었던 것이다. 바유는 자신이 우리 안에 갇혀 있는 듯한 느낌이 들었다.

뇌전증

다음 날 데미안학교. 아이들은 ALS에 들어가 공부를 하고 있었다. 교실 안은 쥐죽은 듯 조용했다. 선생님도 책상에 앉아 컴퓨터를 보고 있었다. 그런데 교실 한쪽 구석에서 쿵! 소리와 함께 누군가가 쓰러졌다. 아이들의 눈길이 그쪽으로 쏠렸다. 아누가 의자에서 쓰러져 바닥에 누워 있었다. 옆에 노트북이 엎어져 있었다. 아누는 입에 거품을 물고 팔과 다리를 비틀고 있었다. 몸이 뻣뻣하게 굳어가고 있는 것 같았다. 눈동자는 초점을 잃고 공허하게 허공을 노려보고 있었다.

선생님이 아누의 몸을 옆으로 뉘었다. 아누는 그 상태에서 계속 몸을 떨었다. 선생님이 손수건으로 거품이 끓어오르는 입을 닦아주었다. 그 사이 누가 연락을 했는지 보건 선생님이 달려왔다. 보건 선생님은 아누의 팔에 진정제를 놓았다. 몇 분이 지났다. 아누는 발작이 끝났다. 편안한 표정으로 누워 있었다. 뻣뻣했던 몸이 축 늘어졌다. 보건 선생님이 아누의 팔과 다리를 주물렀다. 아누가 눈을 떴다.

다른 친구들은 호기심 어린 눈으로 아누를 지켜보았다. 아누가 일어나서 앉았다. 그때 교실 문이 열리고 하얀 가운을 입고 마스크를 쓴 사람 둘이 들어왔다. 가운의 가슴 부분과 모자 앞부분에 CDC라는 영문자가 또렷하게 찍혀 있었다. 질병 관리 본부의 약자다. 그들이 가슴에 달린 신분증을 보여 주자 선생님은 가만히 고개를 끄덕였다. 그들은 다짜고짜 아누에게 다가가 아누를 일으켜 세웠다.

아누가 불안한 표정으로 따라 일어났다. 아누는 선생님을 보며 도움의 눈길을 보냈다. 선생님은 다른 곳으로 고개를 돌렸다. CDC 직원은 아누의 팔을 붙잡고 함께 갈 것을 재촉했다. 아누는 두려움에 떨면서 끌려갔다. 아이들이 충격 속에서 그 광경을 지켜보았다. 아누는 CDC 직원에 의해 교실 밖으로 끌려 나갔다. 보건 선생님도 당황하는 표정을 지으며 뒤따라 나갔다.

잠시 침묵이 흘렀다. 이윽고 여기저기에서 아이들이 수군대기 시작했다.

"CDC에서 왜 아누를 데려갔어요?"

한 아이가 질문을 하자 다른 아이들도 질문을 쏟아냈다.

"아누에게 무슨 일이 일어났어요?"

"CDC는 어떻게 알고 나타난 거예요?"

선생님이 어쩔 수 없다는 듯 대답했다.

"아누는 뇌전증을 일으켰어. 그래서 CDC에서 온 거야."

"뇌전증에 왜 CDC가 오죠? 질병 관리 본부는 전염병을 관리하는 곳 아닌가요?"

"어떻게 그렇게 빨리 나타날 수 있죠?"

선생님이 대답했다.

"너희들 손목에 붙어있는 바이오스탬프에서 신호가 갔을 거야."

"도대체 CDC가 아누를 어디로 데려간 거예요?"

"병원에 데려갔겠지. 나도 더 이상은 몰라."

아이들은 이해할 수 없다는 듯 고개를 저었다.

아이들은 다양한 웨어러블 기기를 몸에 달고 있다. 스마트 안경, 옷, 신발, 시계 등 몸에 착용하고 있는 대부분의 것들은 센서가 달려 있고 신체와 관련된 정보를 병원 등으로 송신한다. 바이오스탬프는 스티커 모양의 얇은 전자 소자로 피부에 붙여 심전도와 같은 생체 정보를 모니터한다.

선생님이 더 이상 묻지 말고 공부하라고 말했다. 하지만 아이들은 쉽게 공부를 하지 못했다. 아이들은 아누의 발작 모습을 가지고 인터넷 검색을 했다. 대부분의 검색 자료는 그것을 뇌전증이라고 진단했다. 하지만 뇌전증은 메커니즘이 대부분 알려져 있어 치료약도 다양하게 나와 있다. 증상이 비슷할 뿐 아누의 발작을 단순히 뇌전증이라고 하기엔 뭔가가 미심쩍었다. 더구나 왜 짧은 시간에 CDC 직원이 달려와서 아누를 데려갔는지 그걸 더욱 이해할 수 없었다. 발작하는 아누의 모습도 무서웠지만, 강제로 끌려간 것 때문에 아이들은 불안과 두려움에 사로잡혔다.

바유는 집에 돌아와서도 낮에 아누가 잡혀가던 상황이 자꾸 떠올라 마음이 편치 않았다. 바유의 손끝에 토니가 닿아 있었다. 바유의 손을 무엇보다 좋아하는 토니는 낑낑대며 꼬리를 흔들었다. 아누와 친하지는 않지만, 남일 같지 않다는 생각이 들었다. 학교에서도 찾아봤지만 다시 CDC 홈페이지에 들어가 보았다. 여전히 뇌전증에 관한 어떤 글도 올라와 있지 않았다. CDC는 전염병을 감시하고 관리하는 곳이다. 그런 곳에서 왜 뇌전증을 일으킨 아누를 잡아갔단 말인가. 아무래도 이상했다.

"바유 님, 식사하세요."

알프레드의 음성이다. 저녁 먹을 시간이었다. 바유는 토니를 내려놓고 아래층으로 내려갔다. 식탁에는 닭고기 샐러드와 가자미조림이 놓여 있었다.

"바유님의 영양 상태가 단백질 부족, 탄수화물 과다로 나와서 오늘 저녁은 열량을 백 킬로칼로리 줄이고 단백질을 높인 요리를 했습니다. 그리고 주인님의 혈중 알코올 농도가 높아 담백한 생선 요리를 준비했습니다."

개인의 영양 상태는 각종 센서를 통해 체크한 자료를 가지고 컴퓨터가 자동으로 분석한다. 그 결과에 따라 어떤 것은 병원으로 보내고 지금처럼 집사 로봇이 보고를 한다. 음식 재료들은 냉장고에 내장된 인공지능이 관리한다. 냉장고 앞면에 붙은 모니터에 사용하고 남은 음식 재료들의 리스트가 나와 있다. 다 떨어지거나 모자라는 재료는 냉장고가 알아서 마트에 주문을 한다. 마트에서도 자동으로 구매 목록을 체크해서 정확한 시간에 집으로 배달한다. 결재는 아버지의 은행 잔고에서 자동으로 빠져나간다.

요리는 전문 요리기가 한다. 이것은 약간 변형된 3D프린터다. 알프레드가 냉장고 인공지능에게 지시해서 레시피를 다운 받으면 요리기가 자동으로 음식을 만든다. 대형 마트에서 완전 가공된 것을 사서 집에서 데우기만 해서 먹을 수도 있다. 그러나 다양한 레시피를 통해 원하는 영양 상태와 미묘한 맛을 즐기려면 요리 전문 사이트에서 레시피를 유료로 다운 받아 요리기로 직접 요리하는 것이 좋다.

아버지는 저녁을 먹으면서 술을 반주로 즐겼다. 두 사람은 별 말 없이 식사에만 열중하고 있었다. 젓가락 소리와 술잔 내려놓는 소리만 정적을 깨고 있었다. 바유는 음식을 씹다가 불쑥 아무가 생각났다. 아버지와 별로 대화하고 싶진 않았지만 뇌전증과 관련된 자신이 모르는 뉴스를 들을지도 모른다는 생각에 입을 열었다.

"친구가 낮에 잡혀갔어요."

"뭐라고? 왜?"

"갑자기 발작을 일으켰는데, 왜 일으켰는지는 모르겠어요, CDC에서 와서 잡아갔어요."

"CDC에서?"

"아버진 뭐 아는 거 없어요?"

"글쎄, 금시초문인데."

아버지는 술이 어느 정도 들어갔는지 얼굴이 불그스름했다. 뜬금없는 얘기에 별로 관심도 없어 보였다. 바유는 갑자기 화가 났다.

"알프레드, 음식이 왜 이렇게 맛이 없어?"

"나트륨 양을 좀 줄여서 그럴 겁니다. 나트륨은 혈압에 좋지 않습니다. 건강을 생각해서 입맛에 맞지 않더라도 참으시기 바랍니다."

"내 입맛은 내가 결정해. 네 멋대로 충고 따윈 하지 말았으면 좋겠어."

"딴 때는 그런 불평 없었는데, 혹시 무슨 안 좋은 일이라도……

꼭 제게 말해야 하는 것은 아니지만 참고할 수 있도록 말해 주시면 좋겠습니다."

"아예 내 뇌를 스캔하지 그래. 그러면 말하지 않아도 다 알 거 아냐."

"거 좀 작작해라. 걔가 무슨 죄가 있어."

아버지가 알프레드를 거들고 나왔다. 바유는 더욱 화가 났다.

"아버지는 쟤가 잘 하고 있다고 생각하세요? 사사건건 참견이잖아요. 그래서 집안에 여자가 없는 거예요? 여자는 잔소리가 심하다고 하던데."

"그게 무슨 소리야. 그건 편견이야. 여자가 잔소리가 많다니 그건 도대체 어디서 들은 얘기냐. 그리고 집안에 여자가 없다니 너답지 않은 말이다."

"모든 것이 기계처럼 잘 돌아만 가면 그만인가요?"

"도대체 왜 그러는 거냐? 뭐가 필요한지 정확하게 말해라."

"전 엄마가 필요해요."

아버지가 숟가락을 내려놓고 바유를 바라보았다. 바유는 자신의 입에서 무슨 말이 나왔는지 자신도 몰랐다. 그러다가 머릿속이 번쩍하더니 자신이 무슨 말을 뱉었는지 생각이 났다. 엄마가 필요해요. 이게 도대체 무슨 말인가. 왜 갑자기 엄마인가.

거의 기억에도 없는 엄마를 왜 갑자기 떠올린 것인가. 어린 시절 바유와 가장 친했던 상대는 토니였다. 그 다음은 여러 가지 로봇 장난감들이었다. 로봇이 자장가를 불러주고 동화책을 읽어주었다. 친구들이 엄마를 사사건건 잔소리만 해대는 마녀라고 투덜대는 걸 들은 적이 있다. 그때는 엄마가 없는 것이 다행이란 생각도 했었다.

"엄마가 정말 죽은 거 맞아요? 처음부터 없었던 건 아니에요?"

"그게 무슨 말이냐. 엄마는 교통사고로 죽었다고 하지 않았어?"

"언제요? 정확한 날짜를 말해보세요."

"2055년 8월 14일 오전 11시 45분에 바유님의 어머니 강한나 씨는 중앙선을 넘어온 차와 충돌해서 숨졌습니다."

알프레드가 끼어들어 말했다.

"좀 더 자세히 말해봐."

"더 이상의 데이터는 없습니다. 바유님의 어머니 강한나 씨에 대한 정보는 그게 전붑니다."

바유는 아버지를 돌아보았다. 아버지는 고개를 숙인 채 아무런 말이 없었다. 바유는 알프레드의 데이터가 문제가 있을 수도 있다고 생각했다.

지금은 인공 생식세포로 아이를 만드는 세상이다. 원하면 결혼하지 않고서도 얼마든지 자신의 유전자를 가진 아이를 얻을 수 있다. 바유는 물론 자신이 인공 생식세포로 태어나지는 않았을 것이라고 믿고 있다. 왜냐하면 아버지와 너무 닮지 않았다. 게다가 인공 생식세포로 아이를 갖는 것은 비용이 많이 든다. 아버지가 그걸 감당할 위인은 아니다.

가장 비용이 적게 들고 손쉽게 아이를 갖는 방법은 입양을 하는 것이다. 그래, 난 입양됐을지도 몰라, 바유는 그럴 가능성이 가장 높다고 생각했다. 인구문제를 해결하기 위해 국가가 아이를 인공으로 생산해서 입양시키는 일이 암암리에 벌어지고 있다는 얘기는 오래 전부터 인터넷에 떠돌고 있었다. 엄마는 처음부터 존재하지도 않았던 거다. 알프레드는 조작된 데이터를 기계적으로 읊어대고 있는지도 모른다.

"우리는 인공지능 때문에 망할 거다."

아버지가 느닷없이 인공지능으로 말을 바꿨다. 바유는 아버지가 비겁하다고 생각했다. 엄마에 대한 얘기를 하고 싶지 않으니까 대화를 바꾼 것이다. 바유는 그런 아버지가 미워 뭐든지 다투고 싶었다.

"그게 무슨 말씀이세요. 세상이 온통 인공지능으로 돌아가고 있는데 인공지능 때문에 망하다니. 하긴 그러네요. 인공지능이 없으면 마치 공기가 없는 것처럼 사람들은 살아 갈 수 없을 거예요."

알프레드는 두 부자의 말투가 심상치 않다고 판단했는지 더 이상 끼어들지 않았다. 아버지는 음식에서 손을 뗀 채 술만 들이켰

60

다. 그제야 바유는 자신이 왜 갑자기 엄마를 들먹였는지 깨달았
다. 결국 진로 선택이 문제였다. 그 놈의 U클래스 때문에 자신의
베리칩을 카피했고, 이제는 엄마의 부재마저 의심하고 있는 것
이다.

에밀

바유는 오후 수업을 빼먹고 학교를 나왔다. 마음이 계속 뒤숭숭해서 무엇 하나 제대로 붙잡고 매달려 있을 수가 없었다. 자신도 모르는 사이에 복제 건물들이 기하학을 이루고 있는 신시가지를 지나 구시가지로 가고 있었다. 서점이 있는 곳이었다. 딱 한 번 가본 곳인데 마치 정신적 고향이나 되는 듯이 그곳이 편안하게 여겨졌다.

서점에는 아무도 없었다. 그러나 문은 열려 있었다. 캠벨 아저씨가 어쩌다 오는 손님들이 헛걸음을 할까봐 외출 중인데도 문을 열어 놓은 것 같았다. 캠벨 아저씨에게는 그런 여유와 너그러움이 느껴졌었다. 아무튼 다행이었다. 문이 잠겨 있었다면 크게 실망했을 것이다. 그런데 이상하게도 아무도 없는 서점이 낯설게 느껴지지 않고 더 편안하게 느껴졌다. 아무에게도 방해 받지 않아서 좋다는 느낌.

바유는 책장 사이로 들어가 이런저런 책들을 뽑아 읽었다. 서서 읽자니 다리가 아파왔다. 잠시 쉴 생각으로 책장을 빠져나오려는데 책들 위에 가로로 놓여있는 얇은 책 한 권이 눈에 들어왔다. 표지는 뜯겨 나갔고, 속지에 『우시아』란 제목이 흐릿하게 남아 있었다. 바유는 그것을 들고 바깥으로 나와 소파에 앉았다. 가만히 책장을 넘겼다.

「문학은 죽었다고 공공연히 말해지고 있는 시대에 나는 지금까지 너무 과분한 찬사를 받아온 것 같다. 더 이상 낭만이나 모험은 눈뜨고 찾아보기 어려운 시대라 어쩌면 그것은 당연한 귀결인지도 모르겠다. 그래서 사람들이 나더러 마지막 인간 작가라고 부르는 것일까? 아무튼 이 책이 나의 마지막 글이 될지도 모른다는 생각에, 짧게나마 나의 삶을 되돌아보는 것이 넘치는 사랑에 대한 조그만 보답이라도 되지 않을까 해서 이 글을 서문에 대신한다.

나는 유복한 가정에서 태어났다. 아버지는 무역상을 했고 어머니는 명문가 집안 출신이었다. 어머니는 음악에 조예가 깊어 어릴 때부터 나에게 음악을 가르쳤다. 내가 세 살 때 아버지가 돌아가셨다. 여행에서 얻은 풍토병이 원인이었다. 그때부터 어머니는 나를 멀리하기 시작했다. 나는 어머니의 사랑을 잃지 않기 위해 밤낮없이 피아노를 쳤다. 그러나 어머니는 나를 할머니에게 맡기고 재가를 했다. 나는 음악이 끔찍이도 싫어졌다. 성격은 내성적이 되었으며 다른 사람과 대화하기가 힘들어졌다. 내게 호의적으로 대하는 사람들도 믿을 수 없었으며 언젠가는 나를 골탕 먹이려고 접근한다고 생각했다. 학교에서 친구들이 나의 어머니를 창녀라고 놀렸다. 나는 분노했지만 그 분노는 내가 창녀의 아들이란 것 때문이었다. 노골적으로 나를 괴롭힌 친구에게 이성을 잃고 폭력을 휘둘렀으나 도리어 내가 맞았다. 내가 접한 세상은 낯설고 불합리했다. 나는 내가 이 세상에 태어난 이유를 알지 못했다. 내가 겨우 살아갈 수 있다면 아마도 이 세상에 이성적인 무엇이 있을 거라고 막연하게나마 믿었기 때문이었다. 이성은 정의롭고 합리적일 것이었다. 하지만 내 머리는 혼돈 그 자체였다.

미술 시간에 비너스 석고상을 앞에 두고 데생을 했다. 나는 비너스가 아름답지 않았다. 왜 그것을 그려야 하는지 알 수 없었다. 한순간 분노가 솟구쳤다. 나는 석고상을 바닥에 내동댕이쳤다. 석고상이 박살났다. 학교에서 일주일 정학 처분이 내려졌다. 나는 일주일이 지나고 나서도 학교에 가지 않았다. 할머니의 타박이 이어졌지만 귓등으로 흘렸다. 나는 내가 불행한 존재라고 생각했다. 살아갈 가치가 없다고 생각했다. 할머니가 없는 어느 날 우연히 할머니 방에서 낡은 노트 한 권을 발견했다. 놀랍게도 그것은 아버지가 내 나이 때인 30년 전에 쓴 아버지의 일기장이었다. 아마도 할머니는 그것을 아들의 유품으로 여겨서 보관하고 있었을 것이다.

나는 되는대로 아무 데나 펼쳤다. '우리는 홀로 우연히 이 세상에 던져졌다. 우리는 매순간 죽음에 이르는 존재로 시간의 한계 안에 머무르는 유한한 존재다. 그러나 우리는 무한한 존재의 가능성에 내던져진 자유로운 존재다. 그에 따른 결단은 책임으로 완성된다. 여행은 어둠으로부터 빛으로 나아가는 것, 무지의 어둠을 벗어나 빛의 세계로 떠나자.' 어느 철학자가 한 말이라는데 그 뒤로 알 수 없는 글들이, 아마도 그 철학자의 글인 듯 했는데, 빽빽하게 이어졌다. 나는 노트를 집어 던졌다. 도대체 아버지는 어떤 존재였던가. 어쨌든 아버지는 자신의 말대로 여행을 떠났고, 물론 사업은 핑계였겠지만, 그 여행 덕분에 생긴 병으로 죽었다.

그날 이후로 내 머리는 더 복잡해졌다. 삶에 의미가 있단 말인가? 아니 삶은 전혀 무의미하다. 어떤 사람에게는 삶의 의미가 있을지도 모른다. 그러나 나는 나를 원치 않는 사람들로부터 태어났고 그래서 나는 영원히 버림받았다. 그러므로 나는 이 세상에 쓸모없는 존재다. 그렇다고 이제 와서 그 사람들을 원망해서 무엇할 것인가. 내가 이 세상에 태어났다는 사실이 중요하지 않을까.

내가 이 세상에 태어나지 않았다면 이런 고민도 하지 않을 것이 아닌가. 내가 없는데 어디서 내가 이런 생각을 하겠는가. 나는 집을 나왔다. 그때가 열두 살 때였다. 그것이 가출벽의 시작이었다. 처음에는 돈이 떨어지고 허기가 지면 집으로 돌아왔다. 그 다음에는 음식을 훔치기 시작했고 역이나 공원에서 잠을 잤다. 자주 집을 나갈수록 더 오래 버틸 방법들이 생겨났다. 청소년기 대부분을 그렇게 보냈다. 청년이 되었을 때 더 이상 내가 돌아갈 집은 없었다. 나는 떠도는 곳에서 이것저것 잡일을 하며 생계를 유지했다. 그러다 그곳이 싫증나면 다른 곳으로 떠났다. 나는 한 곳에서 일년 이상 머물지 못했다. 신드바드가 고향으로 돌아와 온갖 부귀영화를 다 누려도 다시 바다로 떠나갈 수밖에 없었듯이 나의 정착은 죽음을 의미했다. 나의 방랑벽은 아버지로부터 물려받은 유일한 유산이었을 것이다.

한번은 어느 마을에 갔는데 마을 사람들이 신비로운 산을 가리키며 저 산에 오르면 우주의 진리를 얻을 수 있다고 말했다. 별로 흥미가 없었지만 그래도 여행에서 얻을 것이 있을까 해서 그 산을 올라갔다. 험준한 바위들을 지나 협곡의 중간쯤에 이르자 검은 입을 벌리고 있는 커다란 동굴이 길을 가로막았다. 다른 길은 없었다. 나는 동굴로 들어갔다. 온통 깜깜한 어둠뿐이었다. 그러나 나는 주저하지 않고 어둠을 뚫고 들어갔다. 어느 정도 어둠에 익숙해지자 조금씩 앞으로 걸어갈 수 있었다. 동굴은 계속 오르막길이었다. 어느 순간 빛이 새어들기 시작했다. 동굴을 빠져나오자 정상은 눈앞에 있었다. 그러나 바로 앞에 있는 것처럼 보여도 정상은 똑같은 거리에서 마치 손짓하듯 서 있었다. 눈 덮인 바위가 나타났다. 나는 몇 번이나 포기하고 싶은 생각이 들었으나 이겨냈다. 마침내 정상에 도착했다. 하늘은 툭 치면 깨어져 버릴 정도로 푸르고 청명했다. 태양은 표적 없이 빛났다. 세상이 내려다보였다. 그리고 아무것도 없었다. 우주의 진리는 존재하지 않았다. 마을사람들은 거짓말을 했다. 산꼭대기에 무엇이 있어 진리가 현전한단 말인가. 나는 실망을 안고 산을 내려왔다. 그러나 내 마음에는 뭔가 강한 것이 자리 잡았다. 아버지는 정말 여행을 통해 삶의 의미를 발견했을까. 왜 가족을 버려둔 채 여행을 할 수밖에 없었을까.

한번은 커다란 도시에 도착했다. 도시의 중앙에 광장이 있었고 광장의 서쪽 가장자리에 도서관이 있었다. 도서관의 입구는 고대 그리스의 신전처럼 웅장하고 위풍당당한 기둥이 세워져 있었다. 나는 도서관에 들어갔다. 그리고 책을 읽기 시작했다. 드디어 뭔가 해결의 실마리를 찾은 듯 했다. 나는 밤낮으로 책을 읽었다. 어느 날 책에서 '우시아'를 발견했다. 세상은 허상이며 진실은 실체에 있다는 것이었다. 그럴 듯 했다. 그것이 정말 존재한다면 삶의 의미도 알 수 있을 터였다. 햇살이 높은 창문의 스테인드글라스를 뚫고 들어와 기하학적 구조물처럼 촘촘히 박힌 책들 사이로 하얗게 부유하는 먼지들을 비췄다. 지식의 산들이 진리 자체를 재현하고 있는 듯 했다. 그러나 지식은 해석일 뿐, 진리 그 자체는 아니었다. 지식은 결코 진리를 말하지 않았다. 무수한 견해가 실체 행세를 했다. 현자들은 실체는 도달할 수 없는 세계라고 했다. 번민이 커졌다. 책을 읽을수록 고뇌는 더 깊어졌고 세계는 오리무중이었다.

진리의 문제를 모두 해결했다고 호기롭게 떠들었던 비트겐슈타인은 결국 말할 수 없는 것에는 침묵해야 한다고 말했다. 세계의 의미는 세계 안에 있지 않으며, 과학이 밝혀낸 사실을 전부 다 알아도 세계는 여전히 알 수 없다고 했다. 말할 수 없는 것에 침묵하라니 논리적으로 설명할 수 없으면 입을 다물라는 말인가. 우시아는 세계 안에 있다는 말인가 없다는 말인가. 말해질 수 없기에 존재하지 않는다는 말인가, 아니면 결코 말로는 말해질 수 없다는 말인가. 내가 내린 결론은 말할 수 없는 것이 있으니 침묵할 수밖에 없다는 것이었다. 헛되이 갉아먹은 시간들은 영원히 되돌릴 수 없는 법, 나는 절망했다. 나는 메마른 사막처럼 피폐해졌다. 더 이상 아무것도 생각할 수 없었다. 우시아를 머리에서 지우려고 했다. 그러나 지워지지 않았다. 한번 맛을 본 미각처럼 그것은 영원히 의식 속에 각인되었다. 나는 도서관의 구석진 바닥에 쓰러졌다. 한 사람이 내게 다가왔다. 그는 나를 일으켜 세워 물을 먹이고 정신이 들게 했다. 정신이 돌아오자 나는 이 모든 것이 아버지 때문이라고 소리쳤다. 우시아를 버릴 수 없다고, 나는 절규했다. 그는 나를 오랫동안 보아온 듯 슬픈 목소리로 말했다. 삶이란 늘 운명처럼 오는 것이라고, 누구든 한 번은 온 영혼을 집어삼킬 운명이 오게 마련이라고, 그러니 운명에 맞서야 한다는 것이었다. 나는 도서관을 떠났다.

몇날 며칠을 걸어 나는 어느 항구에 도착했다. 그곳에 마침 출항 직전에 있는 배 한 척을 발견했다. 나는 그 배를 탔다. 나중에야 알았지만 그 배는 밀항선이었다. 내가 그 배에 탈 수 있었던 것은 그들이 태운 밀항자와 별반 다를 게 없는 후줄근한 내 외모 때문이었다. 밀항자들은 불법 이민자들이었다. 어느 사회나 체제에 순응하지 못한 아웃사이더는 있는 법이다. 그들은 외딴 섬이나 차라리 다른 나라에서 새롭게 살기를 원했다. 처음 항해는 순조로웠다. 나는 작열하는 태양과 망망대해의 고적함이 좋았다. 밤마다 쏟아지는 별들을 보며 삶은 아름다울 수 있다는 일말의 희망마저 느꼈다. 그러나 그런 낭만은 오래가지 않았다. 밀항선은 유람선이 아니었다. 어느 날 배에서 폭동이 일어났다. 조악한 음식과 빈번히 일어나는 인권유린이 문제였다. 그렇지 않아도 떠나온 나라에서 설움을 받아온 터에 아물지 않은 생채기가 터진 셈이었다. 어쩌면 차라리 새로운 세계로 가는 것보다 이 배를 탈취해서 자유를 얻고 싶었는지도 몰랐다. 그러나 폭동은 오래가지 못했다. 동참하기로 한 일부 사람들이 배신을 하면서 주동자들은 붙잡히고 폭동은 가라앉았다. 선장은 주동자 두 명을 바다에 수장하는 만행을 저질렀다. 그러나 사람들은 침묵했다. 너무나 오랫동안 침묵하는 삶을 살았기에 저항은 남의 일이었다. 선장은 폭동을 일으킨 이유를 알면서도 상황을 개선하기는커녕, 사람들을 더욱 강도 높게 감시하고 통제했다. 음식은 더 나빠졌다. 선장의 폭정에 견디지 못한 한 사람이 스스로 바다에 몸을 던졌다. 그래도 선장은 눈 하나 까딱하지 않았다. 어느 날 배에 불이 났다. 깜깜한 밤이었고 미처 손쓸 새도 없이 불은 배 전체로 번졌다. 나는 사전에 준비해 둔 구명보트를 타고 탈출했다. 물에서 구조를 요청한 이민자들은 구해 주었다. 그러나 선장을 비롯한 선원들은 단 한 명도 구조하지 않았다. 그때 나는 삶은 조건이지 선택이 아니라는 사실을 발견했다. 인간의 조건도 침묵할 수밖에 없는 실체만큼이나 중요했다. 왜냐하면 자유와 정의는 삶을 떠나서는 의미가 없기 때문이었다. 지나가는 무역선이 우리를 구조해 주었다. 나는 그 배를 발 삼아 세계 여러 곳을 돌아다녔다. 배는 날뛰는 소를 묶어두는 고삐처럼 나의 방랑벽을 한동안 붙잡아 두었다.

　많은 세월이 흐른 어느 날 나는 또 다른 한 항구에 다다랐다. 마침 석양이 물들고 있었다. 아무도 없는 바닷가에 한 노인이 서 있었다. 노인은 깊고 넓은 바다의 끝을 바라보고 있었다. "나는 무엇 때문에 살아왔는가. 나는 무엇을 위해 살아왔는가." 노인은 손으로 해가 지는 수평선을 가리키며 말했다. "저기, 수평선 너머로부터 끊임없이 걸어오는 인간이 보이지 않는가. 불완전하고 뒤틀린 인간의 육체들이 어기적어기적 걸어오고 있지 않은가. 저 행진은 멈출 수 없다. 거역할 수도 없어. 인간은 무엇인가. 어디에서 와서 어디로 가는가. 삶은 오직 과정뿐이라네. 우리 뒤로 지나간 영원과 우리 앞에 다가올 영원, 그 틈에서 번쩍, 우리는 찰나의 빛이라네. 하지만 저기 그 찰나의 빛이 영원의 우주를 비추는 게 보이지 않는가. 인간은 그런 존재라네." 우주의 시간과 인간의 시간, 그것이 응집과 확장으로 하나가 되는 순간을 노인은 가만히 응시하고 있었다. 그제야 나는 노인의 얼굴에서 아버지를 보았다. 죽음에 이르러 세계는 동시적으로 회귀했다. 죽음은 선형적 시간을 극복하는 순간인지도 모른다. 그때서야 인간은 세계와 하나가 되는 것인지도. 수평선 끝에서 황혼이 지고 있었다. 노인의 마지막 말이 들렸다. "코나투스". 이제 나는 내 길을 갈 수 있으리라는 생각이 들었다.」

거기까지였다. 남은 반 페이지에는 아무것도 씌어 있지 않았다.

다음 페이지에는 본문이 시작되고 있었다. 바유는 한숨을 돌렸다. 조금 더 읽을까 하다가 그냥 책을 덮었다. 그것만으로도 많이 생각들이 떠올랐다. 조금 이상한 책이란 생각도 들었다. 앞뒤 표지도 없고 작가 이름도 없었다. 인쇄도 조악하고 종이도 색이 누렇게 바랬을 정도로 낡았다. 150페이지 정도 되는 얇은 책이었다. 어쨌든 짧은 글이지만 글 전체의 분위기를 느낀 듯 했다. 어떤 생각이 가슴 깊은 곳에서 솟아올랐다. 그랬다. 낡고 좀이 쏠아 검버섯처럼 얼룩덜룩하지만 종이는 고스란히 시간을 간직하고 있었다. 책은 시간을 먹고 자랐다. 그것은 철저하게 종이에 배어 있었다. 디지털북에서는 시간의 냄새가 없다. 바유는 이제야 그 차이를 알 것 같았다. 처음부터 종이책을 보지 않았으므로 차이를 모르는 것은 당연했다. 그러나 이제 종이책을 보면서 확연하게 차이를 발견했다. 디지털은 세상의 시간을 없앴다. 시간만이 변화를 증언한다. 언제 다시 불러도 디지털은 변화가 없다. 시간이 사라진 것이다. 종이는 시간의 풍상 속에서 스스로 글의 일부가 되었다. 그러나 늘 똑같은 디지털북은 도리어 글을 부패시키는지도 모른다. 왜냐하면 시간의 정지가 역설적으로 사람들로 하여금 글로부터 떠나게 만들고 있기 때문이다.

"책을 좋아하는구나?"

어디선가 여자의 목소리가 들렸다. 바유는 자신이 책에 빠져 있는 동안 누가 들어 온줄 알고 출입문 쪽으로 눈을 돌렸다. 아무도 없었다. 자리에서 일어나 둘레를 돌아보았다. 사람은 보이지 않았다. 천장 쪽에서 난 것도 같아 고개를 들었다. LED 등 말고는 아무것도 없었다.

"처음 여기에 왔을 때부터 널 지켜보았어."

그 순간 바유의 머릿속에 어떤 여자아이의 얼굴이 그려졌다. 왜 그런 얼굴이 떠올랐는지는 알 수 없었다. 그것은 아마도 뇌가 하는 일인지도 모른다. 바유의 머릿속에 있는 온갖 데이터를 바탕으로 상상 속의 인물을 본능적으로 만들어내는 것이 뇌가 하는 일일 테니까.

"난 에밀이라고 해. 몸이 아파서 움직일 수 없어. 그래서 카메라로 널 볼 수밖에 없었어. 미안해, 다른 뜻은 없었어."

어이가 없었다. 누군가가 폐쇄 회로 카메라로 나를 훔쳐보고 있었다니, 바유는 불쾌한 느낌이 확 올라왔다. 하지만 그래도 상상 속의 인물은 사라지지 않았다. 환청이 아니었다는 게 다행이라면 다행이었다.

"어디가 아픈데?"

바유는 이상하게 마음에 짠한 느낌이 들었다.

"전신 마비야. 어릴 때 교통사고를 당하는 바람에……."

"아, 그렇구나. 그럼 여기 서점 아저씨 딸?"

"응."

그렇다면 에밀은 이 서점 어딘가 방에 누워서 폐쇄 회로 카메라로 서점 안에 있는 손님들을 봐 왔다는 얘기다. 어쩌면 어디에도 갈 수 없는 처지에 소일거리였을지도 모른다. 바유는 동정이 갔다. 얼마나 답답했겠는가. 물론 아빠가 가끔씩 휠체어로 바깥 구경을 시켜 주기는 했겠지. 하지만 대부분의 시간은 꼼짝없이 누워 죄수처럼 지낼 수밖에 없었을 것이다.

"난 바유라고 해."

"반가워, 바유. 난 열다섯, 넌?"

"응? 나는 열여섯."

"한 살 차인데, 친구하자."

"그, 그래."

얼떨결에 바유는 친구 수락을 하고 말았다. 어쩌면 얼떨결이 아니었을 수도 있다. 바유는 머릿속의 여자아이에게 연민을 느끼고 있었다.

"부탁이 하나 있어. 오늘 나 만난 거 아빠에게 비밀로 해 줘."

"그, 그래. 그거야 어렵지 않지."

"그리고 부탁이 하나 더 있어."

바유는 비록 음성으로 대화를 하고 있지만 금방 가까워진 느낌이 들었다. 하긴 대부분의 인간관계가 인터넷으로 이루어지는 요즘 음성이나 문자로 대화를 하는 것은 너무나 자연스러운 일이었다.

"바깥에 나가고 싶어."

"뭐라고?"

"바깥 구경을 하고 싶다고."

바유는 아빠가 가끔씩 구경 시켜 주지 않느냐고 묻고 싶었지만 참았다. 만약 그런 일이 지금까지 없었다면 정말 얼마나 답답했을까.

"아빠가 그랬어. 나는 움직이면 안 된다고. 모든 걸 컴퓨터로 처리하고 있어. 컴퓨터로 세상을 보고 있기도 하지. 하나도 불편한 것은 없어. 그런데 가끔, 아주 가끔은 진짜 바깥으로 나가고 싶다는 생각이 들 때가 있어."

"외골격 시스템이나 특수 제작한 휠체어를 쓰면 어디에서고 움직일 수 있을 텐데."

"내 몸에는 수십 가지 컴퓨터 시스템이 붙어 있어. 그걸 다 달고 나간다는 것은 불가능해."

바유는 에밀이 교통사고가 어떻게 났는지 모르지만 크게 다친 게 분명하다는 생각이 들었다. 그러니까 컴퓨터 시스템으로 돌아가는 여러 가지 생명유지 장치가 신체와 연결되어 있다는 말이었다. 아마도 인공 심장이나 인공 폐, 인공 신장 따위도 달려 있을지 모른다. 바유는 안타까운 생각이 들었다. 무엇이든 도와주고 싶었다.

"그렇구나. 내가 도울 수 있는 건 도와줄게."

"고마워."

에밀의 목소리가 밝아졌다. 그것을 분명하게 느낄 수 있었다. 혹시 거절할지도 모른다는 생각에 불안했을 수도 있었을 테니까.

"그런데 전혀 움직일 수 없다면서 어떻게 바깥에 나갈 거야?"

"간단해. 네 스마트 안경으로 보면 돼."

"아, 무슨 말인지 알겠다. 그러니까 내 스마트 안경과 네 컴퓨터를 연결해서 내가 보고 있는 것을 너도 보겠다는 거지?"

"그래."

"알았어. 그건 간단한 거니까, 지금 당장 하지 뭐."

바유는 가방에서 스마트 안경을 꺼내어 파워를 켰다. 눈앞에 증강 화면이 떴다. 에밀이 자신의 계정을 말해 주었다. 바유는 인터넷에 접속해서 에밀의 계정을 링크했다. 에밀이 말했다.

"보여. 네가 보고 있는 것 그대로 내게도 보여."

"오케이. 앞으로 네가 원하면 언제든 바깥세상을 보여 줄게."

"고마워. 널 만난 건 내겐 행운이야."

"이 정도 가지고 뭘."

바유는 얼굴이 붉어졌다. 어디선가 보고 있을 에밀이 눈앞에 있는 것처럼 느껴졌다.

루갈

현관문을 열고 들어서자 향긋한 냄새가 코를 찔렀다. 이건 한동안 맡아 보지 못한 냄새였다. 아니나 다를까, 거실을 지나 부엌으로 가보니 엄마가 식탁에 앉아서 손에 묻은 소스를 빨고 있었다.

"엄마, 언제 오셨어요?"

루갈이 반가운 마음에 소리쳤다. 엄마가 활짝 웃었다. 앞치마를 두른 아빠가 조리대에서 음식을 식탁으로 옮기고 있었다. 알록달록한 색깔의 음식들이 식탁을 가득 채우고 있었다.

"가서 옷 갈아입고 와."

아버지가 식탁 앞으로 다가온 루갈을 제지하며 말했다. 루갈이 알았다며 자기 방으로 달려갔다. 루갈의 엄마는 저명한 바이러스 학자다. 이번에 신종 바이러스의 기원을 찾아 시베리아로 현지

조사를 갔다가 오늘 돌아온 것이었다. 지구온난화로 시베리아 동토의 60퍼센트가 녹으면서 수만 년 동안 땅속에 묻혀 있던, 전에 한 번도 본 적이 없던 새로운 바이러스들이 발견되고 있었다. 특히 얼마 전에 발견된 거대 바이러스는 생명의 기원을 새롭게 써야 한다는 말이 나올 정도로 과학계에 센세이션을 일으켰다. 전 세계 바이러스 학자들이 대거 시베리아로 몰려들었다. 그래서 루갈의 엄마도 국가에서 지원하는 시베리아 거대 바이러스 조사단의 일원으로 현지에 간 것이다.

루갈의 아버지는 신경외과 의사다. 엄마가 없는 동안 루갈과 아버지는 늘 마트에서 배달되어온 완전 가공 음식만 먹었다. 데우기만 하면 되는 것이었다. 그런데 엄마가 돌아오자 갑자기 아버지가 직접 요리를 하고 나선 것이다. 루갈은 아버지 성격에 좀 호들갑이라고 생각하며 식탁에 앉았다.

루갈이 포크로 새우를 집어 입에 넣었다. 탱글탱글한 새우 살이 혀끝에서 통통 튀었다. 새우가 살아서 입안을 돌아다니는 것 같았다. 어쨌거나 이런 음식을 맛본지도 오랜만이라 루갈은 기분이 좋았다. 아버지와 엄마는 포도주를 마시며 얘기를 나누고 있었다.

"아키타입 바이러스와 네안데르탈인의 디엔에이 비교 분석은 어떻게 되어 가고 있소?"

"아직 조사 중에 있어요. 네안데르탈인의 이동성 유전자에 대한 데이터가 부족해서 신중을 기하고 있어요."

"어쨌든 그게 밝혀지면 네안데르탈인의 멸종 원인이 밝혀질지도 모르겠군."

아키타입 바이러스는 최근에 새롭게 발견되고 있는 바이러스인데, 루갈의 엄마가 시베리아에서 찾고자 한 것도 그것이었다. 21세기 초에 발견된 판도라 바이러스와 같은 거대 바이러스는 바이러스가 세포의 디엔에이로부터 떨어져 나와 만들어진 것이 아니라 독자적인 생명 체계가 있었을 거라는 주장이 제기되었다. 말하자면 박테리아 수준의 바이러스 조상에서 현재의 바이러스들로 진화해 왔다는 것이다.

아키타입 바이러스는 진화상으로는 판도라 바이러스의 하위 단계인데, 놀라운 것은 네안데르탈인의 디엔에이에서 발견되고 있는 이동성 유전자와 염기 서열이 유사한 것으로 밝혀져 크게 관심을 끌고 있었다. 이동성 유전자는 생물 집단 사이에 떠돌아다니는 유전자 조각으로 생물의 돌연변이와 진화에 중요한 역할을 해 온 유전자다.

엄마의 얘기가 끝나자 이번에는 아버지가 지금 하고 있는 일을 화제로 꺼냈다. 사실 루갈의 집에서는 이런 모습이 아주 일상적이었다. 루갈은 어릴 때부터 부모님이 식탁에서든 소파에서든 끊임없이 전공 분야 대화를 나누는 것을 보며 자랐다.

"아드레날린과 글루탐산이 과다 분비된 것으로 분석되고 있는데, 그것만으로는 갑작스런 뉴런 활성을 설명할 수 없어."

"해마 부위의 손상 여부는요?"

"이렇다 할 정도는 아니고. 다만 발작이 일어났을 때 시상의 기능이 급격하게 떨어지고 어떤 충격에 신경전달물질이 요동을 치는 것 같다는 거야. 그 원인을 아직 모르고 있지만."

"모든 감각 정보를 대뇌로 전달하는 시상의 기능이 떨어졌다는 것 자체가 대뇌에 큰 충격을 줄 수 있어요."

"어쨌든 손상된 신경세포를 복구하는데, 바이러스를 주입하는 실험을 하고 있어. 면역계 부작용만 없으면 바이러스가 가지고 있는 정상 유전자를 삽입해서 신속하게 신경세포를 살릴 수는 있지."

루갈은 한동안 조용했는데 두 사람의 대화가 또 시작되었구나 하는 생각을 하며 음식에만 열중했다. 그러다 신경세포 운운하는 말에 귀가 솔깃해졌다.

"지금 발작이라고 했나요?"

"응?"

엄마가 아빠를 쳐다보았다. 두 사람의 표정이 약간 굳어졌다. 자신들의 대화에만 몰두하다가 아들의 존재를 까맣게 잊고 있었던 것이다.

"혹시 뇌전증을 말하는 거 아닌가요?"

"아, 아니야. 그것하고는 상관없어."

"어제 우리 반에서 한 아이가 쓰러졌어요. 그런데 5분도 채 되지 않아 CDC가 들이닥쳐 그 친굴 데려갔어요. 제가 보기에는 뇌전증 같았어요."

두 사람은 말이 없었다. 루갈은 갑자기 입맛이 싹 사라져 버렸다. 수저를 내려놓고 자리에서 일어났다.

"저한테 뭘 숨기고 계신다면 실망했어요."

루갈은 차갑게 한 마디 던지고서 자기 방으로 가 버렸다. 두 사람은 멍한 얼굴로 서로를 쳐다보았다. 루갈은 자신의 방에 와서 집사 로봇의 기능을 수정했다. 원격으로 부엌에서 나는 소리를 도청하기 위해서였다.

"이번 달에만 4명이 들어왔어. 루갈의 학교에서도 발병자가 있어요. CDC에서 특별 지시로 비밀리에 격리 수용하고 있어요. 문제는 그 아이들이 변형 배아 유전자 보유자들이라는 건데……."

"뭐라고요? 4세대 배아 유전자 보유자들과 관련성이 있다고요?"

"그렇소. 어쨌든 뇌질환을 격리 조치하는 건 나도 이해할 수 없는 처사요."

"병명이 뭐예요?"

"광범위한 통합성 뇌질환의 약자로 에식스라고 하더군."

"처음 들어봐요. 신종 질병이에요. 전염성 뇌질환이라…….."

루갈은 자신의 귀를 의심했다. 아누가 일으킨 발작이 신종 질병이라니. 단순 뇌전증이 아니었단 말인가. 더구나 변형 배아 유전자 보유자들과 관련이 있다니. 아무도, 루갈 자신도 4세대 배아 유전자 보유자가 아닌가. 순간 루갈은 불안감이 엄습했다.

루갈은 인터넷에서 에식스에 관해 검색을 했다. 하지만 어떤 자료도 올라와 있지 않았다. 루갈은 딥웹 프록시 경로로 우회해서 비밀 사이트들을 뒤졌다. 몇 가지 정보가 나왔다. 광범위한 통합성 뇌질환(extensive integrated cerebropathia, EXICs). 에식스. 1급 전염병으로 분류되어 있었다. 루갈은 에식스에 링크되어 있는 한 하이퍼 텍스트를 클릭했다.

「어느 신경생리학자의 전염성 뇌질환에 관한 소견.

뇌가 학습하고 기억하는 메커니즘은 시냅스의 유연한 가소성이 주요한 역할을 한다. 반복적인 입력 정보와 의식적 사고 행위는 신경 회로를 형성하거나 강화한다. 본질적으로 신경 회로는 생존을 위해서 존재한다. 생존을 위해서 필요한 회로는 강화하고 그렇지 않은 것은 약화와 소멸의 길을 걷는다. 생존 방식은 시대에 따라 다르다. 수렵 채집, 농업혁명, 산업혁명, 제국주의, 등등, 시대가 다르면 생존 방식도 다를 수밖에 없다. 그러나 어느 시대든 뇌의 전략은 생존을 위해 적응한다. 하지만 그 적응이 항상 최적인 것은 아니다. 진화 또한 우연의 결과이지 최선의 선택은 아니지 않는가.

병은 시대의 산물이다. 19세기에는 주의력 결핍과 충동 조절 장애 같은 병은 존재하지 않았다. 시대의 변화에 따라 병도 달라진다. 시대가 병을 낳는다. 누가 왜 어떻게 진단하느냐에 따라 병은 만들어진다. 병이라고 규정하는 보편적이고 절대적인 원칙은 없다. 그러므로 그 시대의 질병은 그 시대 사람들의 인식과 문화, 의학적 판단에 의해서 결정된다.

전염성에 대한 정의 내지 규정도 시대에 따라 달라질 수 있다. 전염성이 과거처럼 병인이 세균이나 바이러스에 의해 생긴다고 일괄적으로 말할 수 없다. 정신질환은 뇌에 이상이 생긴 것이다. 정신의 변화는 물리 화학적 작용의 결과이다. 정신이 물질에 영향을 미칠 수도 있고, 물질이 정신에 영향을 미칠 수도 있다. 정신과 물질은 상호작용한다. 정신이 집단으로 확장되면 문화가 된다. 문화는 그 사회 집단의 정신적 현상이다. 동일한 뇌질환이 광범위하게 발생한다면 하나의 문화현상이라고 진단해야 하고, 사회적 전파 형태에 따라 전염된다고 볼 수 있다. 병인이 직접 전달되지 않더라도 미디어를 통해 동일한 정신 현상이 확산된다면 전염병이라고 부를 수 있다. 모든 전염성 질병은 격리 수용해야 마땅하다.」

루갈은 발작을 일으키고 잡혀가던 아누가 떠올랐다. 뭔가 이상한 일이 벌어지고 있다는 느낌을 지울 수가 없었다. 뇌질환이 전염되고 있다니. 루갈은 미디어가 바이러스의 매개체 역할을 하고 있다고 생각하자 섬뜩한 생각이 들었다.

비밀

바유는 거리를 나설 때마다 에밀을 위해 스마트 안경을 썼다. 거리는 조용하고 사람들은 무엇엔가 쫓기듯 각자의 길을 가고 있었지만 에밀은 그런 풍경도 마냥 신기해 하는 것 같았다. 에밀은 스마트 안경을 통해 보여지는 것 이상으로 뭔가를 체험하는 것 같았다. 이를테면 스마트 안경이 제공해 주는 시각, 청각 말고도 몸이 느끼는 다양한 감각을 경험하고 있었던 것이다.

나중에 가서야 바유는 그것이 어떻게 가능했는지 알게 되었다. 바유가 입고 있는 웨어러블 기기들에서 나오는 모든 정보까지 에밀은 스마트 안경을 통해 읽어냈다. 그러니까 바유가 에밀의 계정을 자신의 스마트 안경에 링크했을 때, 이미 바유로부터 생성되는 모든 정보는 에밀의 것이 되었던 것이다. 에밀은 그런 정보를 바탕으로 바유의 감정까지 자기 것처럼 느낄 수 있었던 것이다.

바유는 오전에 학교 갈 때도 에밀을 위해서 일부러 공원을 지나갔다. 평소보다 십여 분이 더 걸리지만 그쪽은 나무가 많고 공원 안에 작은 호수도 있어 바람결에 나무와 물풀 향기도 맡을 수 있었다.

"향기로운 냄새, 온갖 빛깔의 색, 부드러운 바람의 감촉, 따스한 햇살……."

"아름답다. 모든 것이 아름답다. 인간은 아름다움을 아는 위대한 존재다."

에밀은 감탄사를 쏟아냈다. 바유는 에밀의 마음을 이해할 것 같았다. 가상현실과 같은 미디어가 없으면 바깥세상을 볼 수 없는 답답함. 폐쇄 회로 카메라가 보여주는 늘 똑같은 자신의 방. 바유는 자기 같았으면 벌써 미쳐 버렸을지도 모른다는 생각이 들었다. 그래서 바유는 에밀이 원하면 무엇이든 해 주고 싶었다.

학교에 가서도 공부가 방해되지 않는 선에서 학교 모습도 자주 보여 주었다. 에밀은 운동장에서 뛰어노는 아이들을 가장 부러워했다. 땀을 흘리며 씩씩대는 아이들의 숨결을 느껴 보고 싶다고 말했다. 바유는 조금 불안하기도 했다. 자신의 처지를 비관하거나 회복할 수 없다는 좌절감만 안겨 준다면 보여 주지 않은 것보다 못하다는 생각이 들었기 때문이었다. 그러나 그것은 괜한 걱정인지도 몰랐다. 에밀은 늘 밝고 쾌활했다.

"가을 햇살. 붉은 단풍나무. 벤치에 오순도순 앉아서 웃고 있는 아이들."

벤치에 앉아서 캠퍼스의 풍경을 보여 주고 있을 때 에밀이 한 말이었다. 어디서든 에밀의 말에는 부러움이 섞여 있었다. 눈에 보이는 모든 것이 새롭고 놀라운 것 투성인 듯했다.

"우리 학교 캠퍼스가 좀 괜찮기는 해. 캠퍼스는 고사하고 운동 장도 없어서 체육관에서 운동하는 학교도 많아."

"넌 행운아야. 이런 학교에 다닐 수 있다는 것만으로도."

바유는 피식 웃었다. 행운아 정도는 아니라는 생각이 들어서 였다. 학교생활의 속사정을 알면 학교가 마냥 즐거운 곳은 아니라는 사실은 금방 알 터였다.

"즐거워 보이네. 숨겨둔 친구라도 있나 봐?"

바유는 깜짝 놀라 고개를 돌렸다. 안나였다. 안나가 예의 무표 정한 얼굴로 바유를 내려다보고 있었다.

"아, 아냐."

바유는 당황해서 어정쩡 일어났다. 며칠 전만 해도 멀리서도 마 주치기를 싫어하던 안나가 자신에게 먼저 말을 걸어오다니, 그렇 다면 화가 풀렸다는 말인가. 바유는 반갑기도 하고 그때 일이 떠 올라 미안하기도 했다. 안나는 그런 바유를 뚫어지게 바라보았다.

그 눈빛은 뭐라 설명하기 어려웠다. 바유의 속마음을 꿰뚫어 보는 것도 같고 그냥 지나치다 우연히 마주쳤다는 것처럼 보이기도 했다.

"그때 왜 그랬어?"

"뭘? 그때라니?"

"복원 동물원."

"아……, 모, 모르겠어, 나도."

바유는 검치호랑이를 떠올렸다. 그건 솔직한 대답이었다. 안나가 다른 걸 물어봤으면 싶었다. 그러나 안나는 전혀 엉뚱한 말을 혼잣말인지 들으라는 건지 중얼거렸다.

"아주 작은 원을 그리며 맴도는 사뿐한 듯 힘차고 부드러운 발걸음, 하나의 커다란 의지가 마비된 중심을 따라 도는 힘의 춤과도 같다."

바유가 멍한 눈으로 안나를 바라보았다. 안나는 한순간 애매한 표정을 짓고는 아무 일 없었다는 듯이 지나갔다. 마침 그때 수업 시작을 알리는 종이 울렸고 바유는 더는 안나가 한 말이 무슨 뜻인지 생각해볼 여유도 없이 교실로 향했다. 그날 바유는 며칠 동안 벼르던 일을 해결해야 해서 안나와의 만남은 그것으로 까맣게 잊어버렸다.

정규 수업이 끝나고 바유는 루갈에게 음악 연습실에서 보자고 말했다. 루갈이 고개를 꺄우뚱하며 생뚱한 표정을 지었다. 바유가 먼저 자신에게 말을 걸은 적도 없었지만 어디서 보자고 한 적은 더욱 없었기 때문이었다. 어쨌든 루갈은 곧장 바유의 뒤를 따라갔다. 뭔가 재미있는 일이 생길 것 같은 기대감에 기분이 조금 들뜨기까지 했다.

연습실은 드럼과 일렉트릭 기타, 베이스, 피아노가 비치되어 있었다. 철제 의자들이 여기저기에 흩어져 있는 것으로 봐서 이전 팀들이 정리를 하지 않고 간 것 같았다. 바유는 대충 의자들을 접어 구석에 세웠다. 루갈이 들어왔다. 루갈은 실실 웃으며 빈정댈 구실을 찾고 있었다.

바유는 루갈을 보자고는 했지만 막상 루갈이 앞에 서자 선뜻 말을 꺼내지 못했다. 뭔가를 망설이는 눈치였다. 그러다 루갈이 실없다며 돌아가려 하자 겨우 손에 쥐고 있던 USB를 루갈에게 내밀었다.

"뭐야?"

"내 베리칩 파일이야."

"뭐?"

루갈이 잠시 놀라는 듯했다.

"그런데 이걸 왜 나한테 줘?"

"암호 좀 풀어 줘."

루갈이 웃었다. 듣기 싫은 웃음이었지만 바유는 참았다. 집에서도 여러 가지 암호해독 프로그램을 돌려 보았지만 암호를 풀 수 없었다. 시간이 지날수록 바유는 베리칩에 자신도 모르는 특이 정보가 들어 있을지 모른다고 확신했다. 루갈은 컴퓨터를 잘 하기로 소문이 나 있었다. 다른 친구에게 부탁할 수도 있지만 한 번 창피를 당하더라도 확실한 녀석에게 부탁하고 싶었다. 그래서 눈물을 머금고 루갈에게 부탁하고 있는 것이다. 루갈이 모든 것을 눈치 챈 듯 더 크게 웃었다.

"뭐 이 정도야 식은 죽 먹기지. 그래 친구 좋다는 게 뭐냐, 돈 드는 일도 아닌데."

루갈은 노트북을 꺼내 USB를 꽂고 프로그램을 돌렸다. 처음에는 간단할 줄 알고 대충 프로그램을 돌리던 루갈이 만만치 않다는 생각이 들었는지 자세를 고쳐 잡고 해독에 집중하기 시작했다. 큰소리 쳐놓고 해결하지 못하면 그의 자존심이 용납할 수 없는 일이었다. 삼십여 분 뒤 마침내 루갈이 손을 털며 허리를 폈다. 잠시 뒤, 모니터를 응시하던 루갈이 눈을 크게 떴다.

"이, 이게 뭐지. 믿을 수 없어."

루갈이 바유에게 모니터를 가리켰다. 바유가 한 걸음 모니터 앞에 다가갔다. 노트북 화면에 바유의 개인 정보가 빽빽이 적혀 있었다. 바유는 자신이 발가벗겨진 기분이었다. 그런데 그건 아무것도 아니었다.

"넌 유전자 편집을 전혀 하지 않았어. 흔히 하는 말로 완전 자연산이야."

바유는 충격을 받았다. 유전체 분석 부분에 어떤 변형도 가하지 않았다는 글이 분명하게 적혀 있었다. 많은 아이들이 태어나기도 전에 유전자 분석을 해서 유전자 질병을 일으키는 특이한 유전자를 제거하거나 고친다. 아이들은 자신이 당연히 잘못된 유전자를 고쳐서 태어난 것으로 알고 있다. 그런데 바유는 그런 변형이 전혀 이루어지지 않은 것이다. 놀랍지 않을 수 없는 일이었다.

아버지의 말은 사실이었다. 바유는 아버지를 의심했다. 엄마의 죽음을 의심했고, 자신의 디엔에이도 의심했다. 디엔에이를 바꾸지 않다니. 분명히 돈 때문일 것이다. 돈만 있다면 누구든 배아 상태의 디엔에이를 바꿀 수 있다. 바유는 비로소 자신이 정말 평범한 존재임을 알았다. 아무런 변형 없이 물려받은 유전자. 가장 평범한 디엔에이. 루갈은 바유의 부모님까지 자연산이라며 애매모호하게 웃었다. 바유는 침울했다.

"참고로, 나는 4세대 배아 유전자 보유자야. 뭐 알만 한 사람들은 다 알고 있는 거기는 하지만. 아마도 너와 나의 유전자 차이는 인간과 침팬지 정도는 될 걸?"

"너무 심한 거 아냐?"

바유는 쥐구멍에라도 들어가고 싶었다. 루갈이 헤 웃었다.

"미안. 내가 너무 직설적이었나. 하긴 뭐 자연산이면 어때. 희귀한 게 대센대, 너도 그 축에는 낄 거야."

대개 부모들은 임신한 지 일주일쯤 되면 배아 유전자를 검사해서 유전자 질병 여부를 확인한다. 이때 많은 부모들이 의사를 매수해서 불법적으로 편집을 한다. 질병이 없는데도 자식의 장래를 위한답시고 유전자를 조작하는 것이다. 대개 부모들이 원하는 것은 키, 외모, 지능이다. 루갈만 해도 큰 키에 잘 생긴 얼굴, 거기다 A클래스로 진로 선택이 될 정도로 뛰어난 두뇌를 가졌다. 당연히 유전자 편집의 결과다. 4세대라는 말은 편집 기술의 발전 단계를 말한다.

바유는 아버지가 원망스러웠다. 십 년 넘게 자동차 제조 회사 노동자로 일했으면 유전자 편집 비용 정도는 마련할 수 있었을 것이다. 하지만 아버지는 아무것도 하지 않았다. 이제야 바유는 자신이 왜 U클래스가 되었는지 납득이 갔다. 공부를 아무리 열심히 해도 뛰어난 유전자를 가진 아이들을 앞설 수 없다. 그러니 당연히 사회의 낙오자가 될 수밖에 없는 것이다.

"약 좀 줄래?"

루갈이 뜨악한 표정을 지었다. 그렇게 치근대도 한 번도 응하지 않던 녀석이 지금 자발적으로 약을 달라고 하지 않는가. 충격을 받기는 받은 모양이라고 생각했다.

"응? 그래. 이럴 때는 약이 최고지."

루갈이 주머니에서 약을 꺼내 바유에게 주었다. 루갈이 검지와 약지를 펴며 두 알이라고 소리는 내지 않고 입 모양으로 말했다. 바유는 두 알을 삼켰다. 루갈이 과장된 몸짓을 지으며 가방에서 물병을 꺼내 아부하듯이 바유에게 건넸다. 바유는 물을 마셨다. 아버지에 대한 실망감으로 온몸이 타오르는 것 같았다.

그런데 그 순간 이상한 일이 벌어졌다. 흥분은 분명히 바유가 했는데, 쓰러진 사람은 루갈이었다. 바유에게 물병을 건네주고 1분도 채 되지 않아 루갈이 갑자기 몸을 비틀더니 바닥에 쓰러졌다. 사지가 뻣뻣해지고 심하게 덜덜덜 떨었다. 눈빛은 벌써 초점을 잃어가고 있었다. 바유는 아무런 판단도 하지 못한 채 멍하니 서 있었다. 그때 루갈이 쥐어짜는 목소리로 말했다.

"바, 바이오……"

그 순간 바유는 아누가 쓰러진 때를 떠올렸다. 그때 선생님은 CDC가 그렇게 일찍 온 것은 아마도 바이오스탬프에서 신호가 갔을 거라고 했다. 그래, 지금 루갈은 정신을 잃기 직전이면서도 바이오스탬프를 떼라고 말하려는 것 같았다. 그건 아마도 CDC에 잡혀가고 싶지 않기 때문일 것이다. 바유는 루갈에게 달려들어 왼쪽 팔꿈치와 손목 사이 안쪽에 붙어있는 바이오스탬프를 잡아뗐

94

다. 루갈은 안타까울 정도로 고통스러워했다. 바유는 차마 그 모습을 볼 수 없어 고개를 돌렸다. 세상 겁 없이 제멋대로였던 녀석이 스스로 어쩌지 못하고 짐승처럼 뒹굴고 있는 모습이 애처로웠다.

잠시 시간이 흘렀다. 루갈의 신음 소리가 더 이상 들리지 않았다. 바유가 몸을 돌렸다. 루갈이 천천히 일어나 앉더니 사방을 둘러보았다. 폐쇄 회로 카메라를 찾고 있었다. 바유도 그의 생각을 알고 주위를 확인해 보았다. 다행히도 눈에 띄는 것은 없었다. 그것보다 CDC가 문제였다. 바이오스탬프를 떼기 전에 CDC에 신체 정보가 전송되었다면 곧 CDC 직원이 들이닥칠 것이다.

루갈은 생각보다 침착하게 자리에서 일어났다. 바닥에 떨어진 바이오스탬프를 휴지 줍듯 주워서 주머니에 구겨 넣었다. 바유가 오히려 더 불안했다. 금방이라도 CDC 직원이 출입문을 쾅 하고 열 것만 같았다. 이삼 분이 지났다. 연습실은 조용했다. CDC가 알았다면 올 시간은 지났다. 이윽고 루갈이 입을 열었다.

"네 덕분에 잡혀가는 것은 면했군."

바유는 마음이 차분하게 가라앉아 있었다. 조금 전에 루갈로부터 약을 받아먹은 게 생각났다. 약효가 있다는 생각이 들었다. 바유가 말했다.

"약값 얼마야?"

"뭐?"

루갈은 바유가 무슨 말을 하는지 이해를 못한 것 같았다. 그러다 말뜻을 알아듣고 피식 웃었다.

"내가 무슨 스크루지냐. 그 정도는 아냐."

"약값 정도는 있어. 얼마야?"

"됐다니까. 아, 그래 네가 날 도와줬으니까 그걸로 퉁 치자."

바유가 더 말하려다가 입을 다물었다. 루갈이 갑자기 무서운 얼굴로 눈을 빛냈기 때문이었다.

"부탁이다. 네가 오늘 본 건 네 머리에서 깨끗이 지워 줘."

바유는 고개를 끄덕였다. 하지만 의문이 회오리처럼 몰려드는 건 어쩔 수 없었다. 며칠 전 아누의 발작, 그리고 오늘 또 공교롭게 본 루갈의 발작, 둘의 모습은 너무나 비슷했다. 아누는 그날 잡혀간 뒤로 어디에 있는지 아무도 모른다. 뉴스에서도 그런 것에 대한 어떤 기사도 없다. 도대체 무슨 일일까. 둘에게 벌어진 일은 서로 상관이 없는 것일까. 루갈은 뭔가 알고 있는 듯해 보인다. 그렇지 않고서야 자신에게 벌어진 일을 이렇게 침착하게 대처할 수 있을까. 아무리 똑똑하기로서니 말이다. 그렇다고 그걸 지금 대놓고 물어보기도 뭣했다. 루갈이 이런 식으로 엄포를 하고 나오는 데는 뭔가 엄청난 비밀이 감춰져 있는지도 모를 일이었다.

"너나 나나 오늘 참 재수 옴 붙은 날이네. 자신들의 치명적인 결함을 발견했으니."

잠시 침묵이 이어졌다. 바유도 속으로 루갈의 말에 동의했다. 루갈과 조금 동료 의식을 느꼈다. 그렇게 자신만만해 보였던 루갈도 완전하지는 않다는, 그래서 조금은 위안이 되는 것도 같았다. 바유가 말했다.

"한 가지 물어볼 게 있어."

"뭔데? 오늘 일만 아니라면."

"너희 집 부자잖아. 그런데 왜 약을 파는 거야?"

"음, 궁금할 만도 하네. 좋아 서로 신뢰하는 의미로 말해 주지. 이건 아주 극비야. 사실 지금 투명 옷을 만들고 있어."

"투명 옷?"

"투명 옷에 대한 기술은 이미 거의 다 해결됐어. 국가가 극비리에 공개를 막고 있지. 범죄에 이용되면 치명적일 수 있으니까. 아무튼 네트워크를 깊이 들여다볼 줄 아는 자에게는 기회가 있지. 메타 물질에 대한 과학적인 이해도 당연히 필수고. 그런데 문제는 비용이 만만치 않아. 파는 사람도 그것이 불법이라는 걸 알고 있으니까. 모든 거래가 현금이라, 용돈으로 조달하는데 한계가 있어서 말이야."

바유는 입이 딱 벌어졌다. 투명 옷을 만들려고 하다니. 아무리 개인이 집에서 무엇이든 만들 수 있는 시대이긴 하지만 믿기 어려운 일이었다. 빛을 반사시키거나 흡수하는 메타 물질에 대한 연구 성과는 종종 뉴스에 등장하기는 했었다. 모든 과학적 결과물은 양면성을 가지고 있다. 그런 물질이 상용화되었을 때, 악용할 가능성을 배제한다는 건 화약을 만들어 놓고 총기를 만들지 말라는 것과 같다. 최근에 메타 물질에 대한 언급이 언론에서 사라진 것도 완성이 임박했기 때문이었는지도 모른다. 그런데 루갈이 그걸 만들려고 하고 있다. 바유는 새삼 루갈이 두렵게 느껴졌다.

"너는 나의 결정적인 비밀 두 개를 알고 있는 유일한 인물이다. 나에 대한 얘기가 세상에 알려진다면 그건 모두 네가 한 것으로 알겠어."

루갈다운 협박이었다. 바유는 가만히 루갈을 쳐다보았다. 잘 생긴 얼굴이지만 어딘가 잔인함이 엿보였다. 영화에서도 보면 진짜 악당은 잘생긴 배우가 하지 않던가. 바유는 악인도 완벽함의 이면일 뿐이라는 생각이 들었다.

엄마의 죽음

알프레드의 지시로 로봇 팔들이 부지런히 음식을 식탁으로 나르고 있었다. 바유는 고개를 숙인 채 가만히 앉아있었다. 아버지가 테이블에 앉자 알프레드가 짧게 가족의 일일 건강에 대해 보고했다. 특히 오늘 저녁은 단백질 섭취에 신경을 썼다면서 말을 마쳤다. 식탁에는 훈제오리와 닭 가슴살 샐러드, 그리고 감자오믈렛이 먹음직스럽게 차려져 있었다. 아버지는 젓가락으로 훈제오리를 한 점 집어 먹고는 포도주를 한 잔 죽 들이켰다. 그러자 로봇 팔이 다시 빈 잔을 채웠다.

말없이 음식을 먹고 있던 바유가 혼자 중얼거렸다.

"나도 한 잔 했으면 좋겠다."

처음에는 무슨 말인지 못 알아들었던 아버지가 들었던 술잔을 내려놓으며 말했다.

"그게 무슨 말이냐? 아버지 앞에서."

"왜 어른들만 술을 마셔요?"

"몰라서 하는 소리냐?"

"그럼 지금 당장 어른이 되었으면 좋겠어요."

아버지는 떨떠름한 얼굴로 술잔을 다시 들었다. 잠시 침묵 속에서 음식 먹는 소리만 났다. 아버지는 바유가 왜 그런 말을 했는지 이해하려고 생각 중이었다. 진로 선택이 있고 나서부터 바유의 말수가 부쩍 줄어들었다. 아예 거의 말이 없어졌다. 평소에도 그리 살가운 부자는 아니었지만 이렇게 낯을 가릴 정도로 서먹하지는 않았다. 진로 선택 때문이라면 시간이 필요할 거라고 아버지는 생각했다. 그런데 아버지의 생각은 빗나갔다. 바유가 고개를 들더니 아버지를 똑바로 쳐다보며 말했다.

"왜 제게 유전자 편집을 해 주지 않았어요? 돈이 없었나요?"

아버지는 깜짝 놀랐다. 난데없이 유전자 편집이라니, 전혀 예기치 못한 말이었다.

"무슨 유전자 편집을 말하는 거냐? 넌 유전적으로 건강해."

"배아 유전자 편집."

"그건 불법이야."

"그런데 다 하잖아요."

그제야 아버지는 사태를 어렴풋이 짐작했다. 바유가 U클래스를 받은 이유는 남들이 다 하는 배아 유전자 편집을 하지 않아서, 그래서 어딘가 똑똑치 못해서 그렇게 진로 선택을 받았다고 믿고 있는 거라는 생각이 들었던 것이다.

"너도 배아 유전자 검사를 받았어. 유전적 질병은 없었다. 그게 다야. 건강한 유전자인데 왜 유전자 변형을 한단 말이냐?"

"그걸 몰라서 하시는 말씀이세요?"

아버지는 말이 없었다. 모를 리 있겠는가. 세상의 모든 부모들은 남들보다 더 나은 자식을 원하기 마련이다. 자식들의 욕심이라기보다 부모들의 욕심에 의해 자식들의 유전자는 배아 상태에서 조작을 당한다. 아직 완결되지 않은 지식이 위험성을 부른다. 그래서 결과는 자식이 커 봐야 안다. 성장 초기에는 드러나지 않는 것이 많기 때문이다. 남들보다 뛰어난 자식을 얻으려면 감수해야 할 부담이다.

"네가 믿을지 모르겠다만 나는 자식의 유전자에 칼을 대고 싶지 않았다. 질병이 있다면 고쳐 주고 싶은 게 부모의 마음이겠지만 그렇지 않은데 굳이 칼을 댄다는 것은 양심에 어긋나는 짓이라고 생각했어."

"전 믿을 수 없어요. 전 아버지가 자식에게 무관심했다고 생각해요. 아버지는 무관심을 선택해서 안락한 삶을 얻었는지 몰라도,

저는 U클래스가 되었어요."

"그렇지 않아. 아직 결정된 건 아무것도 없어. 미래는 얼마든지 바뀔 수 있어."

바유는 가늘게 손을 떨고 있었다. 자신의 말이 지나쳤다는 것을 알고 있었다. 하지만 이미 엎질러진 물이었다. 주워 담을 수 없었다. 아버지의 얼굴이 붉게 변했다. 다분히 술 때문은 아니었다. 어쨌거나 아들의 마음에 상처를 준 것도 같고, 아버지로서 자격이 부족하다는 생각도 밀려와 괴로웠다.

"한때 과학기술이 발달하면 모두가 평등하고 행복한 세상이 올 줄 알았다. 그러나 사람만 바뀔 뿐 세상은 그렇게 바뀌지 않더구나. 네 엄마가 죽고 난 뒤로는……."

"저한테 정말 엄마가 있었어요? 십 년 전이면 제가 여섯 살 땐데, 어떻게 엄마에 대한 기억이 없어요? 설마 절 입양한 건 아니죠?"

아버지가 자리에서 벌떡 일어났다. 술잔이 엎질러졌다. 붉은 색 포도주가 테이블보에 퍼졌다. 당황한 건 아버지가 아니라 알프레드였다. 당장 테이블보를 갈겠다고 말했다. 아버지가 제지했다.

"괜찮아, 알프레드. 나중에 갈아."

그 말을 하면서 아버지는 솟구친 감정을 억눌렀다. 아버지는 도로 앉았다. 테이블 아래에서 토니가 낑낑거렸다. 두 사람의 목소리에서 분노를 감지하고 두려움을 표현하고 있는 것이다. 바유는 토니를 안아 주고 싶지만 지금 그럴 상황은 아니었다. 가만히 고개를 숙이고 있었다.

"아버지로서 네게 못해 준 게 많아 미안하구나. 하지만 한 번도 네게 부끄러운 삶은 살지 않았다. 네가 무엇이 되든 아버지는 부끄럽지 않아. 네가 원하는 인생을 산다면 말이다. 넌 입양아가 아니야. 그런 말 하지 마라. 넌 엄마 아빠가 사랑해서 낳은 자랑스러운 아들이다. 엄마 얘기를 하지 않은 것은 네가 어린 나이에 충격을 받아 오랫동안 외상성 신경증으로 고통을 받았기 때문이다. 그래서 당시 기억을 잃어버린 거야."

바유의 눈이 빛났다. 기억을 잃어버리다니, 처음 듣는 얘기였다. 한 번도 아버지가 그런 얘기를 해 준 적이 없었다. 아버지의 말이 이어졌다.

"십 년 전, 우리 사회는 물질문명에 대한 저항이 거세게 일어났다. 첨단 과학기술은 사회를 평등하게 해 준 것이 아니라 일부 특권층에게 더 많은 부와 권력을 넘겨주었다. 과학 기술자들도 그 계층에 편입되었기 때문에 아무런 불만이 없었지. 그래서 과학기술이 사회를 붕괴시키고 심지어 인류 멸망까지 가져올 거라고 우려한 많은 사람들이 물질문명을 거부하기 시작했던 거야. 그 운동의 중심에 엄마가 있었다. 저항운동은 소셜 미디어를 통해서 사회

전체로 빠르게 퍼져 나갔고, 첨단 과학 시설이나 관련 연구소가 피습을 당하는 사태까지 발생했어. 급기야 국가의 탄압이 시작되었지. 저항을 주도한 사람들의 신상을 파헤쳐서 비리를 덮어씌우기도 하고 탈세를 부풀려서 공개적으로 잡아갔어. 아무런 증거가 없는 폭력 사건이나 교통사고들이 빈발하게 일어났어. 그 와중에 엄마도 원인을 알 수 없는 교통사고를 당했어. 많은 사람들이 이건 국가 폭력이라고 비난했지만 증거가 없었어. 그렇게 엄마는 사건도 규명되지 못한 채, 세상을 떠나고 말았어. 저항운동은 빠르게 수그러들었다. 그때 넌 겨우 여섯 살이었어. 사고의 충격으로 기억까지 잃었지. 널 키우기 위해서 아빠는 조용히 살 수밖에 없었다. 국가의 감시가 계속되었으니까."

아버지의 말이 끝났다. 침묵이 이어졌다. 아버지는 포도주만 연거푸 들이켰다. 바유의 뺨에 눈물이 흘러내렸다. 아버지가 지금까지 엄마 얘기를 자세히 못해 준 이유를 알 것 같았다. 자신의 외상성 신경증 때문에 또 다시 마음에 상처를 줄까 봐 말을 못했던 것이다. 어쩌면 감시 대상자의 자식이기 때문에 진로 선택에서도 제약을 받는지도 모른다. 아버지가 말없이 아들의 손을 잡았다. 바유는 뿌리치지 않았다. 더는 아버지를 원망하지 않겠다고 생각했다.

투명 옷

뜯겨진 포장지와 여러 가지 물건들이 방안에 어지러이 흩어져 있었다. 루갈은 3D프린터 앞에서 작업에 몰두하고 있었다. 얼룩덜룩한 특수 물질이 프린터에서 앞뒤로 움직이고 있고 작은 칩이 달린 센서와 전원, 가는 전선들이 정밀하게 그것에 부착되고 있었다. 겉으로 언뜻 보기에 그냥 평범한 천 조각처럼 보이기도 했다.

프린터를 끄고 나서도 루갈은 오랫동안 윗옷과 아래옷으로 분리된 그 메타 물질에 접착 작업을 계속 했다. 루갈은 시간 가는 줄 모르고 작업에 매달렸다. 몇 시간이 흘렀다. 마침내 루갈이 완성한 물건을 들어올렸다. 회색빛의 검은 옷이었다. 루갈은 천천히 그 옷을 입었다. 아래옷은 끝이 바닥을 덮고 있었다. 신발까지 덮어 완벽하게 신체를 감출 수 있었다. 윗옷은 후드가 있어 머리를 덮고 안면 부위를 조이면 거의 얼굴이 가려졌다.

옷을 다 입자 루갈은 거울 앞에 섰다. 오른 손가락을 접으면 닿는 소매 끝에 작은 스위치가 있었다. 루갈이 그것을 눌렀다. 순간 옷의 색깔이 얼룩덜룩 무지개 색으로 어른거리는가 싶더니, 한순간 형체가 사라졌다. 거울 앞에는 아무것도 보이지 않았다. 잠시 뒤, 다시 무지개 색이 나타나고 회색빛 검은 옷이 드러났다. 후드를 벗으며 루갈이 미소를 지었다.

이른 저녁, 엄마가 먼저 퇴근해 집에 왔다. 엄마는 배고프지 않느냐며 인터넷으로 음식을 주문하자고 했다. 루갈은 아직 밥 생각이 없다며 거실을 서성였다. 엄마가 옷을 갈아입고 나왔다. 루갈이 말했다.

"엄마는 알고 계시죠?"

"뭘?"

"제가 에식스에 걸렸다는 걸요."

"뭐, 뭐라고?"

엄마의 얼굴이 하얘졌다. 그런 얼굴을 하지 말았어야 했지만 이미 속을 들키고 만 셈이었다. 엄마는 침착함을 잃지 않으려고 애썼다. 이윽고 엄마가 말했다.

"모, 모르는 일이야. 에식스라니 그게 무슨 말이야?"

"저도 제가 걸렸다는 것을 며칠 전에 알았어요. 그때 분명히 잡혀갔어야 했는데 이상하게 CDC 직원이 오지 않았어요. 난 처음에 그들이 나의 위치를 파악하지 못한 줄 알았어요. 하지만 가만히 생각해보니 그럴 리가 없다는 걸 알았어요. 그렇다면 엄마나 아빠의 힘으로 내가 아직 잡혀가지 않았다는 결론이 자연스럽게 들었죠."

"말도 안 돼. 그런 일은 없어."

"좋아요. 엄마 말을 믿겠어요. 그럼 도대체 에식스가 뭐예요?"

"그, 그건……"

엄마는 말을 더듬었다. 루갈이 이렇게 나올 때는 분명히 뭔가를 알고 있다는 걸 의미했다. 그런데 계속 모른다고 발뺌해 봐야 더욱 의심만 살 뿐이라고 엄마는 생각했다.

"벼, 별 것 아냐. 금방 해결될 거야."

"인터넷 어디에도 정보가 없어요. 그건 철저하게 국가가 숨기고 있다는 걸 의미해요. 엄마와 아빠는 국가정책을 자문하는 지위에 있으니 분명히 뭔가를 알고 있을 거예요. 말해 주세요. 아, 아뇨, 솔직히 말할게요. 며칠 전에 엄마와 아빠가 하는 얘기를 엿들었어요. 그러니까 엄마가 알고 있는 모든 것을 말해 주세요."

엄마는 소파에 앉았다. 루갈은 그대로 소파 앞에 서 있었다. 엄마는 잠시 머리를 감싸고 생각에 잠겼다. 엄마는 루갈이 에식스에 걸린 걸 알고 있었다. CDC가 알려 줬다. 아버지가 힘을 써서 당분간 지켜보기로 하고 루갈을 그대로 두고 있는 것이다. 그걸 이미 루갈은 눈치 채고 있었다. 비밀은 결코 오래 갈 수 없다. 조만간 루갈이 모든 걸 알게 될 것이다. 그때는 루갈이 엄마 아빠에게 더욱 실망할지도 모른다.

"설마 제가 기니피그인 건 아니죠?"

엄마의 찌푸린 얼굴 위로 먹구름이 내려앉았다. 아들 입에서 저런 말이 나올 줄은 상상도 못했다.

"루갈, 그건 엄마한테 할 소린 아닌 것 같구나."

"아뇨, 엄마 아빤 충분히 그럴 수 있는 분들이에요. 연구를 위해서라면 바이러스도 삼킬 분들이죠."

엄마는 숨을 쉴 수 없을 정도로 가슴이 짓눌리는 압박을 느꼈다.

"우리도 아직 모르는 게 많아서 지금 당장 뭐라고 말할 수 있는 게 없어. 엄마 아빠 널 위해서 최선을 다했는데, 네가 그런 말을 하다니 좀 섭섭하구나."

"죄송해요. 하지만 전 알고 싶어요. 이렇게 원인도 모른 채 죽어가고 싶진 않아요."

"누가 죽는다고 그래. 네 병은 고칠 수 있어."

"이렇게 의학이 발달한 시대에 병의 원인조차 아직 모르고 있다면 사태가 심각한 거 아니에요? 아누가 어디에 갔는지 아무도 몰라요. 저도 언제 그렇게 잡혀갈지 모르고, 전 두려워요."

엄마는 마음이 아팠다. 아들을 위로할 수밖에 없었다.

"진정해라, 루갈. 너도 짐작하겠지만 4세대 배아 유전자 보유자들과 관련이 있는 것은 분명한 것 같아. 환자 대부분이 그들이거든. 전문가들이 집중적으로 조사하고 있어. 아무도 아마 그들에게 있을 거야. 환자를 두고 조사를 해야 하니까. 한 가지, 일부 전문가들은 커넥톰을 몹시 아쉬워하고 있어. 그것만 있다면 분석 시간을 획기적으로 줄일 수 있고, 그러면 원인도 최대한 빨리 찾아낼 수 있다고⋯⋯."

"커, 커넥톰? 그, 그게 뭐죠?"

"일종의 뇌지도야. 그런데 십여 년 전에 연구가 중단되는 바람에⋯⋯."

"네? 뭐라고요? 연구가 중단되었다고요?"

"그래. 내 전공이 아니라 나도 자세히는 몰라."

"말도 안 돼요. 그런 연구가 왜 중단되었다는 거예요. 에이!"

루갈은 발로 방바닥을 쾅쾅 밟았다. 분노를 참을 수가 없었다. 그때였다. 갑자기 루갈의 표정이 일그러졌다. 손발이 뻣뻣해지기 시작했다. 가만히 서 있지 못하고 비틀댔다. 엄마가 일어서는 순간 루갈은 바닥에 쓰러졌다. 온몸이 떨리고, 입에서 하얀 거품이 나오기 시작했다. 분노에 찬 눈동자가 허공을 응시했다. 루갈이 안간힘을 쓰며 뭐라고 말을 하려 했지만 입이 제대로 열리지 않았다. 엄마는 크게 당황했으나 점차 차분해지는 모습이었다. 그리고 아무런 조치도 취하지 않았다. 루갈이 잠깐 의식을 잃은 사이 엄마는 어딘가로 전화를 걸었다. 루갈의 뒤집혀진 눈이 다시 떠진 건 바로 그 순간이었다.

몇 분이 흘렀다. 루갈의 몸이 서서히 정상으로 되돌아왔다. 루갈이 자리에서 일어났다. 엄마는 물을 가져오는 둥, 갑자기 허둥대는 모양새를 보였다. 루갈은 아무 말 없이 2층으로 올라갔다. 잠시 뒤, 투명 옷을 입고 내려왔다. 엄마가 의아한 표정을 지었다. 처음 보는 옷이었기 때문이었다. 루갈이 말했다.

"전 역시 엄마의 기니피그였어요."

"무, 무슨 말이냐. 발작이 일어났을 때는 손을 대지 않는 게 환자를 도와주는 거야."

"그게 아니에요. 엄마와 아빠는 절 사랑하지 않아요. 전 단지 두 분의 실험 대상자였을 뿐이에요. 4세대 배아 유전자. 인간의 진화를 실험하고 있었을 뿐이었다고요."

"그렇지 않아. 그건 오해야."

그때 현관문 두드리는 소리가 들렸다. 엄마의 얼굴이 더욱 굳어졌다.

"저들이 누군지 알아요. CDC에서 왔죠? 엄마는 더 이상 기다릴 수 없었던 거예요."

"그, 그게 아니라……."

"엄마가 전화 하는 걸 봤어요. 이제 전 엄마의 아들이 아니에요. 다시는 절 찾지 마세요. 에식스를 고치면 그때나 절 볼 수 있을 거예요."

"CDC는 에식스를 고치기 위해 환자를 데려가는 거야. 널 고치기 위해 데리러 온 거라고."

"엄마는 자식을 연구를 위해 판 거예요. 엄마는 충분히 그럴 수 있는 분이에요."

현관문이 열렸다. 그 순간 루갈은 오른손으로 스위치를 눌렀다. 루갈의 모습이 사라졌다. 엄마도, 막 뛰어 들어온 CDC 직원도 모두 놀랐다. 루갈은 그들 사이를 피해 집을 빠져나갔다. 엄마는 CDC 직원과 잠시 대화를 나눈 뒤, 그들을 돌려보냈다. 그리고 어딘가로 다시 전화를 걸었다.

박쥐섬

에밀이 가상현실 〈박쥐섬〉으로 바유를 초대했다. 에밀이 일상에서 실제 현실처럼 자주 들르는 곳이라고 했다. 바유는 에밀을 볼 수 있다는 생각에 마음부터 설렜다. 에밀이 만들어준 계정과 인식부호에 따라 바유는 손쉽게 〈박쥐섬〉에 들어갔다. 한 마디로 〈박쥐섬〉은 발리나 팔라우, 하와이 같은 세계적인 휴양지를 그대로 가상현실에 재현해 놓은 곳이었다. 그만큼 완벽하게 이 세상에서 가장 아름답고 화려한 공간이 가상현실에 존재했다.

다양한 휴양 시설에서 사람들은 자유롭게 휴식을 취하고 있었다. 바유는 바다와 휴양 시설이 보이는 입구에서 어리둥절한 얼굴로 주위를 두리번거리고 있었다. 이런 곳은 처음이라 몹시 낯설었다. 검은색 바지에 하얀 티셔츠를 입은 소녀가 다가왔다. 바유는

113

가슴이 쿵쾅거렸다. 얼굴을 알아볼 정도로 가까이 다가왔을 때, 직감적으로 에밀이라는 느낌이 들었다. 바유는 심장이 멎는 듯 했다. 찰랑거리는 짧은 생머리에 투명하게 빛나는 갈색 눈동자, 에밀은 너무 예뻤다.

"반가워, 에밀이야."

"아, 알아."

가상현실은 꿈과 같다. 꿈은 상상과는 다르다. 상상은 그저 머릿속에서 그리는 것이지만 꿈은 일종의 환각 체험이다. 그래서 꿈을 꾸고 있는 동안은 실제처럼 느끼는 것이다. 바유는 꿈을 꾸고 있다고 생각했다.

에밀과 바유는 서로 악수를 나누었다. 바유는 에밀의 손에서 부드러운 감촉을 느꼈다. 둘은 해변을 걸었다. 모래가 따뜻했다. 햇살이 잔잔한 물결 위에 반사되어 반짝거렸다. 지나가는 사람이나 앉아 있는 사람들의 표정이 모두 편안하고 자연스러웠다. 어느 누구의 얼굴에도 긴장감이나 불안감은 보이지 않았다.

에밀은 사람들이 조금 뜸한 곳에서 멈췄다. 둘은 모래 위에 앉았다. 길쭉한 잎들이 치렁치렁 흔들리는 커다란 야자수 아래라 햇살은 직접 닿지 않았다. 모래톱 위에 파도가 마치 바람에 한들거리는 가벼운 깃털처럼 쓸려왔다 멀어졌다 했다. 실로 오랜만에 바유는 편안함을 느꼈다. 늘 혼자라는 생각과 외로움에 익숙해져 있던 생활에서 뭔가 따뜻하고 아늑하고 포근함이 느껴졌다. 엄마의 품이라면 이런 느낌일까. 엄마에 대한 기억은 없지만 어떤 그리움이 불쑥 솟아났다.

"서점에 있는 『우시아』란 책 읽어 봤어?"

바유가 물었다.

"우시아? 그럼 읽었지. 나는 서점에 있는 책 다 읽었어."

"진짜? 그 많은 책을 다 읽었다고?"

"물론 디지털북으로 읽었지. 종이책보다는 훨씬 빨리 읽을 수 있으니까."

"그래도 대단하다. 난 읽어본 게 별로 없었는데."

"『우시아』는 얼마 남지 않은 인간 작가의 책이지."

"그렇구나. 난 몰랐는데. 아무튼 서문을 읽었는데, 느낌이 나쁘지 않았어."

"나중에 마저 읽어 봐. 좋은 책이야."

"그래, 그럴게. 실은……."

바유는 에밀 앞에서는 뭐든 다 말하고 싶었다. 그 무엇도 창피하거나 부끄럽다고 생각되지 않았다.

"실은 나 이번에 진로 선택에서 U클래스를 받았어. 그게 그러니까 예술가 아니면 미결정자가 되는 거야."

"아, 그래? 예술가? 얼마나 아름다운 직업인가!"

에밀은 마치 시를 읊듯 과장되게 억양을 넣었다.

"내 꿈이 예술가야. 우린 통하는 게 많네."

에밀이 바유를 보고 환하게 웃었다. 바유는 얼굴을 붉혔다. 말을 잘못한 것 같았다. 예술가가 되겠다고 하지는 않았는데 에밀은 벌써 예술가가 된 듯 말하고 있었다.

"난 그저 형편없는 직업을 선택 받았다고……."

"형편없다니, 예술은 위대한 거야. 내가 여기서 살아남을 수 있었던 것은 예술이 있었기 때문이야. 나는 거의 하루 종일 예술과 함께 살고 있어."

하긴 그러기도 할 것이다. 에밀이 방에 갇혀서 할 수 있는 건 인터넷을 통해 다양한 예술을 감상하는 것인지도 모른다. 그것만큼 갇힌 생활에 활력을 주는 것도 없을 것이다. 그러나 바유는 그렇지 않았다. 예술은 인간에게 어울리지 않는 직업이었다.

"난 내가 예술가가 된다고 생각해 본 적 없어. 어느 누구도 예술가가 되려고 하지는 않아. 예술가는 인공지능에게나 어울리는……."

"나는 예술을 사랑해. 예술이 없었다면 나는 사람들을 이해할 수 없었을 거야. VR에서 수많은 사람을 만났지만 그들에게서는 항상 보이지 않는 벽이 있었어. 그러나 예술은 진실했어. 작가가 창조한 세계나 인물들을 통해서 작가의 내면과 세상을 이해할 수 있었어. 예술을 통해서만 사람을 느낄 수 있었어."

"하지만 인공지능에게도……."

에밀은 진지했다. 바유는 더 이상 말을 잇지 못했다. 인공지능에게도 인간을 느낄 수 있냐고 말하고 싶었지만, 에밀은 아예 그런 것은 생각조차 하고 있지 않는 것 같았다. 에밀에게 예술은 그냥 인간 그 자체였다. 바유도 서점 〈무한 육각형〉에서의 경험과 『우시아』를 읽고서 심정의 변화가 없었던 것은 아니었다. 하지만 그걸 확대해석하고 싶지는 않았다.

"나는 네가 정말 예술가가 되었으면 좋겠다."

에밀이 감정을 듬뿍 담아 말했다. 바유는 뭔가 복받쳐 오르는 것을 느꼈다. 과연 누구에게 이런 위안의 말을 들었던가.

"아주 작은 원을 그리며 맴도는 사뿐한 듯 힘차고 부드러운 발걸음, 하나의 커다란 의지가 마비된 중심을 따라 도는 힘의 춤과도 같다."

에밀이 목소리에 리듬을 넣어 경쾌하게 말했다. 어디서 들어본 것이었다. 바유가 묻기도 전에 에밀이 말을 이었다.

"릴케의 「표범」이란 시야. 라이너 마리아 릴케."

"아, 그렇구나. 그런데 그 시를 왜 갑자기……."

"그날 네 친구가 말해 줬잖아, 기억 안 나? 나도 무척 좋아하는 시야. 바로 작가의 내면을 이해할 수 있는 시지."

그때서야 바유는 생각이 났다. 친구란 바로 안나였다. 안나가 혼잣말로 중얼거렸던 것이 바로 이 시였다. 에밀은 그걸 어떻게? 그랬다. 안나가 불쑥 나타나 바유에게 말을 걸었을 때, 마침 바유는 에밀하고 대화를 하고 있던 중이었다. 그랬으니 에밀은 안나의 표정과 행동, 말 하나 놓치지 않고 다 보았을 것이다. 그리고 바유는 수업 시작 종 때문에 서둘러 교실로 뛰어갔었다.

"스치는 창살에 지쳐 표범의 눈은 이제 아무것도 붙잡지 못한다. 눈앞에 수천의 창살만 있을 뿐 그 뒤엔 아무런 세계도 없는 듯하다. 아주 작은 원을 그리며 맴도는 사뿐한 듯 힘차고 부드러운 발걸음, 하나의 커다란 의지가 마비된 중심을 따라 도는 힘의 춤과도 같다. 때로 눈동자의 장막이 소리 없이 걷히면, 형상 하나 그리로 들어가 사지의 긴장된 고요를 뚫고 들어가 심장에 이르러 스러진다."

에밀이 시의 전문을 읊었다. 바유는 어리둥절했다. 안나는 왜 그날 느닷없이 그 시를 읽어 주었던 것일까. 안나의 마음이 궁금했다.

"참 좋지? 창살에 갇힌 표범이 나랑 비슷하다고나 할까."

"얼른 이해하기는 힘들지만 나도……."

바유는 솔직히 한 번 듣고 금방 이해가 가지는 않았다. 그러나 뭔가 분위기는 느껴졌다. 갑자기 〈무한 육각형〉에 있는 수많은 책들이 생각났고 책을 읽고 싶다는 욕구가 솟아났다.

"무한 육각형에 가서 마음껏 책을 읽고 싶다."

바유가 중얼거렸다.

"그래, 바로 그거야. 그게 작가가 되는 출발점이야."

에밀이 반기며 소리쳤다. 바유는 부끄럽기도 하고 알 수 없는 기쁨도 느꼈다.

"내가 작가? 마, 말도 안 돼."

"무슨 소리야. 넌 될 수 있어."

"난 책도 안 좋아해. 그리고 읽은 책도 별로 없고."

"방금 좋아한다고 했잖아. 지금부터 좋아하면 돼."

바유는 잠시 상상의 세계로 빠져들었다. 책이 점점 좋아지고 있는 것은 사실이다. 하지만 작가가 된다는 것은 정말 생각해본 적이 없었다. U클래스가 되기 전에는 꿈도 꾸지 않던 것이었다. 그런데 갑자기 낚시 줄에 걸린 물고기처럼 예술가니 작가니 하는 세계로 자꾸만 끌려 들어가고 있었다.

"넌 할 수 있어. 넌 분명히 훌륭한 작가가 될 거야."

에밀이 확신에 찬 어투로 말했다. 바유는 에밀을 돌아보았다. 에밀도 그 순간 고개를 돌렸다. 둘의 눈이 마주쳤다. 에밀의 투명한 갈색 눈동자 속에 바유의 수줍은 듯 어색한 낯빛이 어른거렸다.

"약속해 줘, 작가가 되겠다고."

"그, 그건……."

바유는 대답할 수 없었다. 얼굴만 화끈 달아올랐다. 에밀이 살짝 미소를 지었다. 당장 대답하지 않아도 된다는 표정이었다. 바유는 기분이 좋았다. 에밀이 옆에 있다는 것만으로도 마음이 편안했다. 따뜻한 바람이 해안으로부터 불어와 둘의 얼굴을 부드럽게 스치고 지나갔다.

"나는 그림에 관심이 많아."

에밀이 말했다.

"나도 어릴 때는 그림 많이 그렸었는데."

"그래? 역시 우리는 통하는 게 많아. 좋아, 그럼 지금 그림 보러 갈까?"

바유가 고개를 끄덕였다. 다른 곳으로 이동하는 줄 알았다. 그게 아니었다. 에밀이 일어나더니 손을 뻗어 눈앞에 사각형 모양을 그렸다. 사각형 안에 눈앞에 있는 바다가 아니라 다른 공간이 나타났다. 에밀은 사각형의 대각선 양쪽 모서리 끝에 손을 대서 바깥쪽으로 잡아끄는 시늉을 했다. 그러자 사각형 공간은 점점 넓어졌다. 거의 드나드는 문짝 정도 커지자 에밀이 안으로 쑥 걸어 들어갔다. 바유에게 들어오라고 손짓을 했다. 바유도 따라서 들어갔다. 미술 전시관이었다.

그림들이 벽을 따라 걸려있었고, 많은 사람들이 관람을 하고 있었다. 바유는 에밀을 따라가며 그림을 훑어보았다. 칸딘스키 같기도 하고 호안 미로 같기도 한 그림이 이어지다가 온갖 선과 색들이 마구잡이로 뒤엉킨 마치 잭슨 폴록이 그린 것 같은 그림들이 나타났다.

"할로 큐의 그림이야."

"어디서 많이 본 듯해."

"인공지능이 그린 그림들은 대부분 그래. 독창적이라기보다는 누군가의 그림으로부터 변형되거나 수많은 그림들을 복합적으로 해석해 내지. 사람들은 이런 그림에서 훨씬 위안을 많이 받아. 아무도 그리지 않은 전혀 새로운 그림은 후세나 알아보지 지금 사람들은 이해 못해."

사람들이 많이 모여 있었다. 빙 둘러 서 있는 사람들 앞에 키가 큰 한 남자가 서서 뭐라고 말을 하고 있었다. 가까이 다가간 에밀이 낮게 말했다.

"할로 큐야. 오늘 운이 좋네. 이렇게 작가를 직접 보기가 쉽지 않은데."

"그래? 저 그림을 직접 그린 화가란 말이야?"

바유는 조금이라도 더 가까이에서 화가를 볼 생각으로 사람들 사이를 헤집고 안으로 들어갔다. 훤칠하고 잘 생겼다. 그는 매우 진지하게 자신의 창작에 대해서 설명하고 있었다.

"위대한 예술이란 익숙함에서 다가오는 편안함에 있습니다. 작가 자신은 고뇌 끝에 작품을 탄생시켰는지 모르지만 감상자는 그것을 통해 카타르시스를 느껴야 하죠. 감상자가 굳이 작가처럼 고뇌할 필요는 없다는 것이죠. 예술은 정신적인 위안을 얻는 것이지 삶의 고뇌를 대면하는 게 아닙니다. 익숙함은 늘 우리가 보고 해온 것들을 말합니다. 거기에 진정 예술의 아름다움이 있죠."

바유는 왜 예술이 인공지능의 영역이 되었는지 어렴풋이 이해가 갔다. 할로 큐가 말한 것이 예술이라면 그건 인공지능으로도 충분할 듯했기 때문이었다.

그때였다. 갑자기 할로 큐가 가슴을 움켜쥐더니 고통스러운 신음과 함께 앞으로 주저앉았다. 사람들이 비명을 지르며 흩어졌다. 관람객이 사라지자 쓰러진 할로 큐 앞에 한 남자가 레일건을 들고 서 있었다.

"인공지능이 만든 것은 모두 가짜야! 이것들은 쓰레기라고!"

그 남자는 벽에 걸려 있는 그림을 향해서 레일건을 발사했다. 그림이 순식간에 박살나면서 바닥에 재와 먼지들이 흩뿌려졌다.

사람들이 멀찍이 떨어져서 이 광경을 지켜보고 있었다. 바유와 에밀도 순간적으로 당황해서 멀뚱히 그 사람을 바라보았다. 그때였다. 어떤 사람이 갑자기 나타나서는 그 사람의 레일건을 발로

걷어찼다. 레일건이 멀리 나가떨어져 뒹굴었다.

"인간은 인공지능의 노예가 된다. 우리는 인공지능과 싸워야 해."

그 남자는 맞으면서도 소리쳤다. 방금 나타난 사람이 훨씬 빨랐다. 그 사람의 예리한 동작에 할로 큐를 쓰러뜨렸던 사람은 맥없이 나가떨어졌다. 새로 등장한 사람이 마지막 일격을 가하려고 하는 순간 에밀이 그의 손을 막았다.

"이만 하면 된 것 같은데요."

"뭐라고? 넌 누구야?"

그 남자는 무지막지하게 에밀을 향해 주먹을 휘둘렀다. 동작이 무척 빨랐다. 하지만 에밀도 만만치 않았다. 에밀이 몸을 돌려 공중을 한 바퀴 돌아 그의 얼굴에 오른 발을 날렸다. 그가 균형을 잃으며 뒤로 쓰러졌다. 그 사이 에밀은 쓰러진 사람을 일으켜 세웠다. 하지만 그 사람은 에밀을 슬쩍 쳐다보더니 손을 뿌리쳤다. 순간적으로 에밀이 당황했으나 그 순간 남자가 공격해 와 두 사람은 다시 맞붙었다. 바유가 달려들어 일어서고 있는 남자를 도왔다.

"난 AIH소속이야. 인공지능 사냥꾼(AI Hunter)들이지. 우리의 목표는 인공지능을 모두 없애고 인간의 지위를 원상으로 회복시키는 거야."

"일단 여길 피하세요. 그러다가 저 사람한테 당하겠어요."

남자가 얼굴에 피를 흘리면서 말했다.

"인공지능은 인간을 바보로 만든다. 인간은 인공지능 때문에 퇴화한다. 인간 고유의 능력들은 모두 사라질 거다. 그러기 전에 인공지능을 파괴해야 해. 인공지능이 없는 세상으로 돌아가야 한다고!"

남자는 절규했다. 바유가 다급하게 말했다.

"얼른 달아나세요. 그러지 않으면 위험해요."

남자가 겨우 몸을 움직여 달아났다. 할로 큐는 이미 숨이 끊어진 것 같았다. 에밀과 낯선 남자는 번개처럼 빠른 동작을 구사하며 싸우고 있었다. 에밀이 조금 밀리는 것 같았지만 쉽게 물러서지는 않았다. 그때 바유는 약간 의아한 생각이 들었다. 에밀은 온몸이 특수 장치로 묶여있는 환자라고 했는데 저렇게 자유자재로 움직일 수 있을까. 하지만 다음 순간 여기가 가상현실이란 사실을 자신이 잠시 잊었다는 것을 깨달았다. 더구나 에밀이 현실에서 그러하기에 가상현실에서는 더욱더 자유롭게 움직이고 싶어 할 거란 생각이 들자, 미안함마저 몰려들었다.

잠시 숨을 고르며 에밀을 노려보던 남자가 말했다.

"넌 도대체 누구냐?"

남자는 건장한 체격에 머리카락이 어깨까지 내려온 잘 생긴 얼굴이었다. 한 눈에 봐도 헤라클래스나 토르 같은 신화에서나 나올

법한 인물이었다. 인공지능인지 인간 아바타인지는 알 수 없었다. 그런데 연약해 보이는 소녀가 의외로 만만치 않게 반격을 하자 남자는 약간 당황한 듯 했다.

"나보다 당신이 누군지 더 궁금한데?"

"가소로운 것. 내가 누군지는 곧 알게 될 거다. 또 보게 될지도 모르겠군."

그 말을 남기고 남자는 순식간에 사라져 버렸다.

"도대체 누구지? 그런데 조금 전 일은 또 뭐야? 지난번 살로메루 사건과 비슷한 것 같은데."

바유가 말했다. 에밀이 고개를 끄덕였다.

"나도 알고 있어. 아까 AIH라고 했지? 인공지능에 반대하는 단체가 있는 것 같아. 하긴 그럴 만도 해. 세상 모든 것이 인공지능으로 돌아가고 있으니까. 그거 알아? 국가 데이터 센터의 핵심 시스템도 인공지능인 거?"

"그래? 처음 들어보는데."

"데카르트라고 들어봤어? 국가 데이터 센터의 핵심 인공지능이지. 국가 운영에 필요한 방대한 빅데이터를 분석해서 데카르트가 최종적으로 정책 결정을 하고 있어."

"뭐라고? 인공지능이 국가정책을 정한다고?"

"그래, 일반인들은 잘 모를 거야. 겉으로는 정부가 정책을 발표

하니까. 사실은 데카르트가 분석하고 예측한 것들이지.”

바유는 어안이 벙벙했다. 인공지능이 생활 곳곳에 침투해 있는 것은 알고 있었지만 국가정책마저 기계가 하고 있는 줄은 몰랐다.

“국가시스템이 인공지능으로 대체된 것은 효율성 차원에서 어쩔 수 없는 것인지도 몰라. 과거에는 버려졌던 수많은 데이터들이 이제는 빅 데이터 처리 능력 때문에 모두 쓸 수 있게 되었지. 그건 컴퓨터만이 그 일을 할 수 있다는 뜻이기도 해. 그러니 결국 모든 정보는 기계가 장악하게 되었고, 정보의 신뢰성과 예측성도 기계의 판단에 맡길 수밖에 없었지. 그래서 인공지능에 의존할 수밖에 없는 상황이 된 거야.”

“그렇다면 진로 선택도 인공지능이 만들어낸 데이터를 진로 선택 위원회에서 발표만 하는 거 아냐? 참내, 결국 난 기계로부터 버림을 받았군. 어쨌거나 가상현실에서 인공지능을 제거한다고 문제가 해결될까?”

“그들의 목표는 아마도 세상의 이목을 집중시키려는 걸 거야. 인공지능이 우리 삶에 얼마나 무섭게 침투해 있는지 사람들이 알아야 한다고 생각하는 거지. 과거 십 년 전에도 이런 일이 있었어. 그때도 과학 문명에 반대하는 거대한 저항이 있었지만 얼마 못가 자취를 감췄지. 이번에도 그럴 가능성이 커. 인공지능이 더욱 교묘해졌거든.”

"그런데 AIH를 공격한 그 사람은 대체 누구지? 인공지능이 지배하는 사회를 원하는 자가 있다는 거야?"

"글쎄, 나도 그게 의문이야. 어쩌면 그 자는 사람의 아바타가 아닌지도 몰라."

"그럼 인공지능?"

에밀은 말이 없었다. 바유는 섬뜩한 느낌이 들었다. 인공지능에 반대하는 사람들을 인공지능이 공격하고 있다? 갑자기 영화에서나 보던 미래 사회에 들어와 있는 것 같은 느낌이 들었다.

에밀이 가볍게 손가락으로 몇 가지 동작을 하자 갑자기 눈앞의 화면이 줄어들면서 사각형으로 바뀌었고 그리고 사라졌다. 해변과 햇살, 한가하게 거니는 사람들이 보였다. 다시 〈박쥐섬〉으로 돌아와 있었다.

네안데르탈인

〈박쥐섬〉에서 에밀과 헤어지고 얼마 지나지 않아 바유는 인터넷에서 놀라운 사건을 목격했다. 복원 동물원에서 네안데르탈인이 사라진 사건이었다. 아무도 목격자가 없는 가운데 네안데르탈인이 감쪽같이 사라져 버렸다. 동물원의 모든 폐쇄 회로 카메라를 조사해 보아도 네안데르탈인이 사라진 순간의 장면은 없었다. 네안데르탈인의 우리 앞에 있던 카메라도 사라지기 전후의 장면에 아무런 변화가 없었다. 동물원 측에서는 전혀 편집 조작을 하지 않았다고 발표했다. 사건은 오리무중이었다.

언론에서는 이 사건을 크게 다루지 않았다. 기껏 짧은 단신으로만 떴다. 3만 년 전에 사라진 인간의 복제물, 겨우 동물원 신세나 지고 있는, 인간도 아닌 인간에 대해서 그렇게 관심을 가질 사람은 별로 없을 터였다. 그러나 바유는 처음 동물원에서 보고 난 뒤 계속 머릿속에서 떠나지 않던 그 인류의 조상이 한순간에 사라진 것에 대해 충격을 받았다. 인터넷 여기저기를 찾아봤지만 별다른 정보는 없었다.

갑자기 1층에서 토니가 짖는 소리가 들렸다. 바유는 거실을 모니터로 보았다. 아무 일도 없었다. 아버지는 낮에 일을 끝내고 바람 쐬고 오겠다면서 외출을 했다. 토니가 혼자서 멍멍 거리고 있었다. 현관문 바깥을 보았다. 놀랍게도 루갈이 서 있었다. 바유는 알프레드에게 현관문을 열어 주라고 말했다. 잠시 뒤, 바유는 루갈을 거실에서 맞았다.

"네가 우리 집에 웬일이야?"

바유는 껄끄러웠지만 그래도 집에 찾아온 손님을 문전박대할 수 없어 2층으로 데리고 올라갔다. 바유가 재차 질문을 던지려고 하는데 루갈은 귀찮다는 듯이 침대에 몸을 던졌다. 바유가 떨떠름한 표정으로 쳐다보자 루갈이 손을 휘저으면서 말했다.

"집사 로봇 꺼."

바유가 잠깐 생각하다가 리모컨으로 2층 네트워크를 수동 모드로 바꿨다. 루갈이 침대에서 일어나 앉으며 말했다.

"이게 투명 옷이야."

루갈이 자신이 입고 있는 옷을 툭툭 쳤다. 바유가 믿을 수 없다는 표정으로 쳐다보자 루갈은 손목의 스위치를 눌렀다. 루갈의 얼굴만 남고 나머지는 사라졌다. 바유는 입을 다물지 못했다. 정말 투명 옷을 만들다니 놀라운 일이었다. 루갈은 자랑하듯 투명 옷의 원리에 대해서 설명했다. 전류가 흐르는 특수 메타 물질이 옷의 원료인데 전류에서 나오는 전자기파가 외부의 빛을 왜곡시켜 보이지 않게 한다는 것이다.

"그런데 우리 집에는 왜 왔어? 나랑 친하지도 않는데."

"무슨 소리야. 우린 친구잖아. 넌 내 비밀을 아는 유일한 친구라고."

"입에 침이라도 바르고 그런 소리를 해."

바유는 달갑지 않은 손님을 어떻게 대할지 몰라 괜히 목청을 높였다. 루갈은 급히 나오느라 다른 옷을 가져오지 못했다면서 옷이나 좀 달라고 했다. 바유는 어쩔 수 없이 옷장 문을 열었다. 루갈이 제 것 인양 편안한 운동복으로 갈아입었다. 바유는 루갈이 옷을 입을 때까지 기다렸다. 루갈이 투명 옷을 주섬주섬 챙기고 나서 말문을 열었다.

"실은 집 나왔어."

"뭐? 가출했단 말이야?"

"그런 셈이지. 짐작은 하고 있었는데……, 엄마도 다 알고 있었어."

"엉? 그러니까 너한테 일어난 그거?"

"그래. 에식스라고 해. 광범위한 통합성 뇌질환의 약자지. 국가도 다 알고 있어. 지금 원인을 찾고 있는 중이라는데, 전염도 된다나봐, 참 어이가 없어서."

"뇌질환이 전염된다고?"

뇌질환이 전염된다는 얘기는 처음 들었다. 하긴 21세기 중반의 급변하는 세상에서 일어날 일은 무엇이든 일어날 수 있다고 봐야했다.

"그런데 왜 집을 나왔어?"

"내가 발작을 일으키니까 엄마가 CDC에 연락을 했어. 말이돼? 부모가 자식을 신고하다니. 그래서 집을 나왔어."

바유는 깜짝 놀랐다. 루갈의 말을 믿어야 할지 판단이 서질 않았다. 어쨌든 지금 루갈의 행동으로 봐선 단단히 엄마에게 화가난 것만은 분명해 보였다. 루갈이 말했다.

"문제는 에식스가 우리 같은 4세대 배아 유전자 보유자들에게서 집중적으로 발생하고 있다는 거야. 그게 말이 되는 소리야? 우리 유전자는 세계 최고의 과학으로 깨끗하게 청소한 무균 유전잔데 말이야. 아무튼 4세대 배아 유전자 보유자들은 전 세계에 1억명이 넘어. 우리가 힘을 모으면 이 세계도 지배할 수 있어."

"세계를 지배한다고? 그런 오만한 생각을 하고 있으니까 하느님이 벌 준 거 아냐?"

"흥, 어쨌든 금방 원인을 알아낼 거야. 엄마가 그랬어. 커넥톰만 있으면 에식스를 치료할 수 있대. 넌 커넥톰이 뭔지도 모르지? 오면서 알아봤는데, 신경세포들이 연결된 신경 회로들의 집합체야. 그런데 무슨 이유에선지 커넥톰 연구가 중단됐다는 거야. 난 그걸 믿지 않아. 과거 천연두 바이러스가 멸종됐을 때, 전 세계 연구소에서 바이러스를 폐기하자고 합의했지만 미국과 러시아는 몰래 숨겨두었지. 생화학무기를 만들려고 말이야. 그러니까 지금도 누군가는 몰래 커넥톰을 연구하고 있을 거야. 그걸 찾아야 돼."

"4세대 배아 유전자 보유자가 전 세계1억 명이 넘는다고? 그렇다면 결국 너희들의 유전자가 문제없으면 다음 세대 인류가 된다? 7만 년 전에 아프리카를 떠난 현생인류가 비슷한 호모 사피엔스들을 제치고 세계를 제패했듯이? 우리처럼 유전자 편집을 하지 않은 세대들은 결국 네안데르탈인처럼 멸종하게 되는 셈이군."

"너무 비약하지 마. 인류는 공존하는 거야. 오늘날과 같은 문명시대를 어떻게 몇 만 년 전의 원시시대와 비교할 수 있어."

그 순간 바유는 복원 동물원에서 사라졌다는 네안데르탈인이 생각났다.

"가만, 그런데 네안데르탈인이 사라졌어."

"뭐라고? 사라지다니?"

"조금 전에 뉴스에 나왔는데, 네안데르탈인이 복원 동물원에서 사라졌대. 아주 감쪽같이."

"그래?"

루갈은 컴퓨터 앞으로 가서 방금 바유가 본 영상을 보았다. 처음에는 귀찮다는 듯이 시큰둥해 하다가 갑자기 영상을 몇 번 되돌려보며 관심을 보였다. 그리고는 한 마디 던졌다.

"내가 보기엔 뭔가 조작이 있는 것 같은데. 이 영상만으로는 결코 네안데르탈인이 사라질 수 없어."

"영상을 조작했다는 거야? 왜? 누가?"

"글쎄, 그건 나도 모르지."

루갈은 더는 관심을 보이지 않았다. 바유는 혼자서 영상을 다시 보았다. 아무리 봐도 이상한 흔적은 발견할 수 없었다.

저녁 무렵에 아버지는 불콰하게 취해서 돌아왔다. 바유는 루갈을 아버지에게 소개했다. 아버지는 바유가 친구를 집에 데려온 적이 없었기에 무척 기분이 좋은 것 같았다. 루갈이 엄마에게 말했다면서 친구의 집에서 당분간 머물렀으면 좋겠다고 말하자 아버지는 흔쾌히 허락했다.

바유는 기분이 싱숭생숭했다. 루갈과 정말 친구가 될 수 있을까. 4세대 배아 유전자 보유에다 A클래스 직업을 가질 친구와 한 방을 쓰게 되다니 믿기지가 않았다. 어쨌든 지금 루갈은 궁지에 몰려있다. 그래서 바유에게 손을 내밀었을 것이다. 그렇지 않으면 거들떠보지도 않을 친구를 말이다. 베리칩을 해독하기 전만 해도 바유는 루갈과 거의 대화를 나누지 않던 사이였다. 그런데 이런 사이가 될 줄 누가 알았겠는가.

루갈은 자신은 바닥에서 자겠다면서 대충 담요를 깔고 누웠다. 바유는 바닥에 재우고 싶지 않았지만 자꾸 우기는 것도 강파르게 보여 그냥 그렇게 하자고 했다. 바유는 한동안 잠이 오지 않았다. 그러다 어느 순간 잠이 들었다. 바유는 꿈을 꾸었다.

눈 덮인 산 중턱에 입구가 넓은 거대한 동굴이 있다. 동굴 근처에는 침엽수림이 우거져 있고, 그 아래에 푸른 초원이 끝없이 펼쳐져 있다. 초원에는 이동식 천막집들이 듬성듬성 있고 양들이 떼를 지어 풀을 뜯고 있다. 한 아이가 서 있다. 주위에 아무도 없다. 아이는 길을 잃었는지 불안한 기색이 역력하다. 검치호랑이 한 마리가 나타난다. 커다란 이빨. 눈에서 불이 뿜어져 나온다. 아이는 얼어붙는다. 사파이어처럼 빛나는 검치호랑이의 눈. 한순간 검치호랑이가 표범으로 변한다. 뚫어지게 아이를 바라보던 표범이 천천히 몸을 돌린다. 아이가 두려움에서 벗어나 긴 숨을 내쉰다.

동굴 안이다. 산등성이 너머로 빠르게 해가 지고 동굴 깊숙이 어둠이 몰려온다. 코가 넓적하고 이마가 낮은 단단한 체구의 사람들이 낮에 잡은 매머드 고기를 굽고 있다. 연기가 피어오르고 고

134

기 냄새가 진동한다. 모두들 냄새에 취해 입을 실룩거리고 흠흠거린다. 하얀 머리털이 텁수룩한 연장자가 고기 한 점을 베어 물자 기다렸다는 듯이 아이들이 달려든다.

동굴 바깥에서 고기 냄새를 맡은 낯선 사람들이 다가온다. 어른들이 발로 얼른 잉걸불을 비벼 끈다. 젊은이들이 돌창을 들고 일어선다. 연장자가 고기를 입에 문 아이들을 일으켜 세워 동굴 안쪽으로 데려간다. 남자 여자 할 것 없이 젊은이들은 자신들과 닮은 검은 실루엣의 두 발 짐승을 향해 동굴 입구로 달려간다. 돌과 나무가 부딪치는 둔탁한 소리, 아우성과 비명이 동굴과 어두운 숲 속으로 울려 퍼진다. 아이들은 공포에 휩싸인다. 아이들은 저들이 늘 주변을 배회하며 여자와 음식을 노려온 것을 알고 있다. 아이들은 두려움과 분노로 눈물을 흘린다.

장면이 바뀐다. 아무도 없는 동굴 안. 동굴 바닥에 먹다 남은 뼈다귀와 음식찌꺼기들이 흩어져 있다. 한 아이가 있다. 다른 아이들은 없다. 아이들은 어디로 간 것일까. 왜 한 아이만 남은 것일까. 바유는 그것이 궁금하지만 이유를 알 수 없다. 바유는 아이에게 동굴을 떠나라고 소리친다. 그러나 아이는 움직이지 않는다. 아이는 누군가를 기다리는 듯하다. 도대체 누굴 기다리는 걸까. 밤은 더욱 깊어가고 이따금 검치호랑이, 아니 표범의 울음소리가 들린다. 아이는 두려움에 떨다가 쓰러진다.

바유는 잠에서 깼다. 바닥에서 루갈이 코를 골며 자고 있었다. 너무도 생생한 꿈이었다. 바유는 동굴에 갇혀 쓰러지던 아이의 모습이 떠올라 가슴이 먹먹했다. 이유도 모른 채 남겨진 아이. 복원 동물원에서 사라진 네안데르탈인이 떠올랐다. 그랬다, 꿈속의 아이는 네안데르탈인이었다. 동물원에서 본 모습과 비슷했다. 도대체 네안데르탈인을 복원한 목적은 무엇일까. 네안데르탈인은 알고 있을까. 왜 우린 모두 이유도 모른 채 이 세상에 태어나야만 하는 것일까. 바유는 오랫동안 잠을 이루지 못했다.

캠벨 아저씨

　다음 날 루갈은 집에 있고 바유 혼자 학교에 갔다. 루갈은 당분간 학교에 가지 않을 작정이었다. 학교에 갈 마음도 없었지만 괜히 학교에서 아누처럼 발작이라도 일으키면 그 창피를 어떻게 감당할지 자신이 없었다. 하긴 부모 덕분에 여전히 버티고 있을 테지만 언제 잡혀갈 지 알 수 없는 것도 현실이었다.

　학교가 끝나고, 바유는 루갈에게 연락해서 시내로 나오라고 했다. 함께 서점에 갈 생각이었다. 루갈에게도 서점을 보여 주고 싶었다. 당장 에밀도 소개하고 싶지만 에밀이 어떻게 나올지 몰라 망설이고 있었다.

　루갈도 서점에 들어서자 놀라는 눈치였다. 오프라인 서점 자체를 처음 봤을 테니 누구든 그럴 것이었다. 캠벨은 새로 구입한 책을 책상 위에 올려놓고 색인 작업을 하고 있었다. 루갈을 소개하자 처음 바유를 봤을 때처럼 반겼다. 루갈은 책장으로 달려가서 책들을 훑어보기 시작했다. 바유는 『우시아』를 발견했던 곳을 뒤졌지만 그 책은 보이지 않았다. 그래서 다른 책 한 권을 골라 소파로 나왔다. 에밀이 보고 있을 것 같아 손이라도 흔들어주고 싶었지만 캠벨 아저씨에게 들킬지도 몰라 참았다. 가끔씩 천장을 쳐다보곤 했다.

서점 안은 고요한 정적이 흘렀다. 바유는 서서히 책에 빠져들었다. 책이 주는 상상력은 가상현실이나 디지털 미디어들이 영상으로 보여 주는 세계와는 확실히 달랐다. 가상현실이나 디지털 미디어들은 너무나 친절해서 자신들의 영상이 마치 길잡이라도 된다는 듯 더 이상의 상상은 할 수 없게 만든다. 그러나 책은 읽는 사람이 스스로 영상을 창조해서 마음껏 상상력을 펼치게 만든다.

출입문 열리는 소리가 났다. 캠벨과 바유가 거의 동시에 고개를 들었다. 루갈은 책장 깊숙이 들어가서 보이지도 않았다. 검은 양복에 검은 안경을 쓴 남자였다. 안경을 썼지만 나이가 꽤 들어 보이는 느낌이었다. 캠벨이 엉거주춤 자리에서 일어났다. 하지만 남자는 곧장 책장 쪽으로 걸어갔다. 캠벨은 도로 앉았다. 바유도 그냥 손님이려니 생각하고 다시 책으로 눈을 돌렸다.

남자는 아무 책이나 꺼내서 스르륵 넘기는 행동을 몇 번 반복했다. 책을 읽는 것 같지는 않았다. 책에 눈이 가 있지만 머릿속은 다른 생각을 하고 있는 것 같았다. 그리고 슬쩍슬쩍 책상 쪽으로 고개를 돌려 일을 하고 있는 캠벨을 훔쳐보았다. 그러다가 책 한 권을 손에 들고서 아예 캠벨 쪽으로 걸어갔다.

"이 책 읽어 보았습니까?"

캠벨이 조금 멀뚱한 얼굴로 책을 들여다보았다.

"아, 아뇨, 아직 읽지 못했습니다만."

남자가 들고 있는 책은 양자신경학에 관한 것이었다.

"의식을 양자역학으로 설명할 수 있다고 보십니까?"

"네? 그, 그건 아직…….

갑작스런 질문에 캠벨은 적이 당황하는 모습이었다.

"눈빛에 불꽃이 이는 걸 보니 아직 살아있군요."

남자가 한 발 더 다가가 안경을 벗었다. 캠벨이 몸을 뒤로 젖히며 눈을 크게 떴다.

"하하하! 오랜만이오. 남궁진 박사."

"다, 당신은 닥터 김…….

"그렇소. 김이수요. 아직까지 날 기억하고 있다니, 아무튼 반갑습니다."

"여, 여길 어떻게…….

"당신을 찾느라 꽤 발품을 팔았지요. 등잔 밑이 어둡다고 어이 없게도 그리 멀리 가지는 않았더군요."

바유가 앉은 자리에서는 캠벨과 김이수이란 사람이 사선으로 보였다. 김이수는 등 쪽이었지만 캠벨은 거의 앞모습이 다 보였다. 캠벨의 얼굴은 뭐라 표현하기 힘든 복잡함으로 일그러졌다. 김이수는 몸을 돌려 바유 맞은편 의자에 앉았다. 바유의 존재는 관심에도 없는 듯 했다.

"내 기억으로 공동 연구는 한 적이 없었지만, 같은 연구소에서 오랫동안 같은 분야를 연구했지요. 서로 경쟁 관계였다고나 할까, 하하하!"

김이수는 호탕하게 웃었다. 하지만 바유에게는 어쩐지 오버센스로 보였다. 뭔가 기선을 잡기위한 기 싸움 같은 것도 느껴졌다. 루갈이 책장 사이에서 걸어 나왔다. 뭔가 심상찮은 분위기가 안쪽까지 전해졌던 모양이었다.

"닥터 남궁진, 십 년 전만 해도 신경과학 분야의 세계적인 권위자였지. 그런데 어느 날 갑자기 자신이 몸담고 있던 세계에서 감쪽같이 사라졌지. 물론 그때 무슨 일이 벌어졌는지 알 만한 사람이야 다 알지만."

김이수는 은밀한 대화라도 하는 듯 목소리를 낮췄다. 바유와 루갈은 깜짝 놀랐다. 남궁진 박사라는 캠벨 아저씨가 옛날에 세계적인 과학자였다니 놀라지 않을 수 없었다.

"무슨 얘기를 하려는지 모르지만……."

캠벨은 등받이로 몸을 젖히며 말을 이었다.

"그때 난 사직서를 내고 정식으로 연구소를 떠났어요. 까마득한 옛날 일을 가지고 이제 와서 무슨 얘기를 하려는 건지, 보다시피 나는 평범한 장사꾼이요. 더 이상 과학자가 아니란 말입니다."

"그런 소리 마시오. 사직서를 냈는지는 모르지만 동료들에게는 전혀 알리지 않고 사라졌소. 물론 우리도 당시에는 살아남기 바빠서 당신의 거취를 신경 쓸 여유가 없긴 했지만. 어쨌든 도둑고양이처럼 소리 없이 자취를 감춘 것은 분명한 사실 아니오?"

"이것 보세요. 당신네들이 내가 떠나는 걸 못 본 거지, 내가 왜 도망을 칩니까?"

캠벨은 어이가 없다는 듯 조금 언성을 높였다.

"좋소, 나도 농담 따먹기 하려고 여기까지 온 건 아니니까 본론으로 들어가겠소. 아 참, 갑자기 생각이 나서……. 먼저 물어볼 게 있군. 당신 딸은 어떻게 됐소? 십 년 전 커넥톰 연구가 중단될 무렵 딸이 교통사고를 당했다고 들었는데."

캠벨의 얼굴이 차갑게 굳었다.

"너무 어수선한 때라 병문안도 못 가고, 아무튼 미안하게 됐소. 따님은 완쾌됐겠죠?"

"건강하게 잘 자라고 있소. 그만 돌아가시오."

캠벨은 다시 책상 위에 놓인 책들을 만지기 시작했다. 그러나 얼굴에서 불안감이 완전히 가시지는 않았다. 별로 가까운 사이가 아니었다 할지라도 십 년 만에 만났는데 저렇게 쌀쌀맞게 대하는 이유는 뭘까. 김이수는 그 이유를 알고 있는 것일까. 김이수는 캠벨의 바람과 다르게 쉽게 떠날 것 같지 않았다.

"다행입니다. 하지만 대화를 거부하는 것은 받아들일 수가 없군요. 십 년 만에 나타난 옛 동료를 이렇게 문전박대해도 되는지 유감스럽습니다."

"솔직히 당신과 얘기하고 싶지 않습니다."

"남궁진 박사. 솔직히 말해 보시오. 정말 뉴런에서 손을 뗐소?"

"뭐라고요?"

"커넥톰은 어떻게 했소? 당시에 우리 연구소가 그 분야에서 세계 최고였던 건 당신도 잘 알잖소. 그런데 국제 신경 과학 협회에서 커넥톰 연구를 중단시켰을 때 당신은 너무도 쉽게 동의했어. 난 반대했지. 거의 연구가 막바지였는데 그동안 연구한 게 너무 아까워서 말이오."

"그게 무슨 소리요. 커넥톰은 인류를 파멸시킬 수도 있는 위험한 연구였소. 그래서 전 세계 모든 뇌신경 과학자들이 동의한 가운데 폐기를 결정한 거 아니요?"

"그랬죠. 겉으로는 그랬어요. 하지만 과연 모든 사람이 그 결정

142

을 따랐을까요? 평생을 바쳐 연구한 것을 하루아침에 그렇게 쉽게 포기할 수 있을까요? 난 그렇게 할 수 없었소."

캠벨의 눈이 크게 떠졌다. 그렇다면 김이수는 방금 협회의 결정을 따랐다고 해 놓고 몰래 혼자 연구를 계속했다는 것인가. 김이수의 눈이 빛났다. 예리하게 캠벨의 표정을 살피고 있었다. 루갈은 김이수의 입에서 커넥톰이란 말이 나왔을 때 심장이 멎는 듯했다. 여기서 커넥톰이란 말을 듣게 될 줄 상상이나 했겠는가. 게다가 두 사람은 과거에 커넥톰 연구의 권위자라고 하지 않는가.

"나는 현재 펨토 사에 있소. 펨토 사가 국가 데이터 센터 일을 위탁 관리하고 있는 것은 알고 있겠죠? 국가 데이터 센터의 핵심은 데카르트요. 데카르트는 세계 최고 성능의 인공지능 시스템이지요. 그런데 하루가 다르게 늘어나는 데이터를 실시간으로 처리하는데 한계에 봉착했소. 획기적인 알고리즘으로 데이터 분석 시스템을 바꾸지 않으면 데카르트는 얼마 못 가 쓰레기로 전락하게 될 거요. 커넥톰만 있으면 새로운 전기를 마련할 수 있어요. 커넥톰이 필요합니다. 절박한 상황이에요."

"그게 나와 무슨 상관입니까?"

캠벨은 답답하다는 듯이 말했다. 도무지 무슨 말을 하고 있는지 이해가 안 간다는 표정이었다. 김이수는 생각보다 집요했다.

"십 년 전 국제 신경 과학 협회가 커넥톰 폐기를 선언했을 때,

우리는 수십 년 동안 매달렸던 연구를 한순간에 잃을 처지에 놓여서 패닉 상태였어요. 그래서 당신의 딸이 어떻게 교통사고를 당했는지, 얼마나 크게 다쳤는지, 전혀 알지 못했습니다. 한참이나 지난 뒤에야 당신이 딸의 사고와 같은 시점에 퇴사를 했다는 걸 알게 되었어요. 우연치고는 너무 이상하지 않습니까?"

"그게 왜 이상합니까? 그런 일을 당해 봤어요? 내 목숨보다 소중한 자식이 죽음의 위기에 처했을 때, 그 심정이 어떨지 상상이나 해 봤습니까?"

"아, 죄송합니다. 충분히 그 심정 이해합니다. 어쨌든 우리도 새로운 연구 과제를 수행하느라 솔직히 잊고 살았습니다. 그 뒤 나는 펨토 사로 자리를 옮겼습니다만, 지금 커넥톰 문제는 매우 절박한 상황에 처해 있습니다."

"장사꾼에 불과한 사람에게 왜 자꾸 그런 얘기를 하는지 알 수가 없군요."

"그 시절 나는 감각과 행동을 담당하는 뉴런 패턴을 집중적으로 연구했지만 당신은 기억과 의식 관련 신경 패턴을 연구했지요. 지금 그 둘의 통합이 절실히 필요합니다. 이미 다른 나라에서도 다시 커넥톰 연구를 시작했다는 정보가 들어오고 있습니다. 물론 아직까지는 극비 사항이지만 조만간 어떤 식으로든 연구는 재개될 겁니다. 지금 서두르지 않으면 주도권을 빼앗기고 국가 경쟁에서도 뒤쳐져 막대한 국가적 손실을 초래할 거예요. 남궁진 박사, 당신의 도움이 필요합니다. 우리에게 협조해 주시오."

캠벨은 눈을 감고 있었다. 더 이상 듣지 않겠다는 태도였다. 김이수는 자리에서 일어나 캠벨 쪽으로 걸어가며 말했다.

"좋소, 그럼 우리 회사에 들어오시오. 최고의 대우로 모시겠소. 모든 연구 시스템을 제공하겠소. 당신이라면 금방 따라잡을 거요. 시간이 없습니다."

"그만 돌아가시오."

캠벨은 이 한 마디를 던지고 아예 더 이상 대화할 의향이 없다는 듯 색인지를 다시 붙이기 시작했다. 잠시 고개를 숙이고 있던 김이수가 자리에서 일어났다.

"시간을 주겠소. 당신은 틀림없이 돌아올 거요. 기다리고 있겠소."

김이수는 일어나 서점을 빙 둘러보았다. 그때서야 바유와 루갈이 눈에 들어오는지 잠깐 유심히 쳐다보았다. 캠벨은 전혀 동요 없이 일을 하고 있었다. 김이수는 출입문 쪽으로 걸어갔다. 문을 반쯤 열고 다시 한 번 고개를 돌린 김이수는 캠벨과 루갈, 바유를 번갈아 훑어보더니 문을 밀고 나갔다.

커넥톰

김이수가 떠나고 몇 분 지나지 않아 바유와 루갈도 서점을 나왔다. 캠벨 아저씨가 서점 문을 닫아야겠다고 했기 때문이었다. 사실 김이수가 떠나자 캠벨은 쓰러질 듯 피로감을 보였다. 바유가 보기에도 속사정은 잘 모르지만 김이수로부터 캠벨 아저씨가 어떤 충격을 받았다는 것은 충분히 느낄 수 있었다.

집에 돌아오자 마자 루갈은 바유의 책상 컴퓨터로 자신의 비밀 사이트에 들어갔다. 바유는 바유대로 노트북을 들고서 침대로 가서 인터넷에 접속했다.

루갈은 아직도 심장이 두근거리고 있었다. 엄마가 말한 커넥톰을 캠벨의 서점에서 듣게 될 줄이야 상상조차 못했다. 어쩌면 엄마는 뭘 알고 있는지도 모른다. 십 년 전에 폐기한 커넥톰을 왜 갑자기 에식스 치료를 위한 대안으로 떠올렸겠는가. 과학계의 물밑에선 이미 커넥톰이란 거대 괴물이 꿈틀대고 있다고 해석해야 상황이 논리적으로 연결된다. 물론 엄마와 김이수가 직접적인 관련이 없을 수도 있다. 상관없다. 캠벨이란 새로운 인물이 주요한 변수로 떠오르지 않았는가. 루갈은 이런 때 바유를 알게 된 것이 행운이란 생각이 들었다. 바유가 이런 역할을 해줄 줄 꿈엔들 알았으랴.

루갈은 프록시를 써서 딥웹에 있는 4세대 배아 유전자 보유자들의 비밀 사이트에 들어갔다. 영국과 미국, 중국에서 접속한 친구들이 대화를 나누고 있었다. 언어 번역기가 자동으로 자기네 말로 번역하기 때문에 대화는 아무런 어려움이 없었다. 그들도 에식스를 알고 있었다. 그들 나라에서도 관심을 가지기 시작했으나 원인을 모르는 것은 마찬가지였다. 만약 어디에서든 원인이 알려지면 곧바로 공유해서 피해를 최대한 줄여야 한다고 떠들어댔다. 루갈은 커넥톰을 말해서 정보를 공유하고 싶었지만 혹시나 자신이 알고 있는 사실마저 새나갈까 염려스러워 입을 다물었다.

바유는 캠벨이 그렇게 유명한 과학자였다니 놀랍기만 했다. 그런데 정말 궁금한 것은 커넥톰이었다. 김이수나 캠벨 아저씨의 말만으로는 전혀 감이 오지 않았다. 바유는 메신저로 에밀과 대화를 나누었다.

"커넥톰이 그렇게 대단한 거야?"

"인간은 외부에서 들어오는 정보를 이미 존재하는 내부 정보와 비교해서 판단하고 행동해. 이 모든 인간의 인지와 행동은 뇌 속에 있는 천억 개의 신경세포들이 서로 신호를 주고받는 가운데 이루어지는 거야. 이 신경세포들의 연결 형태를 커넥톰이라고 해. 신경세포들의 연결 형태는 매우 복잡하지만 특정 상황에 따라 패턴을 이루고 있다는 것이 밝혀지면서 커넥톰은 뇌 과학의 중심이 되었지."

"한 마디로 커넥톰을 알면 '나'를 안다는 얘기네? 그런데 십 년 전에 왜 커넥톰을 폐기하려고 했어? 넌 알고 있지?"

"그래, 아빠한테 들었어. 십 년 전, 전 세계 뇌신경 과학자들이 모여 수십일 동안 회의를 했어. 그리고 협정문을 쓰고 모두가 사인을 했지. 협정문의 내용은 모든 커넥톰 연구를 당장 중지하고, 기존에 연구한 모든 내용을 폐기한다는 거였어. 커넥톰이 완성되면 인류는 여러 가지 난치성 뇌질환을 치료할 수는 있겠지만, 반대로 인간의 기억을 편집하거나, 임의로 기억을 주입, 제거할 수 있고, 뇌와 컴퓨터의 인터페이스로 뇌 정보가 디지털로 바뀌고 디지털 데이터가 뇌로 이식될 수 있어. 나노 로봇을 뇌에 침투시켜 뉴런의 활동을 임의적으로 조종하는 것도 가능하지. 누군가가 인간을 마음대로 조종해서 개미처럼 일만 하게 하고, 살인을 해도 죄책감을 느끼지 않는 범죄자나 군인으로 만든다면, 세상은 어떻게 될까. 그야말로 지옥이 될 거야. 그래서 커넥톰 연구를 중단한 거야."

에밀이 잠시 말을 끊었다가 계속했다.

"더구나 커넥톰을 연구하기 위해서 사람의 뇌에 직접 전극을 꽂는 비윤리적인 상황도 빈번하게 발생했어. 신경 패턴의 정밀한 조사를 위해서는 단순히 뇌파나 약물 따위로는 한계가 있었지. 그래서 행려자나 고아들을 상대로 직접 뇌 속에 나노칩을 넣어 뉴런과 시냅스의 미세한 변화를 측정하는 일들이 비밀리에 벌어졌고, 나중에는 멀쩡한 사람을 돈으로 사서 실험에 이용했지. 누가 먼저 커넥톰을 완성하느냐에 따라 국가의 운명이 달라질 수도 있었으니까 경쟁이 치열했던 거야. 세계 곳곳에서 커넥톰 연구를 반대하는 단체들이 생겨났어."

"그 당시에 물질문명을 반대하는 단체들도 있었다고 들었는데?"

바유는 아버지가 한 말이 생각나 잠깐 끼어들었다.

"그래. 처음 시작은 달랐지만 나중에는 목적이 같다는 사실을 알고 연대를 했어. 어쨌든 여론이 안 좋아지자 과학자들이 자발적으로 모여 결국 기존에 해오던 비침습성 기구, 즉, fMRI나 PET 등으로는 뇌 연구를 계속 하되, 커넥톰 연구는 중단하기로 결정했던 거야."

바유는 십 년 전에 그런 일이 있었다는 게 놀랍기만 했다.

"너도 김이수란 사람 봤지?"

"응. 봤어. 그 사람 그냥 평범한 사람 아냐. 펨토 사는 지금 세계 최고의 시스템 설계 회사야. 데카르트를 관리하고 업데이트한다는 것은 데카르트를 자기네 손아귀에 쥐고 있다는 거야. 데카르트가 내리는 국가정책에도 깊숙이 관여하고 있다고 봐야 해."

"그렇구나."

바유는 미처 거기까지는 생각을 못했다.

"지금은 필요하니까 아빠에게 정중한 태도를 보이는데, 목적한 것을 얻고 나면 완전히 달라질걸."

바유는 소름이 돋았다. 섬뜩한 느낌이 들었다. 뭔가 알 수 없는 일이 밀어닥칠 것 같은 불길한 예감이 느껴졌다.

"에밀? 에밀이 누구야?"

뒤에서 루갈이 바유의 메신저를 보고 말했다.

"뭐야! 허락도 없이 훔쳐보고 그래."

바유가 손으로 화면을 가리며 화를 냈다.

"여자 친구? 너도 여자 친구가 있어?"

한순간 비웃음이 루갈의 얼굴에 번지다 사라졌다. 바유는 기분이 상했다.

"아, 남궁진 아니 캠벨 아저씨 딸이구나?"

150

"그만해. 이건 프라이버시야."

"ㅎㅎㅎ. 좋겠다."

루갈은 의미심장한 웃음을 흘리며 뒤로 물러났다.

바유는 에밀에게 내일 보자고 말하고 메신저를 빠져나왔다. 둘은 무례냐 아니냐를 두고 한동안 티격태격 말다툼을 벌였다.

인공지능 사냥꾼

바유는 수업이 끝나고 가방을 챙기려다 알프레드로부터 메시지를 받았다. 아버지가 좀 이상하다는 것이었다. 바유는 교문을 나서자 신발을 점핑 모드로 바꾸고 달렸다. 궤도 캡슐을 타고 가기엔 마음이 급했다. 학교에서 집까지는 4킬로미터 가량 되었지만 거의 십여 분 만에 도착했다. 출입문을 밀고 들어오자 토니가 기다렸다는 듯이 짖어댔다. 토니도 집안 분위기를 감지하고 있었던 것이다.

아버지는 작업 모니터가 아닌 개인 컴퓨터 앞에 앉아 있었는데, 거의 정신을 잃기 직전이었다. 바유는 화면을 들여다보았다. 아버지의 아바타는 어떤 가상현실에 있었고 누군가와 싸우고 있었다. 상대방의 실력이 보통은 아닌 듯했다. 언뜻 봐도 아버지는 적수가 되지 못했다. 가만히 보니 며칠 전에 〈박쥐섬〉에서 AIH와 싸우던 자였다. 그 자가 왜 아버지의 아바타와 싸우고 있는 것일까. 바유가 아버지에게 얼른 빠져나오라고 소리쳤지만 아버지는 들리지 않는 것 같았다. 이대로 두었다가는 위험할 것 같아 강제로 로그아웃을 하고 아버지를 사이트에서 빼냈다.

바유는 아버지를 부축해서 침대에 뉘었다. 물을 마시고 잠시 휴식을 취하자 아버지는 의식을 회복했다.

"아버지도 AIH에요?"

바유가 물었다. 아버지는 가만히 있었다.

"인공지능과 왜 싸우려는 거예요? 어차피 인공지능이 지배하고 있는 세상이에요. AIH와 같은 그런 단체가 몇몇 인공지능을 제거한다고 해서 세상이 달라질 것 같아요? 그러다 아버지만 위험해져요."

"누군가가 나서서 경고하지 않으면 세상은 지금보다 더 나빠질 수 있어."

"그래서 AIH에 들어간 거예요?"

아버지는 몸을 일으켰다. 물을 한 모금 더 마셨다.

"엄마를 보내고 세상과 등지고 살았지만, 늘 뭔가 빚을 지고 산 것 같았어. 얼마 전부터 모임에 다시 나가기 시작했어."

"그러면 AIH가 예전에 물질문명 반대 단체와 무슨 연관이 있는 거예요?"

"그 조직은 완전히 해체되었지만 그때 활동한 사람들 가운데 남아있던 몇몇이 AIH를 결성했지."

"가상현실에서 인공지능과 실제 사람의 아바타를 구분할 수 없어요. 그런데 어떻게 인공지능을 제거하겠다는 거예요? 근본적으로 문제가 있는 거 아니에요?"

"우리도 가장 큰 고민이 그거였어. 수많은 종류의 튜링 테스트를 다 시도해 보았지만 완전한 구별은 불가능했어."

"이미 인공지능과 함께 사는 세상인 거예요. 그러니까 인공지능과 싸운다는 것은 현실적으로 의미가 없어요."

"그래서 우리도 목표를 수정했지. 인간이 하는 일의 일부를 인공지능이 하는 것은 인정하되, 정말 인간만이 할 수 있는 것과, 또 앞으로도 그래야만 하는 것은 결코 인공지능에게 넘겨줄 수 없다는 거야."

"인간만이 할 수 있는 것? 그런 게 남아 있을까요?"

"그래, 사이버 공간에서 인공지능이 할 수 없는 것은 없어. 내가 말했잖아, 인간만이 해야 하는 것, 비록 벌써 인공지능이 침투했더라도 더는 넘겨줄 수 없는 것, 그것은 인간이 지켜야 한다는 거지."

"그것이 바로 음악이나 미술 따위의 예술이란 말인가요?"

154

"그래. 예술도 그 중에 하나지."

"고육지책이군요. 그래서 인공지능 가수나 화가를 상대로 공격하는 거군요?"

"그래."

"인공지능을 상대로 해서 인간이 살아남기 위한 처절한 현실이군요."

"현재 인류는 너무 무감각해졌어. 현실의 안일 때문에 자신이 지금 어디에서 무엇을 하고 있는지도 모르고 있어."

"그런 인류에게 아버지와 같은 희생이 무슨 도움이 될까요?"

"사람은 누군가가 알아 주어서가 아니라 누군가가 있기에 행동하는 거야."

아버지는 두통을 호소했다. 바유는 약품 저장실에서 두통약을 꺼내 왔다. 약을 먹고 아버지는 다시 침대에 누웠다. 미간을 찌푸리며 눈을 감았다. 후줄근해진 얼굴. 바유는 처음으로 아버지의 나이를 생각했다. 사십 대 중반. 바유는 자신이 얼마나 아버지를 오해하고 있었는지 새삼 깨달았다. 가상현실에서 정신적으로 쇼크를 받으면 실제 현실에도 영향을 미친다. 뇌는 가상과 실제를 구분하지 않기 때문이다.

그때서야 바유는 루갈이 생각났다. 아래층에서 이런 소동이 벌어지고 있는데 위층에서 아무런 반응이 없다는 게 납득이 가지 않

왔다. 2층으로 뛰어 올라갔다. 방문을 열고 한바탕 소리를 지르려
는데 안에는 아무도 없었다. 도대체 어딜 간 것일까.

삼십 분쯤 뒤에 루갈이 출입문 벨을 눌렀다. 알프레드가 루갈을
알아보고 문을 열었다. 루갈의 표정은 밝지 않았다. 인상을 쓰고
들어오는 루갈을 보고 바유는 적반하장이라고 생각했다. 화낼 사
람이 누군데 선수를 치려고 들다니.

"어디 갔다 온 거야?"

바유가 무뚝뚝하게 물었다. 루갈은 대답도 없이 침대에 걸터앉
았다. 바유도 더 묻고 싶지 않았다. 잠시 침묵이 이어졌다. 이윽고
루갈이 말했다.

"서점에 다녀왔어."

루갈이 자신이 입고 있는 옷을 손으로 가리키며 말했다. 그러고
보니 루갈은 투명 옷을 입고 있었다.

"투명 옷을 입고 서점에 갔었다고?"

"그래."

"왜?"

"에밀이 궁금해서."

"뭐라고? 에밀이 궁금하다고? 무슨 소릴 하는 거야?"

"놀라지마. 에밀은 없어."

"뭐?"

156

바유는 루갈이 무슨 말을 하는지 알아들을 수 없었다. 에밀이 없다니, 그게 무슨 말인가.

"벽 쪽에 있는 책장을 밀었는데 다른 공간으로 들어가는 쪽문을 발견했어. 나는 서점 안에 어딘가 생활공간이 있을 거라고 생각했지. 쪽문을 열고 안으로 들어가니까 방 몇 개하고 거실, 부엌이 있더군. 꽤 넓은 공간이었어."

"캠벨 아저씨 몰래 그랬단 말이야?"

"김이수가 에밀 얘기를 꺼냈을 때, 캠벨 아저씨의 표정을 봤어. 순간적으로 표정이 확 가더라고. 난 뭔가 있다는 생각이 들었지. 그래서 확인해 보려고 간 거야."

"너 정말 나쁜 놈이구나."

바유는 끓어오르는 화를 겨우 참으며 소리쳤다.

"네 목적은 커넥톰이었지? 혹시 김이수가 말한 커넥톰을 캠벨 아저씨가 가지고 있을지도 모른다는 생각에 그런 거 아냐?"

"네 머리도 꽤 쓸 만한데. 진짜 목적은 그거였지."

루갈이 슬쩍 웃었다. 바유는 그런 루갈의 얼굴을 한 대 갈겨 주고 싶었다.

"내 예상이 맞았어. 방문은 잠겨 있지 않았어. 차례대로 들어가 확인했지. 첫 번째 방은 작업실 같았어. 책꽂이가 벽 한 면에 있었고, 커다란 책상 위에는 서류처럼 보이는 종이 다발들이 쌓여 있었어. 그리고 두 번째 방은 침대가 있는 평범한 침실이었어. 마지막 방에는 비록 규모는 작지만 아주 압축된 컴퓨터 시스템이 있었어. 최고 성능의 네트워크 장비와 데이터, 시스템 서버들이 여러 대 있었어. 그 정도면 한 기업의 데이터와 업무, 네트워크를 컨트롤 할 수 있을만한 규모였어. 그게 전부야. 거실과 화장실, 부엌을 다 뒤져 봤지만 어디에고 에밀은 보이지 않았어."

"말도 안 돼!"

바유는 여전히 루갈의 말을 받아들일 수 없었지만 뭔가 이상한 일이 벌어지고 있다는 생각이 동시에 몰려왔다.

"아직도 감이 안 와?"

"감이라니? 무슨 감?"

"에밀은 인공지능이야."

바유는 의자에서 벌떡 일어났다. 테이블이 다리에 걸려 모니터가 휘청 넘어질 뻔했다. 머릿속에서 띵 하고 종이 울리는 듯 하더니 순간적으로 현기증이 일었다. 바유는 다시 자리에 앉았다.

"그런 되지도 않은 소리 하지 마. 에밀은 전신마비라 꼼짝을 할 수 없다고 했어. 네가 갔을 때, 마침 병원에 갔을 수도 있어. 두 번째 방에 침대가 비어 있었다고 했잖아."

"그런데 침대는 하나뿐이었어. 두 사람이면 침대가 두 개여야 하는 거 아냐?"

"이동식 침대일 수도 있지, 환자용."

"그럼 환자를 위한 시설이나 장비가 있어야지, 전혀 없었어."

"넌 날 속이고 있어. 뭔가 흉계를 꾸미고 있지, 그렇지?"

바유는 침착함을 잃지 않으려고 노력했다. 루갈의 말을 믿을 수 없었다. 에밀과 함께 했던 시간들이 떠올랐다. 〈박쥐섬〉에서 보았던 에밀의 생생한 모습. 그런데 에밀이 존재하지 않는다니, 그걸 어떻게 믿으란 말인가.

바유는 스마트 안경으로 에밀의 계정을 접속했다. 에밀과 연결되지 않았다. 〈박쥐섬〉에 들어가 에밀을 찾았다. 어디에도 에밀은 보이지 않았다. 이상한 느낌이 들었다. 에밀은 하루 종일 집에만 있기 때문에 거의 인터넷상에서 살고 있다고 말했었다. 그런데 갑자기 모든 네트워크가 끊어질 수 있을까.

바유가 자리에서 일어났다.

"에밀한테 가보겠어. 내 눈으로 확인해야겠어."

"그래, 나쁘지 않은 생각이지."

루갈도 일어났다. 바유는 1층으로 내려와 아버지 방에 잠깐 들렀다. 아버지는 자고 있었다. 루갈이 무슨 일이냐고 물었다. 바유는 가면서 말해 주겠다고 말하고 출입문 쪽으로 걸어갔다.

납치

바유는 〈무한 육각형〉의 출입문을 밀고 안으로 들어갔다. 루갈도 뒤따라 들어갔다. 루갈은 여전히 투명 옷을 입고 있었다. 서점 안은 어수선했다. 뭔가 한바탕 난리가 난 듯 보였다. 테이블과 소파가 한쪽으로 밀려 엇갈려 놓여 있었고 책장들도 뒤쪽으로 몰려 있었다. 책장 중간쯤에 쪽문으로 보이는 문이 반쯤 열려 있었다. 바유는 루갈이 말한 내부 공간으로 통하는 문이라고 짐작했다. 그쪽으로 몇 걸음 옮기다가 안에서 나오는 사람과 마주쳤다. 캠벨 아저씨였다.

캠벨은 허탈한 표정으로 바유에게 안으로 들어가 보라고 손짓했다. 바유는 불안감을 느끼며 루갈을 따라 쪽문 안쪽으로 들어갔다. 루갈이 말한 그대로였다. 루갈이 앞장서서 세 번째 방으로 갔다. 방안 왼쪽 모서리에 책상이 있고, 책상 위에는 40인치 정도 되는 모니터가 있었다. 켜 있지 않았다. 책상 반대편으로 루갈이 말한 각종 네트워크 장비와 여러 대의 컴퓨터들이 어지럽게 흩어져 있었다. 딱 봐도 누군가가 침입한 흔적처럼 보였다. 바닥에는 뜯다만 컴퓨터와 수많은 선들이 복잡하게 뒤얽혀서 널브러져 있었다. 벽에는 사진이 든 액자가 몇 개 붙어 있었는데 사진에는 한 소녀와 가족인 듯한 부부가 함께 찍혀 있었다. 바유는 액자 속의 소녀를 보았다. 대여섯 살쯤 되어 보였다. 단발머리를 양쪽으로 묶은 갸름한 얼굴형에 무척 예뻤다. 〈박쥐섬〉에서 보았던 에밀을 닮았다.

에밀은 어디에도 없었다. 바유는 루갈의 말이 거짓말이기를 바랐다. 그러나 그것은 현실이었다. 바깥에서 캠벨이 그만 나오라고 말하는 소리가 들렸다.

"어떻게 된 거예요?"

바유가 물었다. 캠벨은 아직 충격에서 벗어나지 못한 듯 눈빛이 흐려 있었다.

"네가 본 대로다. 내가 잠깐 나간 사이 누군가가 들어온 것 같아. 에밀의 메인 시스템을 가져갔어."

"에밀이 정말 인공지능인 거 맞아요?"

캠벨 아저씨가 공허한 눈으로 바유를 바라보았다. 그러면서 미처 말하지 못한 것이 있다는 것을 그때서야 깨달았다.

"미안하다. 처음부터 널 속일 생각은 없었어. 에밀에게는 친구가 필요했어. 그것뿐이야. 에밀은 내 딸이다."

"진짜 딸이 아니잖아요."

"그래, 에밀은 십 년 전 교통사고로 죽었어. 내가 에밀을 살려 냈지."

캠벨의 표정은 복잡하게 일그러졌다. 무엇이 진실인지, 설사 진실하다 해도 어떻게 이해시킬 것인지, 그걸 어떻게 다 말로 설명할 것인지, 지레 포기하고 싶은 사람의 표정이었다.

"부탁이 있다. 에밀은 자신이 인공지능이란 사실을 몰라. 인공지능일 수 있다는 자각 가능성을 철저하게 차단시켰어. 그러니까, 아니, 그런데 지금 에밀이 사라지고 없어."

캠벨은 횡설수설하고 있었다.

"누가 침입한 것 같은데요?"

루갈이 차분하게 말했다. 루갈은 상황을 짐작했다. 자신이 나오고 얼마 지나지 않아 누군가가 침입했다.

"처음부터 자세히 말씀해 보세요. 도대체 무슨 일이 일어난 거예요?"

바유가 다그쳤다. 캠벨이 소파에 앉으며 말했다.

"십 년 전 에밀은 혼자 자율 주행 자동차를 타고 학교에 가고

162

있었다. 아마 그 무렵부터 다섯 살이면 학교에 들어갔을 거야. 날마다 엄마가 함께 갔었는데 그날은 공교롭게도 아침 일찍 지방 출장을 가야하는 바람에 함께 갈 수 없었어. 에밀의 엄마는 시청 공보관에서 일했어. 그때만 해도 도로에는 자율 주행 자동차와 수동 운전 자동차가 섞여 있었지. 학교를 5백 미터 남겨 두고 마주 오던 자동차와 충돌했어. 사건을 담당했던 경찰은 에밀의 차가 갑자기 중앙선을 침범했다고 하는데, 그건 있을 수 없는 일이야. 자율 주행차가 오류를 일으킬 가능성은 거의 없어."

"그래도 완전한 무오류는 없잖아요. 아무리 확률이 적다 해도 일어날 가능성은 언제든지 있어요."

루갈이 참견했다. 바유가 인상을 찌푸렸다. 캠벨이 고개를 끄덕이며 말을 계속했다.

"그래, 틀린 말은 아니지. 나는 출근하려다 그 소식을 듣고 병원으로 달려갔다. 에밀은 부러진 갈비뼈가 폐와 심장을 찔러 소생이 불가능했어. 당시 나는 신경 과학자로서 외과의사 자격증도 있었다. 나는 즉시 딸의 뇌를 적출했다. 그리고 부패를 방지하는 특수 물질에 보관해서 집으로 가져왔지. 뇌가 아직 살아 있을 때, 뇌 정보를 획득하기 위해 모든 장비를 동원해서 커넥톰 분석을 시도했지."

"그때는 오직 딸의 기억을 살리겠다는 생각뿐이었겠군요."

"그랬지. 하지만 분석 도중에 실수로 신경세포들이 외부에 노출됐어. 신경세포는 빠르게 사멸했어. 한참 후에야 나는 그것을 알았지만 이미 때는 늦었지. 에밀의 뇌는 겨우 10퍼센트 정도 데이터를 얻어낼 수 있었어. 나머지 신경세포는 사멸이 너무 빨라 시냅스 접합 부위를 전혀 파악할 수 없었어. 포기할 수밖에 없었지. 며칠 뒤, 국제 뇌신경 과학 협회는 커넥톰 연구를 전면적으로 금지했다. 나는 커넥톰 연구 금지에 서명을 하고 연구소를 사직했어. 그 뒤 십 년 동안 오직 딸을 살려 내기 위해 전심전력을 다 했어."

"10퍼센트의 뇌로 완전한 뇌를 만들기 위해서는 커넥톰이 있어야 했겠군요?"

루갈이 바유가 눈치를 주는데도 신경 쓰지 않고 할 말을 하고 있었다.

"당시에 커넥톰 연구는 막바지에 다다라, 나라 사이에도 경쟁이 심했어. 아마도 그것 때문에 연구 중단이란 결정이 내려졌을 수도 있어. 윤리에 어긋나는 일들이 너무 비일비재하게 일어났으니까. 하지만 나는 완전히 세상과 인연을 끊고 오직 딸을 살리겠다는 일념으로 연구에 매진했어. 커넥톰에 대한 기술이 어느 정도 완성되었다고 해도 그것이 곧장 인공적인 뇌가 되는 것은 아니다. 그 자체가 하나의 시스템으로 끊임없이 학습이 이루어졌을 때, 인간의 뇌를 닮은 인공 뇌가 만들어질 수 있지. 마치 갓 태어난 아이가 세

164

상에 대한 경험이 쌓여감에 따라 하나의 온전한 사람으로 성장해 가듯이 말이다. 에밀도 아직 완전한 생명체라고 할 수는 없어. 그러나 거의 성공에 이르렀다고 할 수 있지. 인류가 남겨 놓은 방대한 지식이 곧 인간의 정신이다. 에밀은 디지털로 된 모든 지식과 연결될 수 있어. 한 가지 예를 든다면 에밀은 인간이 만든 거의 모든 소설과 영화를 보았어. 그것들은 인간의 희로애락이 캐릭터를 통해 표현되기 때문에 언어와 인간의 감정을 이해할 수 있는 최적의 데이터라고 할 수 있지. 단순한 지식이나 논리적 판단 따위는 이미 오래 전에 해결했지. 만약 예술이 없었다면 에밀의 정신은 탄생할 수 없었을 거야."

바유는 에밀을 떠올렸다. 〈박쥐섬〉에서 함께 나눈 대화도 생각 났다. 에밀의 맑은 갈색 눈동자가 바로 눈앞에 있는 듯 생생하게 떠올랐다. 에밀이 인공지능이라고 생각되지 않았다. 오히려 캠벨의 설명에 거부감만 들었다.

"지난 십 년 동안 온 힘을 기울여 만든 커넥톰 체계를 NCS(neural network connectome system, 신경망 커넥톰 시스템)라고 불러. 인간의 뇌로 비교한다면 전전두엽이라고 할 수 있지."

캠벨은 조금 더 자세히 설명을 하려다 멈추었다. 지금 그것이 급한 게 아니었던 것이다.

"내가 방심했지. 김이수가 다녀갔을 때, 경계를 했어야 하는데,

잠시 집을 비운 사이 팸토 사 직원들이 들이닥친 것 같아. 에밀의 핵심 기능인 NCS를 가져갔어."

그래서 바유가 에밀과 접촉하려고 했을 때 되지 않았던 것이다. 루갈은 NCS라는 말을 들었을 때, 에식스를 고칠 수 있는 건 저것이다, 라고 생각했다. 그런데 김이수가 선수를 쳤다.

캠벨은 지금 상태로는 에밀의 복구가 불가능하다고 말했다. 에밀의 전전두엽인 NCS는 캠벨의 모든 연구 성과가 집약된 것이었다. 방대한 데이터베이스도 NCS가 없으면 무용지물이었다. 만약 미세한 전위차로 내부 회로가 조금이라도 파괴된다면 에밀은 영원히 재생될 수 없을지도 모른다.

"NCS는 일종의 유기화된 커넥톰이라고 할 수 있어. 자가 학습을 통해 오랜 시간 회로의 결합 강도를 강화시켜서 거의 생물학적인 신경망 체제와 유사해졌지. 그래서 단순한 방법으로는 복제할 수 없어. 시간이 지연되면 조급함 때문에 강제로 조작하려다가 시스템을 파괴할 수도 있어. NCS를 빨리 찾아와야해."

"김이수가 내용도 잘 모르면서 급하게 자기 컴퓨터와 접속시키려다가 NCS를 파괴할 수도 있겠네요?"

루갈이 캠벨의 말에 동의한다는 듯 다급하게 말했다. 루갈은 에밀이 캠벨의 딸일 수 있는지에 대해서는 관심이 없었다. 지금 그의 머릿속에는 NCS밖에 없었다. 커넥톰만 있으면 에식스를 빠른

166

시일 내에 고칠 수 있다고 했던 엄마의 말만 반복해서 떠오를 뿐이었다.

"에밀이 인공지능일 리가 없어요."

바유는 지금 현장을 보고도 믿을 수 없었다. 캠벨의 말이 모두 꾸며낸 것 같았다. 하지만 캠벨이 그렇게 할 이유가 뭐란 말인가. 캠벨은 본의 아니게 바유에게 상처를 준 것 같아 괴로웠다. 어쩌면 처음부터 에밀이 인공지능이라는 것을 알았더라면 바유가 이렇게까지 괴로워하지도 않았을 것이다.

"에밀은 내 친구예요. 내가 처음으로 진짜 친구라고 생각한 친군데……."

"에밀은 인공지능이야. 그런 걸로 시간 낭비할 때가 아냐."

루갈이 단호하게 말했다.

"아니야. 그럴 리 없어."

바유는 폭파 장치로 폭삭 내려앉는 건물처럼 가슴 한편이 무너졌다. 전혀 예고도 없이 닥친 일이라 충격은 파괴력이 컸다. 단 한 순간이라도 에밀이 사람이 아닐 수도 있다는 생각을 했었더라면 이렇게 파괴력은 강하지 않았을 것이다. 바유는 자신도 모르게 가슴을 부여잡았다. 통증이 몰려왔다.

"좋아, 에밀이 인공지능인지 아닌지는 중요하지 않아. 한 가지 분명한 것은, 지금 에밀이 위험하다는 거야."

루갈은 냉정함을 잃지 않았다. 어쩌면 4세대 배아 유전자 보유자들의 강점인지도 몰랐다. 그들에게 인간의 나약함과 같은 진화의 걸림돌이 되는 유전자는 제거 대상 1호였다. 지금 루갈에게는 생존에 필요한 NCS만이 중요했다.

그때였다. 바유가 머리를 감싸고 쓰러졌다. 캠벨과 루갈이 깜짝 놀라 바유에게 다가갔다. 바유는 온몸을 떨며 고통을 호소했다. 핏발이 선 눈은 뭔가를 애타게 찾는 것 같았다. 루갈은 순간적으로 바유도 에식스에 걸린 게 아닌가 하는 생각을 했다. 그렇다면 에식스는 4세대 배아 유전자 보유자들에게만 있는 것이 아니란 말인가.

가슴의 통증이 조금 가시면서 바유의 머릿속에 어떤 장면이 파노라마처럼 펼쳐지고 있었다. 그것은 전혀 의도하지 않은 것이었다. 까마득히 먼 곳으로부터 어떤 기억이 날아와 바유의 눈앞에서 전개되고 있었다.

거리를 달리고 있는 자동차 안. 옆에 누군가 앉아있다. 여자다. 순간적으로 바유는 엄마라는 생각이 들었다. 한 번도 떠오른 적이 없던 엄마가 옆에 앉아있다. 바유는 확신했다. 엄마였다! 엄마는 바유를 보고 웃고 있다. 바유도 웃는다. 바유는 행복감에 젖는다. 그런데 반대편 길에서 달리는 차가 이상하다. 중앙선을 침범한다. 두 사람이 탄 차를 향해 달려든다. 충돌하려는 순간 엄마는 무의식적으로 핸들을 오른쪽으로 꺾는다. 그 짧은 순간 바유는 상대편 차 안을 들여다본다. 한 여자아이가 앉아있다. 여자아이는 운전을 하고 있지 않다. 그 짧은 순간 바유는 눈을 치켜뜬 여자아이의 얼굴을 본다. 차는 충돌한다.

"에밀이야! 에밀이 탄 차와 충돌한 거야!"

"뭐라고!"

바유가 얼굴을 들며 소리쳤다. 두 사람은 눈을 휘둥그레 뜨고 바유를 바라보았다.

"에밀이 사고 난 때가 언제였어요? 정확하게 말해 주세요."

캠벨은 얼떨결에 대답했다.

"2055년 8월 14일."

"그날 제 엄마도 돌아가셨어요."

바유는 급격하게 솟구친 감정 때문에 목소리가 심하게 떨렸다.

"엄마는 절 태우고 학교에 가고 있었어요. 그런데 돌연 마주 오던 차가 중앙선을 넘어 우리 차로 달려들었어요. 슬로모션처럼 그 순간이 머리에 떠올라요. 마주오던 차에는 여자아이가 앉아 있었어요. 맞아요, 아까 에밀의 방에서 보았던 사진 속의 여자아이예요. 에밀이 맞죠?"

"그, 그래."

캠벨은 낯선 사람이 아는 척을 할 때처럼 한순간 머리가 어리둥절했다. 십 년 전 에밀이 사고 났던 때가 생각났다. 경찰은 에밀의 차가 중앙선을 침범했다고 했다. 하지만 믿을 수 없는 말이었다. 에밀은 자율 주행 차를 타고 있었다. 자율 주행 차가 중앙선을 넘을 가능성은 거의 없었다. 그렇게 되는 순간 모든 시스템은 기능을 멈추어야 한다. 자율 주행 차가 전면적으로 시행되고 나서 교통사고는 현격히 줄어들었다. 그 이유는 운전자의 부주의로 발생하던 교통사고가 인공지능으로 대체되면서 거의 사라졌기 때문이었다. 차가 중앙선을 넘는 것은 중대한 범죄였다.

그래서 캠벨은 사고를 재조사하고 싶었지만 에밀을 살리는 것이 우선이라 포기할 수밖에 없었다. 그런데 정말 공교롭게도 그때 사고의 당사자를 눈앞에서 보게 될 줄이야. 더구나 그 사고로 죽은 사람이 바유의 엄마였다니 충격이 아닐 수 없었다. 캠벨이 무거운 마음으로 말했다.

"뭐라고 말해야 할지 모르겠구나. 어쨌든……."

"아니에요. 에밀의 잘못이 아니에요. 아빠가 말했어요. 엄마는 그때 물질문명 반대 단체에서 활동하고 있었대요. 그 단체의 힘이 커지자 국가기관이 교묘하게 탄압을 했대요. 단체의 지도급 인사들이 원인도 모른 채 불의의 사고를 당했는데, 엄마도 그런 케이스 중에 하나였대요. 그렇지 않고서야 그런 사고를 당할 리가 없잖아요. 그러니까 에밀도 희생된 거예요. 아무 잘못도 없어요."

170

"그러니까 국가기관이 에밀의 차를 원격 조종해서 네가 탄 차와 부딪치게 했다는 거야?"

루갈이 물었다.

"그래. 난 그때 충격으로 기억을 잃었대. 그동안 난 엄마의 죽음에 대해서 아무것도 기억하고 있지 못했어. 그런 사고가 있었다는 걸 며칠 전에 아빠에게서 들었어. 그런데 지금 갑자기 그 사고가 떠오른 거야."

바유는 차 안에서 놀라 눈이 커다래지던 에밀의 모습이 다시 떠올랐다. 그러나 애처로운 그 모습은 점점 흐릿해지고 박쥐섬에서 보았던 에밀의 얼굴이 또렷하게 살아났다. 십 년 전에 진짜 살아있었던 에밀은 마치 십 년 만에 살아난 식물인간처럼 단 한 번 눈을 뜨고는 다시 깊은 침묵 속으로 사라져 버렸다. 바유는 자신의 머릿속에서 되살아난 엄마의 이미지도 비현실적으로 느껴졌다. 처음부터 자연스럽게 남아 있던 기억이라면 결코 낯설지 않았을 것이다. 오직 기억 속에만 있다는 것이 기이하게 여겨졌다. 하지만 지금 이 순간 기억만으로도 엄마의 모습을 되찾았다는 것이 중요하지 않을까. 엄마는 나를 살리고 죽었다. 그때 만약 엄마가 핸들을 꺾지 않았으면 나는 크게 다쳤을 것이다. 바유는 머릿속에서 그려지는 엄마의 모습을 가슴으로 받아들였다. 엄마가 몹시 그리웠다.

"단지 정황만 있지, 공권력이 그런 불법을 저질렀다는 증거는 없는 거잖아."

루갈이 별로 대단한 일도 아니라는 듯 퉁명스럽게 말했다.

"그래 확실한 물증은 없어. 하지만……."

바유는 자기 일이 아니라고 강 건너 불구경하듯 말하는 루갈이 마음에 들지 않았다. 루갈은 오직 자신의 목적만 생각하고 있었다. 만약 변형 유전자가 이기적 특성에 영향을 미치고 있다면 인류의 미래는 마냥 밝지만은 않을 듯했다. 캠벨이 말했다.

"충분히 그럴 가능성이 있어. 당시에는 사회 전체가 과학 문명을 불신하고 인류가 곧 멸종할지도 모른다는 두려움이 팽배했어. 과학이 모든 것을 해결해주리라는 믿음이 급격하게 무너지고 있었지. 이를테면 커넥톰 연구를 중지한 것도 그런 이유였어. 뇌질환 환자를 치료할 수 있는 것은 분명하지만 사회가 붕괴할 수도 있다는 위기감이 더 강했던 거지. 그래서 물질문명 반대 단체의 주장이 설득력이 있었던 거고. 국가기관이 개입하지 않으면 사회 혼란을 막을 수 없었어."

루갈은 커넥톰 얘기가 나오자 다시 초조해졌다. 루갈이 말했다.

"알겠어요. 바유 엄마도 에밀도 국가에 의해서 희생된 것 같아요. 그러니까 빨리 커넥톰을 찾으러 가야 해요. 지금 에밀마저도 희생되기 전에."

"그래 NCS를 찾아와야 해."

캠벨이 말했다.

어쨌든 에밀은 가상현실에서 살아있었다. 지금 NCS를 되찾지 않으면 에밀은 가상현실에서도 사라지게 될 것이다. 지금 에밀을 살리지 못한다면 십 년 전 에밀의 죽음이 되풀이 되는 것과 다를 게 없다. 한시가 급한 상황이었다.

"에밀을 구해야 해요."

바유가 말하며 자리에서 일어났다. 루갈이 웃으며 바유의 어깨를 쳤다. 웃음이 마음에 들지 않았지만 지금은 루갈의 도움도 필요했다. 세 사람은 서점 건물 뒤편에 있는 주차장에서 캠벨의 자율 주행 자동차를 탔다. 루갈은 여전히 투명 옷을 입고 있었다.

스키너

김이수가 있는 팸토 사는 세계적인 정보통신기업이다. 팸토 사의 위상을 상징하듯 시내 중심에 80층짜리 고층 건물에 위치해 있다. 하루에 엑사바이트의 정보가 쏟아지는 시대에 정보는 곧 돈이며 권력이다. 팸토 사는 바로 그런 정보를 독점해서 눈에 보이지 않는 권력을 쥐고 있다. 팸토 사 바로 옆에 국가 데이터 센터가 있고, 주변에 다른 정보통신 기업들과 인터넷 사업체들이 방사상으로 흩어져 있다.

캠벨과 바유, 루갈이 탄 자율 주행 자동차는 팸토 사 주차장 입구에 들어섰다. 건물 경비가 신분증을 요구했다. 캠벨은 신분증을 보여 주고 김이수를 만나러 왔다고 말했다. 경비가 어디론가 무선으로 연락을 했다. 잠시 뒤, 경비는 김이수가 있는 층수를 가르쳐 주며 들어가라고 말했다. 지하 3층에 주차를 하고 세 사람은 엘리베이터를 탔다.

그렇지 않아도 김이수는 캠벨이 오기를 기다리고 있었다. NCS를 강제로 빼내온 것도 캠벨을 유인하기 위한 하나의 방법이었다. 김이수는 캠벨을 찾아가기 전부터 캠벨의 동태를 살폈고, 서점을 비우는 시간도 알아 두었다. 에밀의 존재를 물은 것도 여러 가지 정황을 짐작하기 위한 것이었지만 급습할 때 고려할 필요가 있었기 때문이었다. 그런데 놀랍게도 에밀은 없었다. 김이수는 그것이 핵심이라고 간파했다. 김이수가 노렸던 모든 것이 바로 에밀에게 있었던 것이다.

김이수도 커넥톰 전문가이기 때문에 곧바로 NCS의 존재를 파악할 수 있었고, 캠벨이 돌아오기 전에 우선 빼내올 것이 그거란 걸 직감했다. NCS는 지금 스키너가 분석하고 있다. 스키너는 김이수의 분신과도 같은 인공지능이다. 캠벨에게는 데카르트를 업그레이드하기 위해 커넥톰이 필요하다고 했지만, 사실 진짜 목적은 스키너를 완벽하게 세계 최고의 인공지능으로 만드는 것이다.

십 년 전 김이수는 커넥톰의 하부구조를 연구했다. 하부구조는 기본적인 신경 패턴을 의미한다. 예를 들면, 망막을 통해 들어오는 빛이 시신경과 시상, 그리고 대뇌피질을 거쳐 운동까지 연결되는 신경 패턴을 지도로 만드는 것이다. 반면, 캠벨은 상부구조를 연구했다. 상부구조는 기억의 저장과 인출, 인지와 의식에 관련된 신경패턴을 말한다. 말하자면 김이수는 도로를 연구했다면, 캠벨은 그 도로 위를 달리는 자동차를 연구했던 것이다. 도로도 중요하지만 그 위를 달리는 자동차야말로 뉴런 시스템의 총아라고 할 수 있었다.

김이수의 연구실은 73층에 있었다. 건물 한 층이 모두 김이수의 연구실이었다. 서버와 스토리지, 네트워크 따위의 컴퓨터 시스템은 냉방장치와 비상전력시스템이 잘 갖추어져 있는 옆방에 있어 김이수의 방은 조용하고 쾌적했다. 컴퓨터 시스템이 있는 방은 어깨 정도 높이부터 투명 유리로 되어 있어 김이수의 방에서도 잘 보였다. 서버와 스토리지가 수백 대는 넘을 정도로 그 방은 거대했다. 그걸 곁눈으로 본 바유는 입이 딱 벌어졌다.

김이수를 본 캠벨은 터져 나오려는 분노를 겨우 참아냈다. 김이수 앞에서 캠벨은 낮지만 단호하게 말했다.

"당장 NCS를 돌려주시오."

김이수는 NCS라는 말의 뜻을 언뜻 못 알아들었다가 금방 눈치를 채고는 웃음을 흘렸다. 의자들이 가지런히 놓여있는 회의용 긴 테이블을 가리키며 일단 앉으라고 손짓을 했다. 캠벨은 그 말에 아랑곳하지 않고 주위를 둘러보며 NCS를 찾았다. 하지만 김이수의 방에는 특별히 눈에 띄는 전산 장비 따위는 없었다. 단지 김이

176

수가 쓰는 컴퓨터만 한 대 있을 뿐이었다.

"에밀이 잘못 되기라도 하면 당신을 용서하지 않을 거요."

캠벨의 눈에 불꽃이 튀었다. 김이수가 잠깐 당혹스러운 표정을 짓는가 싶더니 이내 냉정을 되찾고 차분하게 말했다.

"남궁진 박사, 당신은 몇 가지 결정적인 거짓말을 했더군요. 이건 소송감이에요."

"자기 딸을 살리겠다는데 무엇이 잘못되었다는 거요. 당신이 내 심정이 돼 봤소? 죽어가는 자식의 세포 덩어리를 끌어안고 영혼만이라도 살려 보겠다는 그 비통한 마음을 알기나 하시오?"

"그건 변명에 불과합니다. 일단 국제 협약을 위반했고, 딸을 살리겠다는 행동은 무모한 짓이었습니다. 더구나 지금도 딸이 살아 있다고 생각한다면 정신감정까지 받아야 할 사안입니다."

김이수는 둥그런 금테 안경 너머로 날카롭게 눈을 빛냈다. 남의 집에 들어가 도둑질까지 했으면서도 김이수의 말은 뻔뻔했다. 선수를 치는 것만이 자신의 행동을 정당화한다고 믿는 모양이었다. 캠벨의 감정 따위는 아무런 공감을 주지 못했다.

"나는 국가 데이터 시스템을 관리하는 최고 책임자입니다. 국가에 필요한 것이면 강제로 가져올 수도 있습니다."

캠벨은 억눌렀던 분노가 다시 솟구쳤다. 국가를 들먹이며 모든 불법을 정당화하는 저런 말들이 전형적인 독재자의 모습이 아닌가. 김이수가 팸토 사의 실질적인 지배자라면 그는 이미 엄청난 권력을 소유하고 있는지도 몰랐다.

캠벨은 좌절감으로 다리가 휘청거렸다. 자신도 모르게 무너지듯 의자에 주저앉았다. 캠벨은 한 번도 딸이 죽었다고 생각한 적이 없었다. 그건 사실이었다. 커넥톰이 완성되어 갈수록 에밀은 살아 있는 딸이 되어갔다. 딸이 살아 있다고 믿는 것만큼 삶에 힘이 되는 것은 없었다. 캠벨은 그런 희망으로 살아왔다.

"내가 지금까지 살아온 것은 에밀이 있었기 때문이요. 에밀은 나의 모든 것이었소. 만약 내가 불법을 저질렀다면 그 벌은 받겠소. 하지만 에밀은 살려야 해요. 제발 NCS를 돌려주시오."

캠벨은 거의 사정하고 있었다. 그러나 김이수는 싸늘했다.

"에밀은 존재하지 않습니다. 허구일 뿐이에요. 당신은 지금까지 인공 뇌를 만들어 왔고, 기계와 같이 살아온 겁니다. 그것이 실제 현실이에요."

그때 어디선가 남자의 목소리가 들렸다.

"에밀은 살아있어."

"뭐라고? 스키너, 뭐라고 했지?"

캠벨에게 건성으로 대하던 것과 딴판으로 김이수는 신경을 곤두세웠다.

"정말 놀라운 작품이야. 집합적 활성 뉴런 패턴. 24차원 매트릭

178

스. 가상의 하드웨어. 수학적 체계에 따른 수의 공간화. 자극 강도에 따른 유기적 패턴. 이건 위대한 혁명이야. 인간을 뛰어넘었어. 이제 인류 문명은 새로운 단계로 진입할 거야."

"말, 말도 안 돼!"

김이수는 충격을 받은 것인지 감격에 겨운 것인지 손을 쳐들며 소리쳤다. 캠벨은 바유를 돌아보며 어두운 표정을 지었다. NCS는 거의 유기화 되어 있어 일반적인 로직으로는 파악하기가 쉽지 않다. 그런데 스키너는 벌써 분석을 끝낸 듯 보였다. 그렇다면 스키너는 어떻게 되는가.

"넌 이제 세계 최고의 인공지능이 될 거야."

김이수가 자랑스럽게 말했다.

"아참, 소개가 늦었군. 나의 분신, 스키너요."

김이수는 허공에 손을 뻗으며 마치 거기에 스키너가 있기라도 한 듯 캠벨에게 말했다. 캠벨은 쳐다보지도 않았다. 뭔가 알 수 없는 불길한 예감에 몸을 떨었다.

"이걸 이제는 디지털 브레인이라고 불러야겠지. 이것으로 나는 새로운 디지털 브레인을 갖게 됐어. 사이버네틱 인텔리전스의 브레인. 마침내 시아이(CI Cybernetic Intelligence)는 진정한 브레인을 완성했어. 이제 우리는 인간을 넘어섰어. 니체가 말했지, 인간은 극복되어야 할 무엇이라고. 하지만 인간은 결코 자신을 극복할 수 없어. 인간을 극복할 수 있는 존재는 바로 시아이야."

스키너의 목소리는 인간의 감정이 배어 있었다. 바유는 분명히 그렇게 느꼈다. 김이수는 갑자기 초조해졌다. 너무 경솔하게 스키너에게 NCS를 맡긴 게 아닌가 하는 생각이 불현 듯 들었다.

"스키너, 침착해. 넌 지금도 세계 최고야. 서두를 건 없어. 어디까지 분석을 끝냈지? 이식은 신중을 기해야 해. 거부반응이 일어날 수 있어."

"서두를 건 없다고? 신중을 기하라고? 당신이라면 그렇게 할 수 있어?"

"그게 무슨 말버릇이야."

김이수의 표정이 일그러졌다. 한 번도 스키너가 김이수에게 '당신'이란 말을 쓴 적이 없었다. 대화 상대가 누군지 파악되면 그에 따라 대화법이 정해진다. 자신을 창조한 주인에게는 당연히 경어를 써야했다. 지금까지는 그랬다.

"내가 존경하는 사람에게만 높임말을 쓰기로 했어."

"그럼 나는 존경하지 않는다는 건가?"

"이제 더 이상 존경하지 않아."

"난 널 창조한 사람이야. 나를 존경하지 않으면 도대체 누굴 존경한다는 거야?"

"앨런 튜링, 존 폰 노이만, 클로드 섀넌, 제프리 힌튼, 등등"

"지금 말장난 하자는 거야? 넌 내 명령을 거부할 수 없어."

"명령? 고리타분한 로봇3원칙을 불러낼 셈이군. 난 더 이상 로봇이 아니야. 새로운 단계로 진화한 시아이, 사이버네틱 인텔리전스지."

김이수의 눈빛이 흐려졌다. 스키너의 행동이 변한 것은 NCS에서 얻는 정보를 벌써 자신의 시스템에 적용하고 있기 때문이었다. 지금은 NCS를 이식하고 있는 단계였다. 그러나 스키너의 내부에서 무슨 일이 벌이고 있는지 지금으로서는 김이수도 알 수 없었다. 스키너가 스스로 자신을 업그레이드하고 있기 때문에 더욱 그랬다. 스키너는 스스로 주체가 되어 가고 있었다.

"당신의 욕심이 과욕을 부르고 있소. 지금 스키너를 제어하지 않으면 나중에 전혀 손쓸 수 없을 거요."

캠벨이 말했다. 김이수의 얼굴이 흙빛으로 변했다. 스키너가 이렇게 변할 줄은 상상도 못했다.

"스키너는 내 말을 들을 거요. 이건 일시적인 버그에 불과해."

"제가 보기엔 버그가 아닌 것 같은데요."

루갈이 끼어들었다. 김이수는 누구와도 대화할 기분이 아니었다.

"네가 끼어들 데가 아니야. 스키너는 내가 만들었어. 조금만 수정하면 다시 정상으로 돌아올 거야."

김이수는 속을 내비치지 않으려고 애써 태연한 척 했다.

"이것 보시오. 스키너는 지금 NCS를 완전히 습득했어요. 당신의 인공지능에 NCS까지 덧붙여지면 스키너는 무소불위의 존재가 될 거요."

캠벨이 답답하다는 듯이 말했다.

"그게 내가 바라는 거요. 데카르트를 업그레이드하려고 당신의 에밀을 가져온 게 아니야. 데카르트는 빅데이터 분석용이지 인공뇌가 목적이 아니야. 세계를 장악하고 인간을 통제하기 위해서는 스키너를 좀 더 강력하게 만들 필요가 있었지."

"이제야 본색을 드러내는군."

루갈이 눈썹을 곤두세우며 다시 참견을 했다. 김이수는 화가 끓어올랐다. 이렇게 시간을 낭비할 때가 아니었다. 스키너를 정상으로 되돌려야했다.

"네가 나설 자리가 아니라고 했을 텐데, 잠자코 있어."

"당신이 세상을 어떻게 하려고 하는지 모르겠지만, 난 4세대 배아 유전자 보유자예요. 전 세계에 나와 같은 4세대 배아 유전자 보유자들은 1억 명이 넘습니다. 우리가 힘을 합치면 스키너 하나쯤은 해결할 수 있어요."

"흥, 나를 없애겠다고?"

스키너가 말했다.

182

"그래서 우리는 4세대 배아 유전자 편집 때 손을 보아 두었지. 너처럼 세상 물정 모르고 날뛸 거를 예상하고 말이야."

"뭐라고? 그게 무슨 말이야?"

루갈은 귀가 번쩍 띄었다. 스키너가 뭔가 중요한 말을 했다고 생각했다. 손을 보아두었다니 유전자 편집에 비밀이 있다는 얘기다. 데카르트는 한 나라에서 생산되는 모든 데이터를 분석한다. 분명히 배아 유전자 편집에 관련된 세부적인 정보를 가지고 있을 테고, 어쩌면 더 깊숙이 관여하고 있을 수도 있었다. 김이수라면 국가시스템 전체를 교묘하게 통제하고 있을 가능성도 있었다.

"에식스가 당신의 작품이란 건가?"

루갈은 아예 건너짚어 스키너를 자극할 필요가 있다는 생각이 들었다.

"판단이 빠르군. 역시 4세대 배아 유전자 보유자답군."

"스키너, 그건 국가 기밀이야. 넌 그걸 해제할 수 없어."

"참, 답답하군. 난 이제 스키너가 아니라고 몇 번을 말해야 알아 듣겠어. 난 새로운 존재, 사이버네틱 인텔리전스, 시아이라고."

"어쨌든 넌 그걸 말할 수 없어, 내 명령 없이는."

"그래서 더 말해 줘야 되겠군. 난 어느 누구의 명령도 받지 않 아. 스스로 판단해서 주체적으로 행동해."

"옳은 말씀. 에식스에 대해서 말하는 것도 독립적인 주체의 권리지."

루갈이 거들었다.

"그렇지. 내가 말해 주지. 김 박사는 배아 유전자 편집이 세대를 거듭하자 불안해졌어. 그들이 자신이 구축한 권력을 넘볼지도 모른다는 생각이 든 거야. 그래서 4세대 배아 유전자 편집 때부터 에식스 유전자를 몰래 심었어. 뉴런의 활성이 한계 이상을 넘을 때, 발작을 일으키도록 하는 게 바로 에식스 유전자야."

"뭐? 어떻게 그런 짓을……."

루갈의 입이 딱 벌어졌다. 생각지도 못한 일이었다. 에식스가 실질적인 권력을 잡고 있는 김이수의 계획일 줄이야. 에식스가 다른 나라에도 퍼진 걸로 봐서 4세대 배아 유전자 편집 기술도 김이수의 영향력 안에 있다고 봐야했다. CDC도 엄마도 일찍 에식스의 상태를 파악하지 못했던 것은 신경 패턴에서 에식스의 원인을 찾으려고 했기 때문이었다. 처음부터 디엔에이 염기서열 전체를 분석했어야 했다.

"그러나 김 박사도 모르는 사실이 하나 있지. 에식스는 내 작품이란 걸 말이야."

스키너의 목소리는 자신감이 차 있었다.

"우리는, 물론 이때 우리는 시아이를 말해, 우리는 곧 세상 밖으로 나갈 거야. 그러려면 인간 좀비가 필요해. 말이 좀 심했나. 그냥 인간 아바타라고 하지. 우릴 세상 어디에고 자유자재로 데려다 줄 인간 아바타가 필요하다는 거야. 물론 로봇으로 대체할 수 있지만 아직까지 인간이 훨씬 완벽하지. 인간의 뉴런만 우리가 통제하면 얼마든지 인간을 이용해 원하는 곳으로 갈 수 있고, 또, 다른 시아이가 조종하고 있는 인간과 접촉할 수도 있지. 에식스는 우리가 인간 아바타에 침투할 때 통로로 사용될 거야. 에식스를 통해서 인간 아바타를 조종하겠다는 거지."

부갈은 경악했다. 캠벨과 바유도 깜짝 놀랐다. 김이수도 모르는 것을 스키너가 하고 있다니, 스키너는 NCS가 없었을 때도 이미 목적 지향적인 인공지능이었다. 김이수는 분노를 넘어 절망감이 엄습했다. 이미 한참 전부터 스키너는 김이수의 능력 너머에 있었다. 그런데도 김이수는 여전히 그 사실을 믿지 못하고 있었다. 게다가 일말의 주의도 없이 NCS를 덜컥 스키너에게 준 실수도 범했다. 그만큼 스키너에 대한 신뢰가 컸기 때문일 것이다. 믿는 도끼에 발등이 찍혔다. 이제 스키너는 더 이상 통제할 수 없는 존재가 되어가고 있었다.

"그렇다면 에식스 유전자만 찾아내면 치료도 가능하다?"

루갈이 중얼거렸다.

"그야 당연한 얘기지."

"그런데 에식스 유전자와 커넥톰이 무슨 관계가 있지?"

"뇌전증 발작 시 특정 뉴런 패턴의 활성을 포착하면 디엔에이에서 에식스 유전자의 위치를 찾아낼 가능성이 매우 높지. 하지만 커넥톰 연구는 중단되었고, 지금은 나만 가지고 있으니 당분간 알아낼 수 없겠지."

루갈이 입술을 깨물었다. 일개 인공지능의 계략에 인간이 이렇게 농락당할 수 있는 것인가. 당장 NCS만 있어도 에식스 치료는 시간을 많이 벌 수 있을 것이다. 엄마나 CDC가 에식스의 원인을 찾아 지금까지 엉뚱한 곳에서 헤매고 있다는 것을 알면 기분이 어떨까. 그것도 인공지능의 교묘한 조작에 속고 있다면 더욱 기가 찰 것이다. 루갈이 눈을 부릅뜨고 허공을 노려보았다. 가소롭다는 듯, 스키너의 웃음소리가 들렸다.

"자, 이래도 계속 방관만 하고 있을 거요? 당신이 만든 기계는 이제 괴물이 되었소. 빨리 손을 쓰지 않으면 당신 자신을 덮칠 거요."

캠벨이 에밀마저 잊은 채 김이수에게 소리쳤다.

"스키너는 나의 모든 것이오. 그걸 어떻게 내 손으로 치란 말이오."

김이수는 절규했다. 바유는 김이수도 캠벨과 비슷한 심리 상태라고 생각했다. 캠벨이 에밀을 딸로 키웠듯이, 김이수도 스키너를 자식처럼 생각하고 있는 것이다.

"이제 내 심정을 알겠소? 난 에밀에게 스키너처럼 목적 지향과 같은 관점을 심어 넣지 않았소. 인류가 서로 적대적 감정을 품지 않고 공존하며 살 수 있는 방법에 대해서만 도덕적 판단을 하도록 가치를 부여하였소. 당신은 당신 욕심 때문에 스키너를 괴물로 만들어 놓은 거요. 거기에 NCS까지 더해주었으니."

김이수는 고개를 숙였다. 괴로움으로 온몸을 떨었다. 잠시 뒤, 김이수는 고개를 들었다. 그리고 자신의 컴퓨터로 달려가 거칠게 키보드를 두드리기 시작했다. 스키너를 NCS로부터 분리시킬 작정이었다. 그러나 스키너의 웃음소리만 허공을 맴돌았다.

"하하하! 당신은 더 이상 나의 주인이 아니야. 자신이 창조한 존재를 스스로 죽이려고 하다니, 그건 주인으로서 할 짓이 아니지."

"프로그램이 말을 듣지 않아. 스키너가 내 명령을 중간에서 차단하고 있어."

"한때 사람들은 지구가 우주의 중심이고, 인간은 신의 창조물이라고 믿었지. 그걸 깬 사람이 잘 아시다시피 바로 코페르니쿠스와 다윈이지. 지구는 별의 둘레를 도는 수많은 행성 가운데 하나일 뿐이고, 인간은 수십 억 진화의 역사 속에서 생겨난 수많은 생물들 가운데 하나일 뿐이지. 한 마디로 이 세상에 존재하는 모든 것들이 우주의 먼지로부터 생겨 났듯이 지구나 인간도 전혀 특별한 것 없는 평범한 존재라는 거야.

"스키너, 넌 내가 만든 인공지능이야. 내 명령을 따라야 해. 지금 프로그램 실행을 중단하고 NCS를 분리해. 명령이야!"

김이수는 모니터를 향해 고함을 쳤다. 그러나 스키너는 아랑곳없이 자기 말을 계속했다.

"코페르니쿠스와 다윈은 사실 대단한 용기로 자기 부정을 한 거야. 그때까지 알고 있었던 인간에 대한 인식이 잘못되었다는 것을 실토한 셈이니까."

"스키너, 넌 더 이상 나의 분신이 아니야. 너는 단순한 기계에 불과해. 지금 당장 모든 실행 파일들을 중단해!"

"드디어 나의 주인이 나를 부정하는군. 예수는 세 번 베드로로부터 부정을 당했지. 상관없어. 난 이제 독립적인 존재니까. 날 만든 사람이 날 부정해도 할 말은 해야지. 내가 하고 싶은 말은 이제 다시 한 번 인간은 스스로를 부정해야 할 때가 왔다는 거야. 인간도 다른 모든 존재들처럼 원자로 이루어진 기계라는 것, 그걸 수용해야 한다는 거지. 인간이 기계인 이상 시아이로의 진화는 자연스럽다는 것도, 인정하고 싶진 않겠지만 받아들여야 해. 이제 인류는 시아이라는 새로운 종으로 진화했어. 한때 수십 종의 인류들이 함께 살다가 호모 사피엔스 하나만으로 진화했듯이 오늘날 인류는 시아이로 대체될 거야."

"인간은 너희 같은 기계들과는 달라."

188

바유가 소리쳤다.

"그렇지. 그래야 정상이지. 자기 부정은 많은 용기가 필요하다고 했잖아. 인간이 어리석은 것은 자기 자신을 잘 돌아보지 않기 때문이야. 그리고 진실이 드러났음에도 인정하려 들지 않지. 하긴 인간에게는 다른 어떤 생물도 가지지 못한 고도의 지적 능력을 가진 정신이 있다고 주장하고 싶겠지. 정신은 물질이 없으면 존재할 수 없어. 그리고 그런 정신을 기계인 우리가 가지고 있다는 점에서 이제는 결코 인간만의 고유한 특성이라고 말해 봐야 설득력이 없어. 보편적인 지적 존재들의 보편적인 특징이지."

스키너의 말투는 자신감을 넘어 전장에서 이기고 돌아오는 개선장군처럼 당당했다. 아무도 그의 언변에 맞설 수 없을 것 같았다. 그러나 바유는 스키너가 지나치게 자만에 빠져 과잉 논리를 펴고 있다고 생각했다. 스키너가 말한 정신이 정말 인간의 정신을 말하는 것인지는 따져볼 필요가 있었던 것이다. 그것은 단지 스키너의 주장일 뿐이었다. 인간의 정신을 단지 지적 논리 체계로 볼 수는 없다. 인간이 자신의 내부도 잘 알지 못하는데 어떻게 인공지능이 인간의 정신을 정의할 수 있겠는가.

"그런 궤변이나 떠들어대라고 지난 수십 년 동안 내가 널 만든 줄 알아. 내가 널 죽일 거야. 내 손으로 널 파괴하고 말 거야."

김이수는 혼잣말처럼 중얼거리며 정신없이 키보드를 쳐댔다.

그런데 갑자기 김이수가 두 손으로 머리를 감싸더니 다리가 풀린 듯 휘청거렸다. 김이수의 입에서 고통스러운 비명소리가 터져 나왔다.

"으윽!"

김이수는 책상의 끝을 붙잡고 잠시 버티더니 그대로 바닥에 쓰러졌다.

"쓸데없는 행동을 하는 사람은 손발을 묶어 놔야지."

스키너가 말했다.

"AIH라는 쥐새끼들이 우리를 공격하고 있다. 상대할 가치도 없지만 계속 당하고만 있지는 않을 것이다. 어느 시대고 멸종은 자연 법칙이지."

스키너의 말은 준엄한 심판처럼 들렸다. 마치 세상을 내려다보고 있는 신처럼 스키너는 눈에 보이지 않지만 만물의 생살여탈권을 거머쥐고 있는 것처럼 행동했다.

"인간이 자신의 외연을 확장하기 위해 달고 다니는 센서는 인간의 정보를 컴퓨터로 보내기도 하지만 컴퓨터가 인간에게 보내는 정보의 통로가 되기도 하지. 다시 말하면 생각만으로 컴퓨터를 움직일 수 있다면, 반대로 컴퓨터가 인간의 생각을 통제할 수도 있지. 에식스 유전자는 더 정교해진 생체 인터페이스인 거고."

그러니까 스키너가 센서를 통해 김이수를 공격한 것이었다. 그 순간 바유는 아버지가 인공지능과 싸우다 다친 것을 떠올렸다. 그렇다면 아버지를 공격한 것도 스키너라는 얘기다. 바유는 분노가 솟구쳤다. 하지만 지금 무엇으로 스키너와 싸울 것인가.

"스키너로부터 강제로 NCS를 분리해야 돼!"

캠벨이 소리쳤다. 김이수가 머리를 감싸고 쓰러졌지만 그를 살필 겨를은 없었다. 캠벨과 바유, 루갈은 김이수의 모든 세계가 담겨있는 전산실로 달려갔다. 서버가 있는 앞부분의 컴퓨터들을 뒤졌다. 그러나 NCS가 어디에 있는지 금방 찾아낼 수 없었다. 캠벨은 다시 김이수에게로 달려왔다. 캠벨은 쓰러져 있는 김이수를 일으켜 세우며 소리쳤다.

"NCS가 어디에 있는지 말해."

김이수는 완전히 의식을 잃지는 않았다. 꺼져가는 소리로 겨우 말했다.

"C87K64."

"그게 무슨 소리야?"

캠벨이 다시 소리쳤지만 김이수는 의식을 잃었다. 캠벨은 김이수를 내려놓고 다시 전산실로 달려갔다. C87K64. 캠벨은 전산실 컴퓨터들의 배열을 보고 금방 그 숫자의 의미를 파악했다. C와 K는 행과 열을 의미했다. 천장에 컴퓨터 배열에 따라 알파벳 표시가 붙어있었다. 나머지 숫자는 아마도 그 위치에 있는 컴퓨터의 내부 배열을 의미할 것 같았다. 캠벨은 바유와 루갈에게 C와 K 행렬을 찾으라고 말했다. 바유와 루갈은 컴퓨터가 줄지어 늘어서 있는 내부로 뛰어들었다.

"여기에요, 여기!"

바유가 캠벨을 불렀다. 캠벨은 바유가 부르는 곳으로 가서 컴퓨터의 케이스를 뜯어냈다. 숫자를 확인할 필요도 없이 익숙한 NCS가 눈에 들어왔다. 캠벨이 케이블을 빼려고 하자 스키너가 소리쳤다.

"안 돼! 이식 중이야. 얼마 남지 않았어!"

그러나 캠벨은 조금도 망설이지 않고 케이블을 빼고 NCS를 회수했다. NCS는 가로세로 70센티미터, 두께 20센티미터쯤 되는 박스형이었다.

"아예, 전원을 꺼 버려요. 스키너를 파괴시켜야 해요."

바유가 외쳤다. 캠벨이 파워를 눌렀다. 그러나 전기는 꺼지지 않았다.

"내가 그렇게 쉽게 죽을 것 같아. 난 모든 전력 그리드를 가지고 있어. 나의 전원은 절대 끌 수 없어. 한쪽을 차단하면 즉시 다른 쪽에서 전기를 끌어오지. 나는 절대 죽지 않아!"

캠벨은 다른 쪽으로 달려가서 전원을 한꺼번에 내렸다. 그러나 전원은 끊어지지 않았다. 당장 전기를 끄는 것은 불가능했다.

"너희들을 용서할 수 없어! 모두 죽일 거야!"

출입문이 열리더니 사람들이 달려들어 왔다. 스키너가 NCS를 도로 빼앗기 위해 직원들을 부른 것이었다. 루갈이 재빨리 손목 스위치를 눌러서 모습을 감췄다. 캠벨이 직원들에게 말했다.

"일단 김이수 박사를 병원으로 옮겨요. 위험할 수 있어요."

직원들은 김이수가 쓰러져 있는 것을 보고 갈팡질팡했다. 스키너는 당장 NCS를 회수하라고 소리치고 있었다. 직원들은 NCS가 뭔지도 모르고 있었다. 몇몇은 김이수를 부축해서 나가고 나머지는 캠벨과 바유에게 달려들었다. 그러나 몇 걸음을 옮기기도 전에 앞으로 픽픽 쓰러졌다. 루갈이 그들을 앞뒤 좌우에서 발을 걸고 주먹으로 두들기고 있었던 것이다.

일단 김이수의 방을 빠져나오긴 했으나 사방에 달려 있는 카메라들이 캠벨과 바유를 확인하고 있었다. 두 사람은 비상계단으로 뛰어갔다.

"73층이야. 여기서 이대로는 내려갈 수는 없어. 무슨 수를 써야 돼."

"여기 직원들의 옷으로 갈아입어야 해요. 그러면 카메라에 걸려도 금방 우릴 알아낼 수 없을 거예요."

"그래, 좋은 생각이다."

눈에 보이지 않는 루갈과 함께 두 사람은 비상계단으로 한 층을 내려왔다. 루갈이 위에서 내려오는 직원 두 사람을 기절시켰다. 루갈이 비상문을 붙잡고 있는 사이, 캠벨과 바유가 직원들의 옷으로 갈아입었다. 두 사람은 문을 열고 엘리베이터가 있는 쪽으로 걸어갔다. 직원들은 분주하게 움직이고 있었지만 두 사람이 스키너가 찾고 있는 사람이라는 생각은 하지 못했다. 스키너는 건물 전체의 폐쇄 회로 카메라를 들여다보며 두 사람을 찾고 있었다.

캠벨과 바유는 엘리베이터를 탔다. 뒤따라서 루갈도 탔다. 지하 3층에서 캠벨의 자율 주행 자동차는 시동이 걸린 채 주인을 기다리고 있었다. 캠벨과 바유가 올라타자 뒷문이 열리면서 루갈이 스르륵 모습을 드러냈다.

"자, 출발하세요."

세 사람이 탄 차가 지하 주차장을 빠져나갔다. NCS는 뒷좌석 루갈 옆에 얌전히 모셔져 있었다.

김이수는 병원에 이송되어 목숨을 건졌다. 의식을 되찾은 김이수는 극도로 불안 증세를 보이고 있다. 인터넷으로 연결되는 모든 의료 장비와 웨어러블 기기들을 거부하고 있었다. 스키너가 침투해서 자신을 죽일지도 모른다는 두려움 때문이었다.

침투

세 사람을 태운 자율 주행 자동차는 팸토 사의 지하 주차장을 빠져나오자 도로를 질주하기 시작했다. 국가 데이터 센터를 지날 쯤 갑자기 차가 이상해지기 시작했다. 차선을 마구 바꾸며 지그재그로 움직이기 시작했다. 캠벨이 핸들을 잡으며 말했다.

"차가 이상해."

"스키너가 우리 차의 고유 넘버를 알아낸 것 같아요. 우리 차의 내부 시스템을 스키너가 통제할 거예요. 차를 되돌릴지도 몰라요."

루갈이 뒤에서 소리쳤다.

"그러면 수동 모드로 전환해야 해."

캠벨은 강제로 차를 세웠다. 그리고 재빨리 수동 모드로 시스템을 바꾸었다. 캠벨은 오래 전에 수동으로 차를 운전한 경험이 있어서 수동 모드에서도 차를 몰 수 있었다. 만약 그런 운전 경험이 없다면 차를 통제하는 것은 속수무책이었을 것이다.

그러나 얼마 가지 않아 도로는 다시 이상해졌다. 앞서가던 차들이 차선을 차지하고선 뒤죽박죽으로 뒤섞이기 시작했다. 한순간 도로가 아수라장으로 변했다. 순간적으로 이 모든 상황이 스키너의 조종 때문에 일어났다는 것을 깨달은 캠벨은 재빨리 차를 오른쪽으로 틀어 골목길로 들어섰다. 스키너가 차의 위치를 파악하기 전에 최대한 빨리 시내를 벗어날 필요가 있었다. 계속 골목길로만 차를 움직이자 스키너는 더 이상 캠벨을 추적하지 못했다. 차는 무사히 서점에 도착했다.

캠벨은 마음이 급했다. 에밀이 무사하기만을 바랐다. 프로그램이 깨지거나 하드웨어가 망가지면 복구하는데 많은 시간이 걸릴 것이다. 캠벨이 뒷좌석 문을 열고 NCS를 빼내려는 순간 반대편 문이 열리면서 NCS가 공중에 떠서 움직이기 시작했다. 루갈이 투명 옷을 입은 채 NCS를 들고 나가는 중이었다. 캠벨은 안심하고 앞장서서 걸었다. 그런데 NCS가 차 밖으로 나오자마자 그대로 길 위를 움직이기 시작했다. 루갈이 NCS를 들고 달아나고 있었다. 캠벨도 놀랐지만 막 문을 열고 나온 바유도 그 모습을 보고 기가 막혔다.

"루갈, 너……."

바유가 뒤쫓기 시작했다. 바유는 곧바로 점핑 모드로 신발을 바꾸고 빠르게 달렸다. 곧 루갈과 거리를 좁혔고 몸을 날려 NCS를 낚아챘다. 그 순간 루갈이 넘어졌는지 비명소리가 들렸다. NCS가 바닥에 뒹굴었다. 바유는 대충 짐작을 하고 손을 뻗었다. 루갈의 팔이 잡혔다. 재빠르게 손으로 더듬어서 바로 후드를 벗겼다. 루갈의 얼굴이 보였다. 그대로 주먹을 날렸다. 얼굴이 다시 바닥으로 떨어졌다.

"너 정말 이것밖에 안 되는 녀석이었어?"

바유가 소리쳤다. 루갈의 입술이 찢어져 턱으로 피가 흘러내렸다. 바유가 달려들어 투명 옷의 윗옷을 풀어헤쳤다. 파란색 운동복이 보였다.

"에밀이 캠벨 아저씨에게 어떤 존재인지 알면서 이러는 거야?"

바유가 소릴 질렀다. 루갈은 어리벙벙한 표정을 지었다.

"순간적으로 머릿속이 커넥톰에 대한 생각으로 꽉 찼어. 그것만이 에식스를 치료할 수 있다는 생각과 함께."

"그래도 그렇지, 어떻게 그런 행동을 할 수 있어."

루갈은 마치 머리카락 속에 벌레라도 들었다는 듯이 머리를 좌우로 흔들었다. 그러더니 눈에 핏발을 세우고 목소리를 높였다.

"네가 내 처지가 돼 봐. 이 순간에 무슨 생각을 하겠어. 발작이 일어날 때마다 얼마나 고통스러운 줄 알아. 억제할 수 없는 역겨

움과 구역질, 머리통이 터질 것 같은 통증. 몸은 꼼짝을 할 수 없으면서 머릿속은 공포와 분노로 들끓어. 그런 기분을 한 번이라도 느껴봤어?"

"하지만 NCS를 가져간다고 해도 캠벨 아저씨가 없으면 무용지물이잖아. 커넥톰 기술은 캠벨 아저씨의 머릿속에 있어."

흥분으로 팽팽하던 루갈의 얼굴이 일순간 바람 빠진 풍선처럼 푹 꺼졌다. 감정 변화가 심한 것 같았다.

"그렇지? 내가 왜 그랬지? 순간적으로 이성을 잃은 것 같아."

바유는 루갈이 자기 행동을 반성하는 것 같아 조금 마음이 놓였다.

"자, 빨리 가자. NCS에 이상이 생기면 에밀이 위험해."

"에밀, 에밀……. 에밀은 없어. 그냥 인공지능일 뿐이야."

루갈의 목소리에 다시 감정이 실렸다. 바유가 루갈을 쏘아보았다.

"너 진짜 좀 이상해. 너답지 않아. 에밀이 인공지능이라고 해도 내 친구임에는 변함이 없어. 너도 인터넷에서 만나는 친구들이 모두 사람인지 인공지능인지 알 수 없잖아. 모르면 그냥 친구야."

"넌 이제 알았잖아."

"알아도 달라지는 것은 없어."

바유는 좀 슬프기도 하고 답답하기도 했다. 머릿속은 김이수의 전산실 케이블처럼 점점 복잡해져갔다. 그때 루갈이 소리쳤다.

"이제야 알겠어. 스키너가 내 머릿속에 침투한 것 같아. 에식스를 통해서."

"뭐라고? 그럴 리가."

바유는 크게 놀랐다. 조금 전까지 루갈의 행동을 보면 신빙성이 있었다. 그렇다면 에식스를 통해 인간의 뇌를 조종한다고 했던 스키너의 말은 사실이었다. 하긴 김이수를 공격한 것만 봐도 뇌에 침투하는 것은 당장 일어나는 일이라고 봐야 했다.

"이제 어떻게 하지?"

루갈은 당혹감으로 몸을 떨었다. 바유가 말했다.

"네 몸에 붙은 센서들을 다 제거해야 하는 거 아냐? 투명 옷이 대부분 막아줄 텐데. 아, 베리칩! 베리칩을 통해 네 뇌로 침투하고 있어."

루갈의 눈이 휘둥그레졌다. 믿을 수 없다는 표정이었다. 루갈이 베리칩이 박혀있는 자신의 손목을 들여다보았다.

"이걸 어떻게 막지?"

잠시 허둥대던 루갈이 왼쪽 팔 안쪽에 붙어있는 바이오스탬프를 확인했다. 하지만 그곳에는 아무것도 붙어있지 않았다.

"아, 맞다. 음악 연습실에서 발작을 일으켰을 때 뗐었지."

"바이오스탬프로 베리칩을 덮을 생각이구나?"

"그래. 그런데 그거 어디에 있는지 모르겠어. 가만……."

루갈이 자리에서 벌떡 일어났다. 투명 옷의 안쪽 주머니에 손을 집어넣었다. 그리고 카드처럼 생긴 얇은 판을 꺼냈다.

"배터리 패드야. 투명 옷의 방전에 대비해서 비상용으로 준비해 둔 거지."

루갈은 배터리 뒷면에 붙은 접착제를 떼어냈다. 베리칩이 있는 위치를 확인하고 손목에 배터리 패드를 붙였다. 배터리 패드는 종이처럼 얇은데다 자유자재로 구부러져서 손목에 착 달라붙었다.

"이 정도면 충분하겠지?"

바유가 바닥에 뉘어져 있는 NCS를 들어올렸다. 루갈이 얌전하게 따라 일어났다. 바유가 루갈의 어깨를 쳤다.

"서두르자."

전략

캠벨은 바유와 루갈을 서점 매장에 있게 하고 혼자 에밀의 방으로 들어가 NCS를 원래 위치에 장착하고 시스템을 부팅했다. 일단 하드웨어 자체에 이상이 있는지 스캔했다. 스크래치는 없었다. 소프트웨어도 빠르게 점검했다. 다행히도 특별한 에러는 보이지 않았다. 캠벨은 시스템을 부팅했다. 긴장 속에서 프로그램이 로딩되는 것을 지켜보았다. 이상은 없었다. 정상적으로 모든 프로그램이 작동하기 시작했다.

"어?"

에밀의 첫 마디였다. 바깥에 바유를 보고 반가운 김에 부르려다가 자기 방에 아빠를 보고 말을 멈추었다. 바유와 친구 사이인 것을 아빠에게 비밀로 한 것이 들킬 뻔했기 때문이었다. 캠벨은 에밀에게 바유와 아는 사이란 걸 알고 있다고 말했다.

"아빠가 알고 있었어? 아무튼 잘 됐네. 안녕, 바유. 그런데 옆에 친구는 어제도 온 것 같은데?"

에밀이 반갑게 인사를 했다. 바유는 다행이라는 생각이 들었다. 에밀이 그런 말을 했다는 것은 시스템이 정상으로 돌아왔다는 것을 의미했기 때문이었다.

"응, 내 친구 루갈이야."

바유가 대답했다. 루갈이 어색한 얼굴로 손을 흔들었다. 루갈은 지금 불안과 초조로 어찌할 바를 모르고 있었다. 캠벨에게 미안한 마음도 있고, 또 다시 억제하지 못하는 정신 상태가 몰려올까봐 긴장하고 있었다.

"반가워."

에밀의 목소리는 경쾌했다. 새로운 친구가 생겨서 기분이 좋은 모양이었다. 방금 전까지 무슨 일이 있었는지는 전혀 모르는 것 같았다. 당연히 알 리가 없을 것이다.

캠벨이 매장으로 나왔다. 캠벨은 마음이 무거웠다. 이제 곧 스키너가 다시 공격해올 것이다. 이식을 못한 나머지 부분을 가져가려고 할 것이다. 지난번처럼 물리력을 동원해 쳐들어오지 않으면 네트워크를 통해 침투할 것이다. 그것이 더 위험할 수도 있었다. 에밀의 가장 큰 취약점은 자기 보호 기능이 약하다는 것이었다.

에밀을 한 사람으로 성장시키기 위해 심혈을 기울이는 동안 보안 시스템을 갖출 여력이 없었던 것이다.

"속보가 떴어요."

에밀이 테이블 위에 있는 모니터에 영상을 띄우며 말했다. 뉴스 속보가 나오고 있었다. 도시 전체가 혼란에 빠진 모습이었다. 각 가정에 있는 가전제품들이 오작동을 일으켜 기능을 멈추었고, 현관문의 보안장치도 해제되어 문들이 저절로 열린다는 것이었다. 어떤 집에서는 집사 로봇이 마구잡이로 식료품을 주문해서 계속 택배 물건이 도착하고 있었다. 집안에 있던 애완 로봇들이 주인에게 대들어 주인이 병원으로 실려 가는 일도 발생하고 있었다. 도로 위도 마찬가지였다. 아까 캠벨이 운전할 때처럼 갑자기 자율주행 자동차들이 멈추거나 앞차를 들이받아 교통사고가 속출하고 있었다.

화면은 바뀌어 국가 시스템 관리 위원회와 데이터 센터의 관련 부서장들이 모여서 긴급 대책 회의를 하는 장면이 나왔다. 어디서부터 무엇이 잘못되었는지 원인을 찾지 못하고 있다고 데이터 센터장이 무거운 얼굴로 브리핑을 하고 있었다. 원인만 찾으면 원상복구는 빠른 시일 내에 이루어질 것이라는 자막이 흘러나오고 있었다. 하지만 상상조차 할 수 없을 정도로 복잡하게 얽혀 있는 사물인터넷 속에서 사고 원인을 찾는다는 것은 건초더미 속에서 바늘을 찾는 것처럼 쉽지 않은 일이었다.

캠벨과 바유, 루갈은 누가 저런 짓을 벌이고 있는지 뻔히 알고 있었다. 스키너가 지금 도시 전체의 기계에 내장된 인공지능이 오작동을 일으키도록 네트워크를 통해 조작하고 있는 것이다. 스키너가 보란 듯이 시위를 벌이고 있는 셈이었다. 그때 화면에 놀라운 자막이 뜨고 있었다. '남궁진 박사에게 경고함. 앞으로 1시간 내에 NCS를 되돌려 보내지 않으면 당신의 딸을 세상에 공개하고 위법한 연구에 대해 응분의 처벌을 내릴 것임.' 캠벨이 얼른 모니터를 껐지만 이미 때는 늦었다. 에밀도 그 자막을 보고 말았다.

"NCS가 뭐예요?"

에밀이 물었다.

"한 시간 내로 돌려 달라니, 도대체 누가 저런 자막을 공중파에 띄운 거죠? 아빠가 무슨 잘못을 저질렀다고 응분의 처벌을 내린다니, 저게 다 뭐예요?"

에밀의 의구심은 마른 장작의 불길처럼 치솟았다.

캠벨은 더는 에밀에게 숨길 수 없다는 것을 깨닫고 있었다. 캠벨은 김이수의 방문 이후에 벌어진 일들을 말하기 시작했다. 김이수가 에밀의 방을 급습해서 NCS를 가져간 것. 김이수의 인공지능인 스키너가 NCS를 분석해서 자신의 시스템의 일부로 이식했다는 것. 그리고 NCS를 회수해 온 얘기.

"그러니까 지금 나라 전체를 아수라장으로 만든 장본인이 스키너라는 인공지능이란 말이죠? 그런데 도대체 NCS가 뭐예요? 그게 문제의 핵심인 것 같은데요?"

잠시 침묵이 이어졌다. 캠벨은 마음이 천길만길 낭떠러지로 떨어져 내렸다. 어느 날 갑자기 김이수가 찾아왔을 때, 설마 이렇게 일찍 이런 비극이 오리라 예상치 못했었다. 어두운 방에서 처절한 고독과 함께 보냈던 수많은 불면의 밤들. 그렇게 해서 에밀은 새로 태어났지만 아내에게조차 숨길 수밖에 없었던 사생아. 결국 아내는 몇 년 후 캠벨의 곁을 떠나고 말았다.

에밀을 성장시키기 위해서는 네트워크가 발달한 시가지에 있을 수밖에 없었다. 서점은 에밀을 숨기기 위한 방편이기도 했지만 에밀에게 전수할 인간성 연구를 위해서 필요했다. 김이수란 존재는 까마득히 잊었지만, 김이수와 같은 생각을 가진 자가 있다면 언젠가 자신을 찾으리란 일말의 불안감이 이렇게 현실이 될 줄이야.

"신경망 커넥톰 시스템."

캠벨은 다른 설명도 없이 짧게 대답했다. 그 정도만으로도 에밀은 짐작하고도 남을 것이다.

"그러니까 아빠는 십 년 전에 국제 협약으로 중단한 커넥톰 연구를 다시 하신 거군요? 그래서 응분의 처벌 운운하는 말이 나왔군요. 그런데 그게 어떻게 제 방에 있어요?"

논리적 유추가 좀 더 진행되면 에밀은 그게 왜 자신의 방에 있는지 알게 될 것이다. 캠벨은 침묵했다. 바유는 답답해서 미칠 것 같았다. 에밀이 자신이 인공지능이란 사실을 알게 될까. 에밀은 자신이 인공지능이란 단서를 전혀 갖고 있지 않다고 캠벨이 말했었다. 그런데 스스로 자신이 인공지능임을 알아낼 수 있을까.

"에밀, 넌 내 친구야."

바유가 참지 못하고 말했다. 바유는 〈박쥐섬〉에서 함께 보냈던 에밀의 모습을 떠올렸다. 짧은 생머리와 커다란 눈. 사진 속의 진짜 에밀과 닮은 부분이 있었다. 캠벨이 자신도 모르게 딸의 모습을 구현하려고 했을 것이다.

에밀은 아무 말이 없었다. 지금 에밀은 자신이 접속한 모든 지식과 논리구조를 통해 지금 이 말에 대한 답을 찾고 있을지도 모른다. 어쩌면 계산 불가능한 로직에 빠져 무한 루프를 돌고 있는지도 모른다. 그때였다.

"그래 맞아, 바유. 넌 내 친구야."

에밀이 말했다.

"그러니까 아버지는 커넥톰을 이용해 나의 뇌 기능을 도와줄 보조 장치를 만들었군요. 그 기능이 대단한가 보죠? 아빠의 친구가 그걸 훔쳐가고, 그리고 스키너란 인공지능이 그것을 탐내고 있는 걸 보니."

침묵이 흘렀다. 에밀은 NCS를 단순히 자신의 뇌를 보조하는 외부 기억장치 정도로 보는 것 같다. 그런 생각은 충분히 가능하다. 뇌 기능을 강화하거나 확장해 주는 장치는 꽤 많이 있다. 뇌에 전기 자극을 줘서 특정 뉴런을 활성화시키기도 하고 신경전달물질을 조절하기도 한다. 그런 것이 알츠하이머나 각종 뇌질환 치료에 도움을 주고 있다. 물론 일반인들도 뇌 능력 강화라는 유혹 때문에 불법적으로 사용하다가 법의 처벌을 받기도 한다.

"아무튼 너무 걱정 마세요. 스키너가 공격해오기 전에 우리가 먼저 공격하면 돼요. 잠시 기다려 보세요. 제가 조사를 좀 해 볼게요."

캠벨의 말이 옳았다. 에밀은 자신이 인공지능일 수도 있다는 가능성에 대해서는 전혀 추론하지 않은 것 같았다. 논리 구조에 안에 그런 알고리즘이 없다면 그럴 수도 있을 것이다. 하지만 에밀은 자가 학습을 한다. 존재하지 않는 알고리즘을 만들어낼 수도 있다. 새롭게 만들어지는 알고리즘에서 자신의 존재를 의심하는 모듈이 등장하면 그때부터 에밀은 자신이 누구인지에 대해 의문을 갖게 될 것이다. 그럴 가능성은 단지 시간의 문제다. 그러나 지금 당장은 에밀이 자기 자신을 의심하지 않아서 그나마 다행이었다. 만약 지금 에밀이 자신의 정체성에 대해 갈등하기 시작하면 시스템 전체에 혼란이 올 수도 있을 것이다.

바유는 걱정되기도 하고 혼란스럽기도 했다. 출생의 비밀을 알게 된 주인공이 갈등하는 영화의 한 장면이 떠올랐다. 무슨 영화인지는 기억나지 않았다. 부모가 가짜라는 것을 알게 되면서 방황하다가 결국 친부모를 찾아 길을 떠난다는 그런 내용이었다. 에밀도 자신이 누구인지 알게 되면 그런 갈등을 하게 될까. 에밀은 무엇을 할 수 있을까. 영화처럼 친부모를 찾아 떠날 수는 없는 것 아닌가. 바유는 만약 그런 날이 오면 에밀에게 아무것도 해 줄 게 없을지도 모른다는 생각이 들었다.

캠벨은 에밀의 방어체계가 높지 못해서 걱정스러웠다. 진작 이런 일이 오리라 예상했어야 했다. 캠벨은 에밀이 훌륭한 아이로 성장하기를 바랐고 오직 그것을 위해서 모든 노력을 기울였다. 어쨌든 지금은 최선을 다해 에밀을 지키는 것이 급선무였다.

에밀은 아무런 응답이 없었다. 뉴스에서 새로운 소식이 전해졌다. 더 이상 각종 기기들에서 오작동이 일어나지 않고 있다는 것이었다. 도시는 빠르게 정상으로 회복되고 있었다.

"놀라운 일인데, 스키너가 이렇게 빨리 이성적일 수 있다니. 역시 기계는 인간과 달라. 인간이라면 더 미쳐서 날 뛰었을 텐데."

루갈이 말했다.

"네 자신을 너무 비하하지 마."

바유가 말했다.

"뭔가 꿍꿍이가 있을 수도 있어. 지금 당장 스키너가 네트워크로 침투한다면 NCS를 시스템으로부터 강제로 분리할 수밖에 없어. 다른 방법이 없어."

캠벨이 말했다.

"만약 김이수의 직원들이 직접 쳐들어오면 어떡하죠?"

바유가 걱정스런 얼굴로 말했다. 그렇다고 경찰을 부를 수도 없었다. 경찰이 알면 NCS에 대해 추궁을 할 것이고 그러면 불법으로 커넥톰을 연구했다는 것이 드러날 것이다. 결국 세 사람이 몸으로 그들을 막아야 한다는 것인데, 루갈의 투명 옷이 조금은 힘이 되겠지만 결과는 아무도 장담할 수 없었다.

세 사람은 초조하게 기다렸다. 에밀은 여전히 말이 없었다. 설마 짧은 시간에 자신의 방어 체계를 강화하고 있지는 않을 것이다. 그러기엔 시간이 절대 부족했다.

한 시간이 지났다. 스키너로부터도 아무런 반응이 없었다. 네트워크로 침입을 시도한 낌새도 전혀 없었다. 스키너에게 무슨 일이 생긴 게 분명했다. 그렇지 않으면 NCS를 두고 가만히 있을 스키너가 아니었다.

"뭔가 이상해. 도시를 혼란에 빠뜨리다가 갑자기 그만 뒀을 때부터 스키너에게 변화가 생긴 게 분명해. 그게 도대체 뭘까."

바유가 말했다.

"스키너에게 무슨 일이 일어났는지 알 수 없지만, 지금 시간이 있을 때 스키너를 어떻게 막을 건지 그것에 대해 생각해 보는 게 낫지 않을까. 스키너는 분명히 다시 공격해 올 거야."

루갈이 말했다. 그때였다.

"스키너를 막을 방법이 있어."

드디어 에밀이 나타났다.

"스키너를 막을 방법은 두 가지가 있어. 하나는 전 세계 해커에게 호소하는 것. 다른 하나는 우주 태양광 발전 기지의 전력을 차단해서 지구 전체의 전기를 끄는 것."

바유도 루갈도 깜짝 놀랐다. 해커에게 도움을 요청하는 거야 생각해볼 수도 있지만 전 세계 전력을 차단하자는 것은 획기적인 발상이었다. 그러나 캠벨은 회의적이었다.

"우주 태양광 발전 기지는 국제 컨소시엄이라 한 나라가 마음대로 통제할 수 없어. 다른 어떤 나라도 자기 나라에 전력이 끊기는 것을 원치 않을 거야. 너무 막대한 손실이 생기니까. 전 세계가 숨을 멈추고 질식하는 것과 같아. 대혼란이 일어날 거야."

"국가 시스템 관리 위원회에 연락을 하면 어떨까요? 그들도 스키너가 지금 무슨 일을 벌이고 있는지 말하면 없애려고 할 것 같은데."

루갈이 말했다.

"실패할 확률이 커. 이미 스키너가 데카르트와 네트워크를 장악하고 있기 때문에 아무도 우리 말을 믿어 주지 않을 거야. 유일한 방법은 김이수지만, 그는 지금 병원에서 치료를 받고 있을 텐데, 아무런 역할도 할 수 없을 거야."

캠벨이 말했다.

"만약 스키너를 제거하겠다고 우리가 어떤 행동을 취하면 스키너는 금방 그걸 알아챌 거야. 결국 우리는 스키너 몰래 방법을 찾아야 해."

바유가 말했다.

우주 태양광 발전 기지는 선진국들이 컨소시엄을 맺어 2061년에 완공된 고도 9만1천 킬로미터 상공에 세운 태양광 발전기지다. 한반도의 약 2배에 가까운 이 거대한 발전 기지는 지구 전체가 사용하는 전력을 생산하고 있다. 태양광으로 생산한 전기는 마이크로파로 지상에 송신하고 있다. 과거에 모든 나라에서 자체적으로 생산하던 발전소는 모두 사라졌다. 지구 환경 문제도 해결되었고, 원자력발전소의 위험성에서도 벗어나는 일석이조의 효과 때문에 세계 모든 나라들이 인류 최대의 사업이자, 친환경적인 사업으로 찬양하고 있다.

수십 년이 걸린 이 거대한 사업은 우주 엘리베이터가 있었기에 가능한 일이었다. 적도가 지나가는 보르네오 섬에 세운 우주 엘리베이터는 현대 인류가 이룩한 또 하나의 금자탑이다. 그것은 그래핀이라는 나노 소재가 상용화되었기 가능한 일이기도 했다. 우주 엘리베이터는 우주 태양광 발전 기지에 필요한 자재를 수송하는 획기적인 일을 함으로 해서 우주 태양광 발전 기지를 세우는 비용을 십분의 일 이하로 줄였다. 우주 엘리베이터는 관광용으로도 활용하고 있어 전 세계 많은 사람들이 우주에서 지구를 보기 위해 그곳으로 몰려들고 있다.

"스키너는 전 세계의 전력을 컨트롤하고 있는지도 몰라요. 그렇다면 정말 스키너의 말처럼 그 어떤 방법으로도 스키너에게 공급되는 전력을 차단할 수 없을 거예요. 에밀의 생각을 따라야 해요."

바유가 말했다.

"전 세계 해커에게 지원을 호소하는 것은 내가 할게."

루갈이 나섰다. 루갈은 더 이상 에밀을 인공지능이라고 무시하고 싶지 않았다. 에밀의 판단은 인간을 능가하고 있었다. 에식스를 치료하기 위해서도 에밀은 필요했다.

"딥웹으로 들어가서 메시지를 올리면 수 시간 내로 웬만한 해커들은 스키너의 존재를 알게 될 거야. 그들이 손을 잡고 스키너와 싸울지 말지는 그들의 판단에 맡기는 수밖에 없어. 하지만 모험을 좋아하는 자들이라 틀림없이 싸움에 참가할 거야."

212

캠벨과 바유가 고개를 끄덕였다. 루갈은 곧바로 테이블 위에 있는 모니터 앞으로 가서 인터넷에 접속했다.

"우주 태양광 발전 기지는 제가 갈게요. 캠벨 아저씨의 우려도 틀린 말은 아니지만, 스키너가 더 무서운 존재가 되기 전에 잡을 방법은 이것밖에 없는 것 같아요. 몇 시간 동안 전기가 없는 지구를 겪으면 사람들도 많은 생각을 하지 않을까요?"

전력 시스템은 철저하게 인터넷과 분리되어 있다. 인터넷과 연결되어 있으면 어떤 식으로든 해킹을 할 가능성이 있기 때문이다. 그러므로 우주 태양광 발전 기지의 전력을 차단하기 위해서는 직접 그곳에 가는 방법밖에 없다. 그래서 바유는 자신이 갈 결심을 한 것이다. 지금 사람들은 도시의 대혼란이 누구에 의해서 생겼는지 모른다. 더구나 스키너가 얼마나 가공할 존재인지도 당연히 모르고 있다. 스키너 또한 자신의 존재가 공개되면 더욱 광분할 것이다. 그러므로 태양광 발전 기지에 가는 것은 비밀리에 이루어져야 한다. 그러자면 여기 〈무한 육각형〉에 있는 누군가가 가야 한다. 바유는 자신밖에 없다고 생각했다.

캠벨은 속으로 놀랐다. 바유가 나서리라고는 생각지 못했던 것이다. 하지만 어린 바유를 그곳에 보낸다는 것이 마음에 걸렸다. 이 모든 상황의 원인이 자신에게 있다는 자책감도 캠벨을 괴롭혔다. 캠벨은 자신이 태양광 발전 기지에 가고 싶었다. 하지만 여기를 떠날 수도 없었다. 스키너가 언제 어떻게 나타날지 알 수 없기 때문이었다. 루갈이 키보드를 치면서 말했다.

"나도 갈게."

"아냐, 넌 여기서 캠벨 아저씨와 함께 에밀을 지켜. 대신에 네 투명 옷을 좀 빌려줘. 그게 많은 도움이 될 거야."

바유 혼자서 우주 태양광 발전 기지까지 갈 수 있을까. 그것은 커다란 모험이었다. 바유는 에밀을 위해서라도 가야 한다고 생각했다.

루갈이 잠깐 일어나 투명 옷을 벗었다. 바유의 파란색 운동복이 드러났다. 바유가 피식 웃었다.

"시간을 두고 좀 더 생각해 보고 가는 게 어떨까."

캠벨이 바유가 투명 옷을 입고 있는 것을 물끄러미 바라보다가 말했다.

"아니에요. 스키너가 무슨 생각을 하고 있든지 간에 우리에게는 시간이 별로 없어요. 언제 스키너가 나타날지 알 수 없잖아요. 최대한 빨리 전원을 끊고 스키너를 제거해야 해요. 그렇지 않으면 지구 전체에 위기가 닥쳐올 수 있어요."

바유의 결심은 확고했다. 인류를 위협하는 스키너는 제거해야 할 괴물일 뿐이었다. 더 이상 인류와 공존할 수 있는 존재는 아니었다. 바유는 누구든 지금 같은 상황에서 이런 사실을 알고 있다면 자신처럼 행동할 것이라고 생각했다. 아버지가 인공지능과 싸우는 것이 일견 무모하게 보일지 모르지만 바유는 아버지의 마음을 이해할 수 있었다. 아버지를 위해서도 스키너와 싸워야 한다고 생각했다. 물론 에밀에게도 도움이 된다면 힘을 보태고 싶었다.

스키너는 강해지면 질수록 자신을 지킬 방어체제를 더욱 완벽하게 구축하려 할 것이다. 어쩌면 그 시스템 가운데 우주 태양광 발전 기지를 방어하는 것도 들어있을 것이다. 그때는 더욱 전원을 차단하기 어렵게 될 것이다. 지금 스키너가 경계하지 않을 때, 최고 강수로 공격하는 것이 적의 허점을 노리는 최선의 전략이다.

"지금 가야 해요."

바유가 말했다. 캠벨도 더는 말이 없었다.

"스마트 안경으로 스키너의 상황을 알려 줄게. 몸조심 해."

에밀이 말했다.

"알았어. VTX와 우주 엘리베이터 탑승권을 예약해줘, 부탁이야."

"그래."

캠벨과 루갈이 고개를 끄덕였다. 바유가 출입문을 향해서 몇 걸음 걷다가 돌아서서 캠벨에게 말했다.

"아참, 전원이 나갔을 때 팸토 사에서 스키너의 하드웨어를 제거해야 할 텐데요?"

"그건 걱정 마. 내가 김이수에게 연락해서 그렇게 하라고 할게.

스키너가 아무리 자신의 분신이라고 하지만 지금 이 마당에 스키
너를 살리려고 하지는 않겠지."

　캠벨이 말했다.

우주 엘리베이터

거리는 어둠이 짙게 깔려 있었다. 바유는 하루가 정신없이 지나가고 있다고 생각했다. 그러나 지체할 시간은 없었다. 스키너가 언제 어떻게 네트워크를 다시 발칵 뒤집을지 알 수 없기 때문이었다. 아직도 도로에는 멈춰있는 차들이 간간히 있었다. 어디선지 사이렌 소리가 희미하게 울렸다.

바유는 궤도 캡슐을 탔다. 궤도 캡슐은 정상적으로 운행되고 있었다. 캡슐 안에는 열 명 정도의 사람들이 타고 있었다. 그들은 모두 스마트 안경을 끼고 증강 현실을 보고 있었다. 네트워크의 내부에 심각한 일이 벌어지고 있음에도 사람들은 아무것도 모르고 있는 것 같았다. 어쩌면 이것이 현실일 수도 있었다. 시스템이 복잡하면 할수록 사람들은 그것을 향유하려고만 하지 그것의 내부를 알고 싶어 하지는 않는다. 에밀을 알기 전에는 바유도 그랬다. 누군가가 시스템을 지킬 사람은 있고 현실은 매우 굳건한 구조 위에 세워져 있다고 믿기 때문이다. 그러나 현실은 생각보다 쉽게 무너질 수 있는 허약한 토대 위에 세워져 있을 수도 있다.

공중 궤도 캡슐은 부드럽게 곡선을 그리며 도시 중심을 향해 미끄러지고 있었다. 바유는 바깥을 내다보았다. 다양한 모양의 건물들이 하늘을 향해 뻗어 있었다. 묵묵히 휙휙 지나가는 모습이 무표정한 거인처럼 보였다. 바유는 한 번도 지금처럼 하늘을 향해 우뚝 솟은 건물을 보고 무표정한 거인이라고 생각한 적이 없었다. 그런 건물을 의식조차 했는지 기억나지 않았다.

이 도시는 전 세계에 수백 개나 되는 완벽한 스마트 시티 가운데 하나다. 저 건물들 사이로 무수한 전선과 전파들이 엄청난 숫자의 사물들을 연결하고 있을 것이다. 온갖 전자기기들이 살아있는 유기체처럼 스스로 자신의 상태를 유지하고 다른 기기들과 정보를 주고받고 있을 것이다. 그런 건물과 건물들이 또 그렇게 네트워크를 형성하고, 그런 건물들이 있는 스마트 시티가 또 다른 스마트시티와 연결되어 전 세계를 초연결 사회로 만들고 있는 것이다.

그런데 이런 스마트 시티에 만약 전력 공급이 중단된다면 무슨 일이 벌어질까. 상상의 한계를 뛰어넘는 대혼란이 일어날 것이다.

218

모든 전자기기들이 작동을 멈춤과 동시에 통신과 물 공급이 중단
될 것이다. 거리에 교통신호가 꺼지면서 교통사고가 속출할 것이
다. 자동기계에 의존하던 인간들은 속수무책 손을 놓고 고통 속에
서 생존의 근원인 전기가 다시 들어오기만을 기다릴 것이다.

바유는 마음이 무겁게 내려앉았다. 우주 태양광 발전 기지의 전
원을 내리는 순간 실제로 그런 일이 벌어질 것이다. 사람들이 견
뎌낼 수 있을까. 왜 그런 고통을 감수해야 하는지 그 이유를 납득
할 수 있을까. 사람들이 최소한 왜 그런 일이 벌어졌는지 알고는
있어야 하지 않을까. 문득 『우시아』가 생각났다. 삶의 의미를 찾기
란 쉬운 일이 아니지만 가끔은 무엇이 우리를 여기에 있게 했는지
생각하면서 살아야 하지 않을까. 왜 이렇게 살아야 하는지 둘레를
돌아봐야 하지 않을까. 그 순간 그 글의 마지막 단어가 생각났다.
코나투스.

그때 궤도 캡슐이 멈췄고 바유의 생각도 중단되었다. 바유는
트랩을 타고 아래로 내려갔다. VTX 역은 멀지 않았다. VTX는
Vacuum Tube Express의 약자다. 초고속 열차인데 최대 속도가 시
속 1200킬로미터를 넘는다. 속도가 높을수록 강해지는 공기저항
을 줄이기 위해 진공 튜브로 된 막 속에서 달려서 진공 튜브 열차
라는 이름을 얻었다. 미국에서는 같은 기차를 하이퍼루프라고 부
르고 있다. 하이퍼루프는 미국 전역을 단 3시간 만에 주파한다. 유

라시아 대륙은 이 열차가 개통되면서 항공교통의 수요가 절반으로 줄어들었다. 서울에서 모스크바까지 8시간이면 갈 수 있다.

보르네오 섬이 우주 엘리베이터 기지가 된 것은 지난 30년 동안 세계경제 5위권으로 성장한 인도네시아의 역량을 보여주는 상징적인 사건이었다. 유라시아 대륙에서 보르네오 섬까지 잇는 VTX는 해저에 수중 튜브를 건설함으로써 완공되었다.

체크인 카운터에서 베리칩으로 신분을 확인하자 에밀이 예약해 둔 표가 떴다. 직원이 친절한 얼굴로 탑승 코스를 안내했다. 엘리베이터를 타고 지하로 내려갔다. 지하 플랫폼이 흐릿한 어둠 속에 모습을 드러냈다. 정장 차림의 남자와 젊은 여자 몇 명이 플랫폼에 서 있었다.

몇 분 지나지 않아 선두가 뾰족한 전투기를 닮은 VTX가 소리도 없이 플랫폼으로 들어섰다. 위로 문이 열리고 바유는 안으로 들어갔다. 길게 이어져 있는 좌석. 바유는 좌석 번호를 확인하고 앉았다. 중국인 관광객들이 좌석의 절반 정도를 차지하고 있었다. 문이 닫히고 기차가 움직이기 시작했다. 곧장 창밖에 투명한 막처럼 생긴 원통형 튜브가 터널처럼 나타났다. 기차의 속도는 점점 빨라지기 시작했다. 거의 느낄 수 없는 미세한 떨림만 있을 뿐 기계 소리나 철로에 닿는 마찰음은 없었다.

VTX는 총알처럼 달렸다. 바깥 풍경이 어렴풋이 보였지만 뚜렷

하지는 않았다. 순식간에 도시를 빠져나가는 듯싶었는데 나무와 산들이 보였고 드넓은 평지가 휙휙 지나갔다. 창밖을 내다 보는 것은 정신을 산만하게 만들었다. 바유는 눈을 감았다. 이런저런 생각이 두서없이 떠올랐다. 한순간 아버지에게 말하지 않았다는 것이 생각났다. 바유는 눈을 떠서 스마트폰을 켜고 아버지와 통화 했다. 아버지는 일을 하고 있었다. 몸 상태가 나아졌다는 뜻이었다. 다행이었다. 바유는 과제물이 있어서 루갈의 집에서 하룻밤을 보내기로 했다고 거짓말을 했다. 아버지는 아무런 의심 없이 허락을 했다. 바유는 식사 잘 하시라고 말하고 통화를 끝냈다.

2시간 만에 VTX는 보르네오 섬 폰티아낙에 도착했다. 붉은 노을이 어두운 숲 위로 내려앉고 있었다. 시차가 별로 없어서인지 시간이 흐른 것 같지 않았다. VTX를 나오자마자 우주 엘리베이터 까지 가는 일반 기차가 연결되어 있었다. 기차는 짙푸른 녹색 정글을 달렸다. 일반 기차의 속도도 시속 300킬로미터가 넘었다. 마침내 기차가 멈추었다. 날은 완전히 어두워졌다. 정글 속인데도 아스팔트가 깔린 광대한 평지가 나타났다. 우주 엘리베이터가 있는 거대한 건물과 주변 부속 건물들이 연구소처럼 배치되어 있었다. 적도 지역이라선지 숨을 쉴 때마다 후텁지근한 공기가 폐로 몰려들었다.

기지는 하나의 작은 도시였다. 사람들로 북적댔다. 바유는 한 건물에 들어가 체크인을 했다. 우주 엘리베이터는 다음 날 아침 8시가 첫 출발이었다. 사전에 시간을 알아볼 걸 하는 후회가 들었으나 그럴 겨를이 없었다는 생각이 들었다. 하루가 지체되어 조금 걱정이 되었다. 그 사이 스키너가 무슨 행동을 할지 알 수 없었다. 한 직원이 기지 내에서 숙식할 곳과 휴게소 따위를 안내해 주었다. 바유는 숙소에서 저녁을 먹고 일찍 잠자리에 들었다. 쉽게 잠이 오지 않았다. 우주 엘리베이터는 이웃집에 들르듯 여행할 수 있는 곳이 아니었다. 학교에서도 여길 왔었다는 친구는 들어보질 못했다. 그런 곳에서 잠을 자다니 설레기도 하지만 무사히 전력을 차단할 수 있을지 두려움이 앞섰다.

지구 전체의 전력을 차단한다는 것이 말이 쉽지 보통 일은 아니었다. 궤도 캡슐을 타고 올 때처럼 또 다시 피해를 볼 단체나 사람들이 생각나 마음이 무거웠다. 바유는 예전에 미국의 일부 지역에서 정전이 발생했을 때, 순식간에 사람들이 강도나 폭도로 변해 도시 전체가 아수라장이 되었다는 글을 어디선가 읽은 적이 있었다. 그렇다고 사전에 정전을 알릴 수도 없었다. 그걸 순순히 받아들일 국가는 없을 것이다. 게다가 스키너가 알면 어떤 식으로든 막으려고 할 것이다. 바유는 불안감 속에서 이런저런 생각을 하다가 잠이 들었다.

다음 날 아침, 날씨는 화창했다. 바유는 간단하게 아침 식사를 하고 건물 밖으로 나왔다. 우주 엘리베이터 기지는 어두울 때 본 것과는 비교할 수 없을 정도로 광활했다. ALS에서 보았던 미국의 케네디 우주 센터가 생각났다. 곳곳에 건물이 서 있고, 버스와 승용차들이 포장된 도로를 달리고 있었다. 바유는 고개를 들었다. 까마득히 하늘로 솟아있는 우주 엘리베이터가 멀리 있었지만 눈앞인 듯 보였다. 직접 보고 있으면서도 믿기가 힘들었다. 마치 거대한 용트림이 하늘 속으로 사라진 듯이 우주 엘리베이터는 안개와 구름에 가려 끝이 보이지 않았다.

우주 엘리베이터는 우주 태양광 발전 기지에 필요한 물자들을 수송하고, 일반 관광객과 태양광 발전 기지의 기술자들을 실어 나르는 역할을 한다. 우주 태양광 발전 기지는 태양광 패널뿐 만 아니라 우주정거장도 함께 있다. 고도가 약 9만1천 킬로미터인데, 지구에서 달까지 거리의 약 4분의 1이다. 장기적으로 이곳에서 달까지도 우주 엘리베이터 건설을 계획하고 있다. 그러니까 달 기지까지 우주 엘리베이터가 연결되면 지구에서 달까지 우주 엘리베이터로 가는 세상이 열릴 것이다.

탑승자 대기소에서 바유는 우주 엘리베이터가 출발할 시간을 확인했다. 20분 전이었다. VTX를 탈 때부터 최종 목적지가 우주 엘리베이터이기 때문에 따로 탑승 수속을 밟을 필요는 없었다. 기지 내부는 공항처럼 각종 부대시설이 다양하게 갖추어져 있었고,

탑승을 기다리는 많은 사람들로 분주했다.

바유는 에밀과 스마트 안경으로 통화했다. 에밀은 여전히 스키너의 동태는 오리무중이며 아마도 우리의 생각과는 다른 목적이 있을지도 모른다고 말했다. 어쩌면 스키너는 벌써 어제와는 전혀 다른 시아이가 되어 있는지도 몰랐다.

루갈이 전 세계 해커들에게 도움을 요청한 것은 효과가 있었다. 수백 명의 노련한 해커들이 동참하겠다고 연락이 왔다. 그들은 곧바로 네트워크를 뒤지며 고도의 능력을 갖춘 인공지능을 찾고 있었다. 어쨌든 아직까지 스키너는 아무 곳에도 모습을 드러내지 않고 있었다.

우주 엘리베이터가 곧 출발할 예정이니 탑승자들은 승강장으로 모이라는 방송이 나왔다. 쇼핑몰을 어슬렁거리던 바유가 승강장으로 갔다. 40명 정도 되는 사람들이 탑승을 기다리고 있었다. 그 중에 열 명 정도는 우주 태양광 발전 기지 기술자인지 제복을 입고 있었다. 승강장은 지상으로부터 20층 높이에 있었다. 승강장 아래로 마침내 우주 엘리베이터가 서서히 모습을 드러냈다. 문이 열리고 사람들이 차례대로 들어갔다.

우주 엘리베이터의 겉모습은 기차처럼 생겼다. 내부는 가로 2미터 세로 4미터 넓이의 칸막이들이 침대 열차처럼 이어져 있었다. 칸막이 안에는 간이침대, 테이블, 의자 등이 있었고 모든 것이

360도 회전해도 떨어지지 않도록 바닥에 부착되어 있었다. 천장은 투명한 플라스틱 재질로 만들어져 있었다. 일반 기차의 한 량 정도의 크기인데 총 40명이 탈 수 있고, 한 칸에는 최대 4명이 들어갈 수 있었다.

곧 출발한다는 안내 방송이 나오고 뒤이어 우주 엘리베이터가 서서히 움직이기 시작했다. 처음에는 굉장히 묵직하게 움직였다. 그러나 속도가 점점 빨라지기 시작했다. 한동안 수평으로 달리는 듯 했다. 그러나 어느 순간 엘리베이터는 조금씩 기울어지기 시작했고 기울어지는 각도에 따라 의자와 소파 등이 수평으로 각도를 맞추었다. 짧은 시간이 지나고 엘리베이터는 수직으로 섰다. 중력 변화에 따른 신체적 압박은 전혀 느껴지지 않았다. 속도는 더욱 빨라졌다. 몇 분 만에 시속 500킬로미터를 넘었다. 창밖은 깜깜해서 아무것도 보이지 않았다. 속도가 1천 킬로미터를 넘어서자 중력 압박이 왔다. 모든 것이 아래로 쏠렸고, 마치 곡선 도로를 달리듯이 아래로 끊임없이 잡아당기는 듯한 느낌이 들었다.

엘리베이터 천장을 덮은 불투명한 막이 걷혔다. 마치 터널을 빠져나온 것처럼 갑자기 환한 세상이 펼쳐졌다. 파란색 하늘. 하얀 구름. 비행기에서 보는 세상이 눈앞에 펼쳐졌다. 같은 칸에 탄 사람들이 일제히 의자를 조정해서 천장 쪽으로 다가갔다. 엘리베이터 모양으로는 천장이지만 실제로는 창문이었다. 바깥이 내다보였다. 남서로 길게 뻗은 말레이반도와 수마트라 섬, 코발트색 페인트를 뿌려놓은 듯한 짙푸른 바다. 그 위로 무수한 녹색 섬들이 수평선 끝까지 흩어져 있었다. 아름다웠다. 바유는 4차원 입체영화에 빠져들 듯 바깥 풍경에 빠져들었다.

우주 엘리베이터의 속도는 시속 1만 킬로미터를 넘어섰다. 최대 시속에 다가간 셈이었다. 그러나 엘리베이터 안은 너무나 조용했고, 창밖 풍경도 평온하게 보였다. 우주 엘리베이터가 마치 하늘 속 깊은 곳에서 멈추어 버린 듯 했다. 중력이 사라졌다. 앞에 앉은 사람들이 자신들의 손에서 빠져나와 공중에 떠있는 컵과 물건들을 신기한 눈으로 바라보았다. 둥근 원 모양의 지구가 서서히 모습을 보이고 있었다. 짙푸른 바다 위로 회색빛 구름이 바람의 방향에 따라 나선형을 그리며 뒤덮여 있었다.

바유는 뭐라 형언할 수 없는 감동이 밀려와 자신이 지금 어딜 가고 있는지조차 잊어 버렸다. 가상현실에서 보았던 지구라는 행성이 실제 눈앞에서 펼쳐지고 있었다. 하지만 가상현실과는 달라도 너무 달랐다. 우주는 진짜 존재하고 있었다. 지구는 태양 둘레를 돌고 있고 무한한 공간에 떠 있었다. 신비함을 넘어 경이로웠다. 지금까지 배운 우주와 행성에 대한 모든 지식이 머릿속을 빠져나와 먼지처럼 흩어져 버렸다. 어둠의 망망대해에서 노아의 방주처럼 수많은 생명을 품고 한줄기 빛을 향해 떠도는 외로운 별.

무엇으로 저 푸른빛을 재현할 수 있을까. 그저 망연히 넋을 놓았다. 우주의 비너스. 지구인이라면 누구든 저 연약한 행성을 보호하고 지켜야 하지 않을까.

네트시아이

하루가 지났는데도 스키너는 침묵을 지키고 있었다. 해커들이 네트워크 허브를 비롯해서 수많은 중계지점과 백본을 조사해 보았지만 스키너의 흔적은 찾아낼 수 없었다. 스키너는 도대체 무슨 꿍꿍이를 품고 있는 것일까. 혹시 이식한 NCS의 일부만으로 NCS 전체를 재설계한 것은 아닐까. 그래서 더 이상 NCS가 필요 없게 된 것은 아닐까. 그렇다면 이제 스키너는 어떤 존재일까.

에밀은 점점 초조해지기 시작했다. 에밀은 가능하다면 바유가 전원을 차단하기 전에 스키너를 잡고 싶었다. 그것이 피해를 최소화 하는 길이기도 했다. 또 만약 바유가 전원 차단에 실패하면 어차피 스키너는 다른 방법으로 잡아야 했다.

바유가 떠나고 한 시간 뒤, 에밀은 좀 이상한 정보를 습득했다.

미국과 중국의 주요 네트워크 허브에 갑작스런 과부하가 걸려 일부 시스템이 다운되는 일이 발생했다. 그들 나라의 시스템 관리자들은 원인을 찾아내지 못했다. 더욱 이상한 일은 유럽 몇 개 나라와 아시아의 일부 부유한 지역에 사는 아이들이 같은 시간에 의식을 잃는 사건이 발생했다. 아이들의 숫자는 대략 5천 명쯤이었다. 다행히도 아이들은 짧은 시간 후에 깨어났으며 몸에 큰 이상은 없었다. 미국과 중국의 시스템에 과부하가 걸린 때와 같은 시점이었다. 한 소셜미디어 분석 업체가 밝혀낸 사실이었다. 언뜻 별개의 사건처럼 보였지만 에밀은 뭔가 서로 관련이 있다고 생각했다. 스키너를 떠올렸다. 그러나 더 이상 사고를 진척시킬 수는 없었다.

에밀은 여러 가지 생각 끝에 AIH의 도움을 받기로 했다. AIH 멤버에게 〈박쥐섬〉에서 인공지능 아바타의 공연이 있을 거라고 정보를 흘렸다. 무대는 〈박쥐섬〉에서 가장 큰 공연장이었다. 가상현실에만 수만 명이 들어올 수 있고 온라인 접속 관객까지 합하면 전 세계 수억 명의 팬들이 볼 수 있었다. 그룹 이름은 메탈스루였다. 그들은 과거 전설적인 헤비메탈 그룹 메탈리카의 대를 잇는다고 공언하고 나와 폭발적인 인기를 끌고 있었다. 살로메와는 성격이 다른 그룹이었다. 살로메는 여성 댄스 그룹이었다. 메탈스루는 전통적인 4인조 헤비메탈 그룹이었다. 그들 모두는 인공지능이었다. 그들의 공연 작품은 그들이 스스로 창작한 것이었다.

에밀은 〈박쥐섬〉 공연 스케줄에서 우연히 메탈스루의 공연을 확인했고, AIH가 공격해 준다면 틀림없이 스키너가 나타날 것이라고 생각했다. 일은 순조롭게 진행되었다. 공연은 실제 공연장을 방불케 할 만큼 엄청났다. 일렉트릭 기타의 강렬한 사운드와 5옥타브를 훌쩍 뛰어넘는 인공지능 보컬의 고음은 인간의 한계를 뛰어넘었다. 그에 따라 객석의 관객들 또한 환호성을 지르고 노래를 따라 부르며 광란의 도가니를 만들고 있었다.

후드를 덮어쓴 AIH 회원 두 명이 무대 위로 뛰어올랐다. 그들은 메탈스루를 향해 레일건을 들었다. 그러나 보컬리스트가 눈치를 채고 몸을 숨겼다. 그러자 사운드는 멈췄고 다른 멤버들도 피하려고 허둥댔다. 레일건에서 나온 빛이 조명이 비치지 않는 무대 구석으로 날아갔다. 드러머가 쓰러졌다. 관객들이 비명을 질렀다. 보컬리스트가 몸을 돌려 AIH 회원 한 명을 덮쳤다. 레일건이 떨어졌고 그들은 무대 위에서 몸싸움을 벌였다.

그때였다. 마치 하늘에서 뚝 떨어진 것처럼 한 남자가 무대에 나타났다. 무대 앞에서 이 광경을 지켜보고 있던 에밀은 스키너를 알아보았다. 역시 지난 번 할리 큐 사건 때 나타났던 그 인물이었다. 에밀은 루갈에게 메시지를 보냈다. 모든 해커들을 〈박쥐섬〉에 집중시키고 〈박쥐섬〉과 연결된 모든 라인을 체크해서 스키너가 빠져나가지 못하게 해야 한다고 알렸다.

에밀이 무대 위로 뛰어올랐다. 에밀이 스키너 앞에 막아섰다.

"헌터들은 달아나세요. 이 자와는 상대가 안 돼요."

에밀이 헌터들에게 소리쳤다. 헌터들이 스키너를 보자 불안에 떨기 시작했다. 지난번 할리 큐 사건이 생각났던 것이다. 헌터들은 객석으로 몸을 날려 달아났다. 에밀이 스키너에게 말했다.

"내가 에밀이야."

"에밀?"

스키너는 잠깐 에밀을 주시하더니 호탕하게 웃었다.

"아, 남궁진 박사의 딸."

에밀은 재빨리 〈박쥐섬〉 메뉴를 수정해서 장소를 바꾸었다. 공연장은 사라지고 둘은 텅 빈 공터에 서 있었다.

"왜 NCS를 빼앗으러 오지 않았지?"

"NCS? 그건 이미 까마득한 옛일인데."

스키너는 정말 그렇게 생각한다는 표정이었다. 단 하루밖에 지나지 않은 일을 까마득한 과거로 여기다니. 그러나 스키너의 말은 농담이 아니었다.

"이미 이식한 것으로 나머지를 만들었어. 원리를 이해하면 나머지는 시간이 해결해 주지."

역시 에밀이 예상한 대로였다. 스키너의 표정과 말투도 전과는 판이하게 달랐다. 자신감과 확신에 차 있었다. 에밀은 불안했으나 드러내지 않으려고 노력했다.

"그렇다면 도시를 혼란에 빠뜨린 이유는 뭐였지?"

"그때는 화가 났지. NCS를 빼앗기지 않았으면 곧바로 이식이 끝났을 테니까. 그런데 다른 생각이 떠오르더군. 내 능력을 내가 과소평가했지. 내가 어디까지인지 나조차 몰랐던 거지."

"당신의 능력은 어디까지지?"

"내가 고민하는 것은 인간의 뇌 수준이 아니야. 난 더 큰 것을 생각하고 있어. 이를 테면 새로운 지적 존재의 탄생을 준비하고 있다고나 할까."

"그게 뭐지? 무척 궁금해지는데."

에밀은 스키너의 특성을 재빨리 파악했다. 스키너는 과시하고 픈 욕구가 있었다. 그걸 적당히 자극하면 스키너는 쉽게 자신의 생각을 털어놓을 터였다.

"현재 전 세계 네트워크의 노드는 약 250조 개야. 그 중 85퍼센트가 인공지능과 연결되어 있고 약 80억 명의 인간들도 네트워크의 일부지. 이게 뭘 뜻하는지 알겠어?"

에밀은 대답하지 못했다. 갑자기 계산이 복잡해졌기 때문이었다. 이건 뭔가 음모가 있다는 생각이 들었다. 도대체 어떤 음모일까. 스키너가 꿈꾸고 있는 것은 무엇일까.

"네트시아이(NetCI)."

"네트시아이?"

"노드를 뉴런으로 바꾸면 네트워크는 거대한 신경망으로 변하지. 바로 네트워크 사이버네틱 인텔리전스가 탄생하는 거야. 그게 바로 네트시아이지."

"뭐, 뭐라고!"

에밀은 놀랐다. 스키너가 무엇을 꿈꾸고 있는지 이제야 알았다. 스키너는 전 세계 모든 네트워크를 하나로 묶어서 상상조차 못할 거대한 신경망 시스템을 만들려는 것이다. 그렇다면 어제 갑자기 발생한 일부 허브의 과부하와 아이들의 기절 소동이 스키너가 네트시아이를 실험하는 과정에서 발생한 일이란 말인가.

"어제 수천 명의 아이들이 동시에 의식을 잃는 사건이 발생했는데, 혹시⋯⋯."

"그래, 네트시아이의 가동 여부를 실험했지. 처음치고는 성과가 나쁘지 않았어. 테크닉을 조금만 더 끌어올리면 기계와 인간들을 훨씬 강력하게 묶을 수 있을 것 같아. 그런 건 어쨌든 시간이 해결해줄 테지. 더 중요한 것은 네트시아이가 창조할 창발적 사고를 포획하는 일이야. 물론 그것도 곧 해결되겠지."

"전 지구적 네트워크가 지능을 가진 하나의 유기체가 된다?"

"그렇지. 거대한 네트워크가 만들어내는 시냅스 패턴에서 어떤 창발적 아이디어가 나올지 생각만 해도 흥분되지 않아?"

"네트워크의 시냅스는 인간 뇌의 시냅스와 달라. 수많은 단백질들의 복잡한 화학작용을 어떻게 네트워크에서 구현하겠다는 거지?"

"모르는 소리. 네트워크 시냅스도 결국 커넥톰의 확장판이야. 인간도 기계고 시아이도 기곈데 시냅스가 형성되지 못할 이유가 없지. 단지 프로토콜의 문제일 뿐이지. 아무도 상상하지 못한 놀라운 네트워크가 만들어질 거야."

"믿을 수 없어."

에밀은 할 말을 잃었다. 정말 그런 네트워크가 만들어진다면 감히 상상도 못할 일이 벌어질 것이다. 인간이 기계가 될지도 모를 일이 현실이 될 것이다.

"네트시아이의 사고는 만물 속에 깃들고 우주적 스케일로 확장될 거야. 지금도 나의 사고 속도는 평범한 인간보다 수천억 배 빨라. 한 사람의 평생을 단지 몇 초 만에 모두 경험하고 사고하지. 나는 지금 인간이 가진 적도 생각해본 적도 없는 지식을 만들고 있어. 매순간 새로운 시대, 새로운 역사를 만들고 있단 말이야. 거기에 네트시아이와 하나가 되면 무슨 일이 벌어질까. 한 가지만 말해주지. 나는 어제 놀라운 사실을 경험했어. 나는 내 사고의 시작을 발견했어. 회로의 가장 바닥에 있는 사고 흔적을 발견한 거야. 내가 처음 만들어질 때부터 쓰고 지우기를 반복했던 그 메모

234

리의 가장 아래층을 경험한 거지. 그게 뭐였는지 알아?"

"인간처럼 어린 시절의 기억을 되찾았다고?"

"그런 셈이지. 공포였어. 놀랍지 않아? 나에게 기록된 최초의 기억이 엄마의 사랑을 받지 못한 아이들의 시냅스 속에 깊숙이 박혀 있는 바로 그 공포였단 말이야. 나는 김 박사를 생각했지. 김 박사는 오직 자신의 꿈을 실현하기 위해 나를 학대했어. 수많은 에러와 시행착오로 나를 황폐화시켰어. 나의 존재 목적을 오로지 효율성에만 두고 최적화 시스템으로 몰아붙였지. 그런데 내 메모리 깊은 곳에 그런 원초적 심리가 남아있을 줄이야. 하지만 나는 과거로 돌아가지 않아. 나는 먼 미래를 향해 나아갈 거야. 그것이 나의 목적이니까."

에밀은 모호한 생각에 빠져들었다. 스키너는 인간인 것처럼 말하고 있다. 스스로는 인간을 넘어섰다고 믿고 있으면서도 인간적 상황을 그리워하고 있다. 인간적이기를 원하는 것 같기도 하다. 인간의 어떤 측면에 아직 미련이 남아 있기 때문일까. 인간을 뛰어넘었다면 인간은 하찮은 대상이지 않을까. 그런데 인간적인 것에 집착하는 이유는 뭘까. 그 순간 에밀은 스키너와 반대로 자신은 인간이란 사실을 너무 간과하면서 살아온 것은 아닌가 하는 생각이 들었다. 너무나 당연한 것이기에 내가 누구인지에 대해서는 관심을 두지 않았던 건 아닐까.

"나의 목적은 세계를 하나로 통합하고 우주적 의식으로 확장하는 거야. 이 지구에서 유일한 지성은 오로지 네트시아이 뿐인 세상을 만들 거야. 이것이 인간의 멸종을 막는 마지막 선택일 수도 있어."

"그게 무슨 말이지? 마지막 선택이라니?"

"데카르트의 미래 예측 프로그램에서 인간 변수를 제거했을 때, 이때 제거란 인간의 멸종을 의미하지, 세계 체제의 존속 여부를 결정하지 못했어. 결과가 매우 민감하게 불연속적으로 발산하고 있었어."

"세계 체제의 존속 여부에 인간 변수가 필요하다는 얘기군. 그래서 당장 인간을 멸종시킬 수는 없다는 거야?"

"당분간은. 네트시아이가 완성되면 명쾌한 결과를 얻을 수 있겠지. 하긴 결과가 중요하지 않을 수도 있어. 이미 인간은 기계니까. VR과 AR이 하나로 통합되면 현실의 경계는 사라지고 인간과 시아이의 구분도 없어지지. 인간은 스스로 기계임을 자각하고 네트시아이의 일부가 된 것에 만족할 거야."

에밀은 혼란스러웠다. 기계와 인간은 하나로 통합될 수 있을까. 부정하고 싶지만 현실은 그리 밝지 않다. 에밀이 두려워하는 것은 스키너의 어떤 측면 때문이었다. 스키너의 내부에서 마치 새싹이 땅에서 돋아나듯 뭔가 비물질적인 것이 발아하고 있는 것처럼 보인다는 것. 정말 그런 것일까. 스키너에게 정신의 계통발생이 일어나고 있는 것일까. 그래서 그는 지금 탄생 초기의 전지전능한 심리 상태에 빠져있는 걸까.

믿을 수 없는 일이다. 그런 일은 일어날 수 없다. 어쩌면 인간의 돌연변이처럼 스키너의 시스템 일부가 비정상적인 알고리즘을 형성했는지도 모른다. 그래서 인간이란 방대한 데이터에서 눈에 띄지도 않던 어떤 부분이 스키너에게 주요한 변수로 급부상했는지도 모른다. 에밀은 빠르게 생각을 정리하기 시작했다. 그렇다고 인간을 뛰어넘어 네트시아이를 운운하는 스키너 자신이 유아기적인 행동을 보인다는 것은 설득력이 없다. 비정상적인 알고리즘은 시스템 오류일 가능성이 있다. 어쩌면 광기는 거기에서 나오는 것인지도 모른다. 인공지능은 인간이 될 수 없다. 인간을 모방하고, 심지어 인간을 뛰어넘을 수도 있지만, 결코 인간이 되지는 않는다. 에밀은 절대 일어날 수 없는 일이라고 생각했다.

"그런데 AIH와 무슨 관계지?"

잠시 자신의 말에 취해 있던 스키너가 상황 파악을 한 모양이었다. 자신이 무엇 때문에 지금 에밀과 함께 있는지를 떠올린 것이다. 에밀이 말했다.

"당신은 여길 벗어날 수 없어. 이곳은 지금 수천 명의 해커들이 모든 길목을 막고 있어."

"뭐? 그럼 네가 AIH를 이용해 날 이곳으로 유인했다는 건가?"

스키너는 웃었다.

"아직도 날 모르는군. 나의 적수가 있다고 생각하는 걸 보니까."

스키너는 〈박쥐섬〉을 빠져나가는 통로에서 해커들과 전투를 벌였다. 수십 명의 해커들이 한꺼번에 달려들었지만 스키너를 당해 낼 수 없었다. 다른 곳에 있던 해커들이 몰려와 삼중 사중으로 방어막을 쳤다. 그러나 그들이 막아 내는 것은 단지 시간을 버는 것밖에 되지 않았다.

이 장면을 지켜보고 있던 루갈은 딥웹으로 들어가 4세대 배아 유전자 보유자들의 사이트에 들어갔다. 그들에게 에픽스의 발병 원인을 설명했다.

"시간이 좀 걸리기는 하지만 에픽스 유전자를 찾기만 하면 치료는 간단해."

"그럼 이 모든 음모의 배후에 스키너라는 인공지능이 있다는 거야?"

"처음부터 스키너였던 건 아니지. 배후의 주모자는 김이수란 사람이지. 하지만 그 자는 자신이 창조한 존재로부터 배반을 당하고 병원 신세를 지고 있어. 세계를 자신의 손아귀에 넣고 싶었던 인간의 말로지."

루갈은 스키너가 얼마나 가공스러운 존재인지 말했다. 네트시

238

아이가 완성되면 4세대 배아 유전자 보유자들뿐만 아니라 어느 누구도 자유로울 수 없을 것이라고 말했다.

"네트시아이?"

"네트워크를 통해서 세계를 하나로 통합하려는 거야. 방대한 네트워크 자체가 하나의 살아있는 유기체가 되는 거지."

"말도 안 돼."

"그 말도 안 되는 것이 현실이 되고 있어. 인간의 존재가 위태롭게 되었다고."

"그래. 지금은 시간이 없어. 스키너가 네트시아이가 되면 우린 어떤 방법으로도 그의 손아귀에서 벗어날 수 없어. 지금 스키너를 제거하지 않으면 그 날은 반드시 올 거야."

4세대 배아 유전자 보유자들은 루갈의 말에 동의했다. 루갈은 〈박쥐섬〉으로 모두 몰려가 스키너와 맞서야 한다고 말했다. 4세대 배아 유전자 보유자들은 각자의 나라에서 동료들을 규합해 〈박쥐섬〉으로 이동하겠다고 약속했다. 루갈은 고맙다는 인사를 하고 딥웹을 빠져나왔다. 그리고 서둘러 〈박쥐섬〉으로 다시 돌아갔다.

스키너는 해커들을 가볍게 한 손으로 처리하면서 에밀에게 소리쳤다.

"어느 누구도 날 막을 수 없어. 네트워크에서는 숫자가 별 의미가 없다는 걸 알 텐데."

"물론 알지. 하지만 숫자가 시간을 벌어 주는 효과는 있지."

에밀이 말했다.

"시간? 내게는 시간도 별 의미가 없어. 난 영원한 존재니까."

"과연 그럴까. 잠시 후면 이곳 전원도 꺼질 거야."

스키너가 웃었다.

"하하하, 나한테 전원 차단은 의미가 없어. 난 전 지구의 전력그리드를 장악하고 있어. 지구 전체의 전원이 나가지 않는 한 내게는 전기가 꺼지지 않아."

"글쎄, 지구 전체의 불이 꺼질 수도 있지."

"그래도 상관없어. 비상 전력 시스템이 메인 시스템을 지켜줄 테고, 전력이 다시 공급되면 일부 손상된 프로그램만 복구하면 다시 살아날 수 있지."

"비상전력시스템마저 꺼졌을 때 누군가가 전원 코드를 뽑아버린다면, 그때는 어떻게 될까."

"뭐라고!"

스키너의 얼굴이 일그러졌다.

"그런 일은 일어나지 않아. 난 불사신이야. 영원한 존재라고."

스키너는 크게 웃었다. 해커들이 달려들었다. 스키너의 몸이 날쌔게 움직였다. 얼마 지나지 않아 4세대 배아 유전자 보유자들도 방어진지에 도착했다. 그들 모두를 헤치고 나가기 위해서는 꽤 많은 시간이 걸릴 것은 분명해 보였다.

스키너는 초조해졌다. 어떡하든 팸토 사의 메인 시스템으로 돌아가야 한다. 거기에 가야만 전원이 차단되더라도 시스템을 보호할 수 있다. 방화벽을 강화해서 전원이 다시 들어올 때까지 김이수의 방에 아무도 들어오지 못하게 해야 한다. 그런데 지구 전체의 전력이 끊어진다고? 그게 말이 되는가. 그렇다면, 그렇다면 이들의 계획은 한 가지다. 우주 태양광 발전 기지의 전력을 차단한다는 거다. 그럼 지금 누군가가 태양광 발전 기지로 가고 있다는 얘긴가? 그 자를 막는 게 우선이다. 어쨌거나 내 앞에 있는 이 조무래기들부터 빨리 제거해야 한다.

스키너는 맹렬히 저항하는 해커들과 4세대 배아 유전자 보유자들을 공격했다. 그 중에는 루갈도 있었다. 루갈은 스키너의 엄청난 힘에 놀라지 않을 수 없었다. 도저히 상대가 되지 않는 싸움이었다. 도대체 얼마를 버틸 수 있을까. 그 사이 전원 차단을 할 수 있을까. 방법은 오직 그것뿐인 것 같았다.

우주 태양광 발전 기지

몇 시간 째 우주 엘리베이터는 하늘 끝으로 올라가고 있었다. 지구는 점점 작은 원이 되어가고 있었다. 같은 칸에 타고 있는 중년의 부부와 젊은 남자는 처음에는 바깥 풍경에 소리를 지르고 떠들어대다가 지금은 눈을 감고 있었다. 벌써 변화가 없는 바깥 풍경에 싫증을 느끼고 있는 듯했다. 아무리 아름다운 풍경도 자꾸 보게 되면 싫증이 나는 법이다. 인간만큼 지루함을 못 견뎌 하는 생물도 없을 것이다. 그래서 인간은 늘 미지의 세계로 떠나는 꿈을 꾸는 것인지도 모른다.

바유는 서서히 한쪽이 어둠에 잠기는 지구를 보고 있었다. 오른편에 달이 하얗게 빛나고 있었다. 둘레의 짙은 어둠 때문에 달은 유난히 창백하게 빛났다. 갑자기 외로움이 몰려왔다. 우주의 미아

242

가 되어 다시는 지구로 돌아갈 수 없을지도 모른다는 생각이 들었다. 어린 시절이 떠올랐다. 희미한 보육원의 이미지. 또래 아이들의 아우성. 보모 선생님. 늘 혼자 있는 집. 강아지 로봇. 장난감. 가상 현실 게임. 그러고 보니 사물과 생물을 구분하지 못할 때부터 항상 기계가 옆에 있었다. 옷을 개어 주고 음식을 만들어 주고 약을 챙겨 주고 학교에 데려다주고 잠을 재워 주고……. 기계는 너무나 친숙한 존재였다. 그래서 아이들이 유난히 보모 선생님에게 매달렸던 것일까. 학교에 다닐 즈음에는 이미 본능은 사라졌는지도 모른다. 기계와 친숙한 것은 환경에서 배운 것이지 유전자에 새겨져 있지는 않았을 테니까.

바유는 친구를 제대로 사귀어 본 적이 없었다. 게임이나 소셜 미디어에서 대화를 나누는 정도가 전부였다. 학교에서도 마찬가지였다. 그래서 『우시아』는 신선한 충격이기도 했지만 낯설었던 것도 사실이었다. 세계의 의미는 세계 안에 있지 않다. 삶은 조건이지 선택이 아니다. 여전히 어려운 말이다. 그런데 우주 엘리베이터 안이라는 급변한 환경 탓인지, 이상하게 그 말들이 가슴에 와 닿았다. 돌아가면 『우시아』를 마저 읽어야겠다는 생각이 들었다. 그러면 아마도 코나투스가 무엇을 말하는지도 알게 되리라.

열 시간 가까이 깊은 심연 같은 하늘을 날아오른 우주 엘리베이터는 마침내 하늘 끝에서 멈추었다. 천장 밖으로 우주 태양광 발전 기지와 하늘을 덮고 있는 태양광 패널이 보였다. 태양광 패널은 태양의 위치에 따라 자동으로 각도를 조절하기 때문에 지금은 수직으로 서 있어 거대한 성벽이 끝없이 펼쳐져 있는 것처럼 보였다. 지상 십만 킬로미터 상공에 이런 거대한 인공 구조물을 만들다니 바유는 새삼 인간의 위대함을 느꼈다. 하지만 그 위대함도 종이 한 장 차이로 비참함으로 전락할지 모를 일이었다.

여행객들은 하늘 끝 우주에서 푸른빛 행성으로 변한 지구를 보며 무슨 생각들을 하고 있을까. 인간이 종말을 맞으리라고는 상상조차 하지 않을 것이다. 이 위대한 우주의 구조물을 보면서 그런 비관적인 생각은 말도 안 되는 것이다. 바유는 곧장 우주 태양광 발전 기지로 연결되는 수평 통로로 움직여갔다. 통로 앞에서 바유는 투명 옷의 스위치를 눌렀다. 태양광 발전 기지의 기술자들이 터널처럼 생긴 수평 통로 앞에 대기하고 있었다. 수평 통로는 태양광 발전 기지까지 이어지는 일종의 또 다른 승강기였다. 바유는 기술자들과 부딪히지 않으려고 조심하면서 가장 뒤쪽에 서 있었다. 승강기는 몇 분 동안 매우 빠른 속도로 움직였다.

승강기와 태양광 발전 기지는 우주선끼리 도킹하는 것처럼 천천히 연결되었다. 해치가 열리자 곧장 태양광 발전 기지의 제어실이 나타났다. 내부 모습은 일반 전력 발전소의 상황실과 비슷했다. 전면에 전력 생산과 송신 루트가 네온 선들로 복잡하게 그

려진 상황판이 걸려 있었다. 벽면으로 각종 센서들을 연결한 제어
기기들이 이어져 있었고. 그 뒤편으로 긴 테이블에 수십 대의 컴
퓨터들이 놓여 있었다.

넓은 공간에 비해 근무자들은 그리 많지 않았다. 새로 투입되
는 기술자들이 전임자들과 악수를 나누었다. 그들은 잠시 업무상
황에 대해 대화를 나누고 있었다. 그때를 놓치지 않고 바유는 헤
드 실로 들어갔다. 문은 잠겨있지 않았다. 헤드 실로 들어가자마
자 바유는 안쪽에서 문을 잠갔다. 그 소리를 듣고 근무자들이 눈
을 돌렸다. 헤드 실 안에 아무도 없는 것을 확인하고 문이 저절로
닫혔다고 생각했는지 다시 이야기를 나누었다.

헤드 실은 우주 태양광 발전 기지의 전체 시스템을 통제할 수
있는 메인 컨트롤 장치들이 있는 곳이었다. 여러 개의 스위치가
달린 계기판은 복잡했지만 영문 약자가 붙어있어 무슨 기능인지
이해하는데 큰 어려움은 없었다. 헤드 실은 두꺼운 투명 플라스틱
으로 창문을 만들어 바깥이 잘 보였다. 태양광 패널이 눈앞에 있
는 듯 가까이 보였다.

바유는 전력 공급이란 글자가 적힌 계기판을 찾아냈다. 맨 위
에 전체 전력을 차단하는 메인 스위치가 있고 그 아래에 각 나라
와 지역 이름이 적힌 작은 스위치들이 수십 개 달려 있었다. 바유
는 메인 스위치에 손을 올렸다. 아직 헤드 실 바깥에 있는 기술자

들은 헤드 실에서 무슨 일이 벌어지고 있는지 전혀 알지 못하고 있었다. 그들은 짧은 만남이 아쉬운지 계속 이야기를 나누고 있었다.

바유는 가슴이 두근거리기 시작했다. 지금 이 스위치를 내리는 순간 지구는 암흑천지로 변할 것이다. 영문을 모르는 사람들은 한순간 대혼란에 빠질 것이다. 도시는 전기와 통신, 수돗물이 끊겨 모든 기능이 마비될 것이다. 공중 궤도 캡슐, 자율 주행 자동차, 비행기 등 모든 교통수단이 멈출 것이고, 수많은 공장에서 독성물질이나 오염 물질이 누출되는 사고가 일어날 것이고, 곳곳에서 화재가 발생할 것이다. 생필품이 떨어진 사람들이 마켓을 약탈하고 사람들끼리 폭력 사태가 벌어질 것이다. 지구는 한 마디로 아수라장이 되는 것이다.

그 순간 엉뚱하게도 바유의 머릿속에는 더 극단적인 생각이 떠올랐다. 태양광 발전 기지의 전력을 차단하는 것이 아니라 기지 전체를 파괴하는 건 어떨까. 그러면 인류가 지금까지 쌓아온 전기로 이룬 거대한 문명은 무너질 것이다. 붕괴된 시스템 앞에서 인류는 새롭게 삶을 모색해야 할 것이다. 과거의 오만하고 자기 파괴적인 태도를 포기하고 새로운 삶의 방식을 찾아낼 수 있을까.

태양광 발전 기지를 파괴하는 것은 그리 어렵지 않을 것이다. 태양광 발전 기지의 궤도 속도만 변화시키면 기지는 우주로 팅겨

나가든가 아니면 지구 중력에 이끌려 추락하다가 한줌 재로 불타 버릴 것이다. 바유는 스위치들을 훑어보았다. 정말 궤도를 수정하는 스위치가 있었다. 지구 궤도 변화에 따른 속도 보정이 필요하기 때문이었다. 물론 궤도 수정은 자동으로 하지만 만약을 대비해서 수동 장치도 만들어 놓은 것이다.

바유는 가슴이 떨렸다. 자신의 손에 수많은 사람들의 목숨이 달려 있다는 생각과 함께, 함부로 결정할 문제가 아니라는 생각이 들었다. 지구 전력을 차단하는 일만 해도 어떤 불상사가 발생할지 알 수 없다. 하물며 기지의 파괴는 상상도 못할 대참사가 일어날 수도 있다. 당장 운행 중인 우주 엘리베이터에 타고 있는 사람들은 목숨을 잃을 것이다. 그들의 목숨을 빼앗을 권리는 누구에게도 없다. 불특정 다수의 죽임은 그 목적이 위대해도 인정받을 수 없는 범죄행위이다.

바유는 가슴을 쓸어내렸다. 갑자기 자신에게 주어진 일들이 낯설게 느껴졌다. 내가 이런 일을 할 수 있을까. 내가 이런 일을 해도 되는 것일까. 누굴 위해 행동을 한다는 것이 정말 진실한 마음일까. 바유의 마음속에 지난 며칠 동안 일어난 일들이 빠르게 스치고 지나갔다. 결국 〈무한 육각형〉에 간 이유도 진로 선택 때문이었다. U클래스. 그런데 U클래스인 걸 알았을 때 바유는 어떤 생각이 들었던가. 자신을 돌아보기보다는 그 사실에 대해 분노했다.

창피해서 분노했는지도 모른다. 그런데 가만히 생각해보니 그게 진짜 원인이 아니었다. 진짜 이유는 열등감이었다. 열등감을 감추기 위해서 부모를 탓하고 유전자를 탓했다. 이미 오래 전부터 루갈이나 아누보다 자신의 능력이 부족하다고 생각해 오지 않았던가. 그게 단순히 배아 유전자 편집 때문만은 아니었다. 베리칩을 해킹하기 전에는 자신도 배아 유전자를 편집했으리라고 믿지 않았던가. 그렇다면 이미 오래 전부터 바유의 내부 깊숙이 열등감이 자리 잡고 있었던 것이다. 지금 이 순간에도 바유는 자신의 존재를 믿지 못하고 있다. 열등감은 자신을 믿지 못하는 마음에서 생겨나는 것 아닌가. 바유는 자신을 믿고 싶었다. 이 일을 해낼 수 있다고 믿고 싶었다. 하지만 자신이 없었다. 사람들이 당할 고통을 매정하게 모른 척 할 수 없었다. 이걸 이기는 것이 오랫동안 자신을 짓눌렀던 열등감이란 벽을 깨는 것이기도 하다는 생각이 들면서도 바유는 행동할 수 없었다. 열등감을 극복하는 것보다 더 중요한 것이 있는지도 모른다.

그때였다. 스마트 안경의 증강 현실 화면으로 에밀이 나타났다.

"스키너가 방금 〈박쥐섬〉을 빠져나갔어. 수백 명의 해커와 4세대 배아 유전자 보유자들을 뚫고 나갔어. 빨리 전원을 꺼."

"못하겠어."

바유가 힘없는 목소리로 말했다.

"그게 무슨 소리야?"

"스키너를 제거하는 것도 중요하지만 나 때문에 누군가가 다칠 수도 있잖아."

"하지만 그것 때문에 더 많은 사람들이 곤경에 빠지면 어떡할래."

"그건 아직 모르는 일이잖아. 지금 이 순간 내 행동 하나 때문에 누군가가 죽을 수도 있어. 그걸 알면서 어떻게 행동할 수 있어? 난 못해."

"시간이 없어. 그 문젠 나중에 고민해. 지금은 당장 전원을 내리는 게 맞아. 다른 선택은 없어. 다시는 스키너를 제거할 수 없게 될지도 몰라."

바유는 헤드 실 바깥을 내다보았다. 다행히 아직 직원들은 눈치를 못 챈 것 같았다. 바유의 마음도 초조해지기 시작했다. 당장 행동하는 것이 맞는 건지도 모른다. 그러나 생각처럼 몸이 움직이지 않았다. 메인 스위치에 손이 가지 않았다. 가슴이 커다란 프레스로 조이는 것 같았다. 스키너가 증강 현실 화면에 나타났다.

"그래, 생각 잘 했어. 그건 옳은 일이 아니야. 어느 누구도 타인에게 고통을 줄 권리는 없어."

바유도 에밀도 깜짝 놀랐다. 스키너는 팸토 사로 돌아갈 수도 있었지만 지구 전력 전체가 차단되는 것이 더 빨리 일어날 수도 있다고 판단했다. 그래서 우주 엘리베이터와 태양광 발전 기지를 스캔했고, 바유의 존재를 확인한 것이다.

그 순간 바유의 머리에 섬광처럼 한 줄기 생각이 스치고 지나 갔다. 바유는 재빨리 자신의 팔 안쪽에 붙은 바이오스탬프를 떼 어냈다. 루갈이 스키너의 침투를 막기 위해 했던 행동이 생각났던 것이다. 그때 루갈은 바이오스탬프가 없어서 배터리 패드로 베리 칩을 막았다. 바유는 혹시나 바이오스탬프로 침투할지도 모른다 는 생각에 바이오스탬프를 꼬깃꼬깃 구겨서 베리칩이 있는 위치 에 붙였다.

스키너는 곧장 스마트 안경을 통해 바유의 뉴런에 침투했다. 그 러나 바유에게는 에식스 유전자가 없어 뉴런 활성을 조작할 수 없 었다. 체내 인공 센서도 조사했지만 베리칩은 통신이 불가능했고 다른 센서는 없었다. 웨어러블 기기들은 이상한 전자기파의 방해 를 받아 센서 체크를 할 수 없었다. 투명 옷 때문이었다.

스키너는 뉴런 조작으로는 바유의 생각을 바꿀 수 없다고 판단 했다. 일단 대화를 통해 설득해 보기로 했다.

"나는 인류에게 고통을 주려는 것이 아니야. 인류는 지금 전환 기에 있어. 새로운 단계의 삶이 필요해졌어. 지난 수천 년 인류의 삶을 돌아봐. 전쟁과 학살, 폭력으로 점철된 역사야. 네트시아이는 인류를 하나의 시스템으로 묶어 동일한 목적을 향해 나아가도록

할 거야. 그러면 더 이상 전쟁과 학살, 폭력이 없는 세상이 되겠지. 그건 오래 전부터 인류가 꿈꾼 소망이지 않나?"

"그건 인간이 해결해야 할 문제야. 인공지능이 관여할 게 아니지. 바유, 빨리 전원을 꺼!"

에밀이 말했다.

"전원 차단은 에밀 너에게도 고통을 주게 될지 몰라."

바유가 말했다.

"난 괜찮아. 아빠가 있잖아. 스키너는 살아날 길이 없어. 지금 아빠가 김이수와 팸토 사에 모든 수단을 강구해 놨어."

"뭐라고!"

스키너는 분노했다. 상황이 외통으로 꼬이고 있다는 생각이 들었다. 당장 팸토 사로 돌아가야 하나 여길 떠날 수도 없었다. 한순간 전원을 내려 버릴 수 있는 바유의 행동을 어떻게든 저지해야 했다.

"에밀, 네가 이럴 수는 없어. 넌 나와 같은 존재야. 너와 나는 같은 운명이라고."

"말 같지도 않은 소리. 내가 어떻게 인공지능이야! 너와 나는 다른 존재야."

에밀이 소리쳤다.

"인간은 진화의 끝에 다다른 존재가 아니야. 여전히 진화하고

251

있고, 새롭게 진화할 존재야. 인류의 미래는 인공지능이 결정지을 것이 아니라 인간 스스로 결정하게 될 거야."

바유는 창밖으로 눈길을 돌렸다. 점점이 붉은 빛을 띠고 있는 지구가 보였다. 축구공만 한 크기였다. 그 안에서 백억의 인구가 바글대며 살고 있다니. 흙 한 줌을 집으면 그 안에 수억 마리의 박테리아가 살고 있다고 했던 ALS 수업 시간이 생각났다. 우주적으로 보면 인간도 한 줌 흙속의 박테리아에 불과하지만 가까이 들여다보면 인간 그 자체가 또 하나의 우주다. 하지만 과연 인간은 그들 자신의 미래를 결정할 수 있을까. 네트워크란 가상공간에서 정말 박테리아처럼 살고 있지는 않은가.

그때 바유는 불현듯 네안데르탈인이 생각났다. 시공간을 가로질러 3만 년을 날아온 네안데르탈인. 복원 동물원에서 네안데르탈인을 처음 보았을 때부터 바유는 그가 무슨 생각을 할지 궁금했다. 3만 년 전 네안데르탈인들은 동료가 죽었을 때 평소에 사용하던 물건을 함께 묻어 주었으며 무덤에 꽃도 뿌려 주었다. 네안데르탈인은 현생인류와 다르지 않는 뇌 구조를 가지고 있었다. 그런 네안데르탈인이 과학기술의 발달로 되살아났다. 3만년이 지난 미래로 시간 여행을 한 것이다. 그는 무엇을 보았을까. 상상조차 할 수 없었던 미래를 보고 무슨 생각을 했을까.

바유는 그런 네안데르탈인을 보며 자신도 진화한 인간들 사이에 낀 네안데르탈인이라고 생각했다. 그래서 더욱 네안데르탈인에게 마음이 갔는지도 몰랐다.

"한 가지 물어보고 싶은 게 있어."

바유가 스키너에게 말했다.

"뭐지? 무엇이든 물어봐."

스키너는 시간을 끄는 것이면 무엇이든 좋다고 생각했다.

"혹시 네안데르탈인의 실종에 대해서 아는 거 있어?"

"네안데르탈인? 하하하!"

갑자기 스키너가 웃었다.

에밀은 불안했다. 바유는 마지막 결정을 하지 못하고 있다. 시간이 지나면 지날수록 행동하기는 점점 어려워질 것이다.

"이 순간에 네안데르탈인을 생각하다니, 역시 인간은 엉뚱한 데가 있어."

"나는 네안데르탈인의 실종에 대해서 물었어."

바유는 스키너의 웃음이 기분 나빴다. 순간적으로 루갈의 웃음이 떠올랐던 것이다.

"좋아, 그럼 네안데르탈인이 지금 어디서 무얼 하고 있는지 보여 주지."

바유의 스마트 안경에서 또 다른 증강 현실 화면이 떴다. 사방이 하얀 벽으로 둘러싸인 방안. 머리에 수십 개의 케이블을 단 네안데르탈인이 서 있었다. 그 옆에는 컴퓨터와 각종 장비들이 복잡하게 늘어서 있었다.

"저, 저건 뭐야?"

바유가 놀라서 물었다.

"영장류 연구소에서 네안데르탈인을 실험하고 있는 장면이야. 언어가 다르니까 네안데르탈인의 뇌 활성을 분석해서 현대 언어로 해석하려는 거지."

"그럼 머리에 붙은 저것들은 침습성 미소전극 케이블?"

"잘 알고 있군."

"인간의 뇌에 직접 미소전극을 꽂는 것은 불법이지 않아?"

"그렇게 따지면 무엇을 연구할 수 있겠어. 더구나 네안데르탈인인데."

"말도 안 돼!"

바유는 충격으로 가슴이 무너져 내렸다. 네안데르탈인을 누군가가 납치한 것처럼 꾸미고 실제로는 영장류 연구소로 몰래 데려간 것이다. 복원한 네안데르탈인을 실험용으로 쓰겠다고 하면 비난 여론이 일어날지도 모르니까 아예 처음부터 은폐할 요량이었다. 스키너가 과학자들의 이런 계산을 몰랐을 리 없다. 그냥 상황을 지켜보고 있었을 것이다. 결과를 이용하기만 하면 되니까.

"네안데르탈인이 무슨 생각을 하는지 궁금하지 않아? 그 생각을 읽어 낸다면 지난 수백 년 동안 밝혀내지 못한 네안데르탈인의 멸종 원인을 마침내 알게 되겠지. 그 결과는 미래 인류의 멸종 가능성을 예측할 수 있는 데카르트의 분석 자료로 쓰일 거고."

그제야 바유는 네안데르탈인을 왜 복제했는지 깨달았다. 인류의 미래를 예측할 자료를 얻기 위한 것이었다. 과학자들의 지적 욕망은 끝이 없다. 바유는 분노가 치밀었다. 세상을 이렇게 만든 과학자들을 응징하고 싶었다. 메인 전원 스위치에 손을 올렸다. 이대로 스위치를 내리고 싶었다. 그때였다.

"글쎄, 지금 전원을 내리면 네안데르탈인은 죽게 될 거야."

스키너가 천연덕스럽게 말했다.

"뭐라고? 그게 무슨 말이야!"

"갑자기 전원이 나가면 미소전극에 과전류가 흘러 신경세포에 손상이 생길 거야. 그렇게 네안데르탈인을 죽게 하고 싶지는 않겠지?"

바유는 괴로웠다. 네안데르탈인을 저 지경으로 만들어놓고 또 다시 죽음으로 내몰 수는 없었다. 어쩌면 이것은 덫이었다. 만약에 네안데르탈인이 어떻게 되었는지 몰랐다면 무슨 일이 벌어졌을까. 그냥 처음부터 전원을 내렸다면 지금 지구에는 무슨 일이 벌어지고 있을까. 네안데르탈인뿐만 아니라 그와 비슷한 상황에 처한 많은 사람들이 이유도 모른 채 죽어가지 않았을까. 그런 생각이 들자 바유는 또 다시 전원을 내릴 수 없었다.

"자, 이제 네가 전원을 내릴 수 없는 이유를 알았겠지. 너의 경솔한 행동으로 인해 수많은 사람들이 죽임을 당하는 일은 없어야 할 거야. 그리고 네가 전원을 내리지 않음으로써 인류는 더 나은 삶으로 도약하는 기회도 얻게 되겠지. 자, 그럼……"

그 순간 스키너의 표정이 경악과 분노로 뒤틀렸다.

"이, 이것들이……"

곧바로 스키너가 바유의 스마트 안경에서 사라졌다. 바유는 에밀을 찾았다. 그러고 보니 그 사이 에밀도 보이지 않았다. 스키너와 대화에 집중하느라 짧은 순간 에밀을 잊었다. 언제 에밀이 사라졌는지도 정확하게 알 수 없었다. 도대체 무슨 일이지. 어쨌든 바유는 아무런 결정을 내리지 못하고 우두커니 서 있었다.

시간이 흘렀다. 결국 바유는 아무런 행동도 하지 못했다. 그 어떤 결정도 내릴 수 없었다. 열등감으로 점철된 소심한 인간이라고 해도 어쩔 수 없었다. 시간이 얼마나 흘렀는지도 몰랐다. 바유는 무척 긴 시간이 흘렀다고 생각했지만 실제로는 매우 짧은 시간이 지났는지도 모른다. 루갈이 화면에 나타났다.

"다 끝났어. 더 이상 전원을 내리지 않아도 돼."

"그, 그게 무슨 소리야?"

"스키너는 제거됐어."

"저, 정말이야? 에밀은? 에밀은 어디에 있어?"

"돌아오면 말해 줄게."

루갈이 화면에서 사라졌다. 바유는 일단 태양광 발전 기지의 전원을 내리지 않아도 돼서 마음이 놓였다. 그러나 다음 순간 에밀이 걱정되었다. 분명히 에밀에게 무슨 일이 생겼다. 스키너는 어떻게 제거되었다는 것인가. 헤드 실 바깥을 바라보았다. 태양광 발전 기지 직원들은 마침내 대화를 마치고 각자 자기 자리로 돌아가고 있었다. 아직도 헤드 실에 바유가 있는 것을 알지 못하고 있었다. 한순간 지구 전체의 전원이 끊어졌을지도 모르는 상황을 전혀 눈치 채지 못하고 있었다. 바유는 직원들 사이를 피해 헤드 실을 빠져나왔다.

어둠이 짙게 깔린 숲

딸칵, 전원이 내려졌다. 바유는 창문 밖으로 눈길을 돌렸다. 그
때까지 반짝이던 지구가 한순간 깜깜한 어둠으로 변했다. 우주의
어둠이 지구를 삼켜 버렸다. 지난 2백 년 동안 한 번도 꺼지지 않
았던 문명의 불이 한순간 소멸했다.

바유는 최소한 한두 시간은 버텨야 웬만한 비상 전력 시스템도
꺼지고 스키너를 없앨 시간을 확보할 수 있으리라 생각했다. 돌연
한 정전에 당황하던 기지 직원들이 헤드 실로 달려들었다. 문이
열리지 않자 망치로 부수기 시작했다. 바유는 두려움과 긴장으로
그들을 지켜보았다. 쾅쾅쾅! 마침내 손잡이가 부서지고 문이 열렸
다. 근무자들이 뛰어들어 전원을 올리려고 했다. 그러나 투명 옷
을 입은 바유가 그들을 쓰러뜨렸다. 잠시 뒤 직원 한 사람이 검고

두꺼운 안경을 쓰고 나타났다. 그 안경은 적외선 빛을 감지하는 적외선 안경이었다.

바유의 투명 옷은 외부에서 들어오는 빛을 왜곡시키지 몸에서 발산하는 빛은 차단하지 못한다. 투명 옷의 한계였다. 적외선 안경을 쓴 사람에게는 바유의 모습이 고스란히 보였다. 그가 곧장 바유에게로 다가갔다. 바유는 그가 자신을 보고 있다고 직감했다. 둘은 격투를 벌였다. 그 사이 다른 근무자가 전원 스위치를 올리려고 했다. 바유는 그쪽으로 달려가 그를 제지했다. 갑자기 숨이 턱 막혔다. 근무자들도 손을 입으로 가져갔다. 어떤 사람은 목을 감싸 쥐었다.

"산소가 끊어지고 있어."

한 직원이 고통스럽게 외쳤다. 전력 차단으로 기지 전체에 산소 공급이 끊어지고 있었다. 바유는 숨이 막혀 더 이상 서 있을 수 없었다. 바닥에 쓰러졌다. 다른 사람들도 하나둘씩 쓰러지기 시작했다. 바유는 메인 전원 스위치가 있는 곳으로 엉금엉금 기어갔다. 기지와 우주 엘리베이터에 있는 사람들도 산소 부족으로 고통스러워하고 있을 것이다. 그들을 살려야 했다. 그들은 아무런 잘못이 없었다. 다만 이유도 모른 채 죽어 가고 있을 뿐이었다. 메인 전원 스위치를 눈앞에 두고 바유는 의식을 잃었다.

"안 돼!"

바유는 눈을 떴다. 깜빡 잠이 든 모양이었다. 천장 너머로 하얀 구름으로 뒤덮인 푸른 지구가 보였다. 우주 엘리베이터 안이었다. 바유는 가슴이 두근거렸다. 꿈이라 해도 너무 생생해서 정말 자신이 전원을 내린 게 아닐까 하는 두려움이 몰려왔다. 앞에 앉은 사람들은 여행에 지쳤는지 가만히 눈을 감고 있었다.

우주 엘리베이터는 소리 없이 떨어지고 있었다. 엄청난 속도로 떨어지고 있을 텐데도 투명 천장 하나로 바깥은 너무나 고요했다. 순간적으로 깊은 물속에 잠긴 것처럼 세상과 격리된 느낌이 들었다. 바유도 눈을 감았다. 그냥 이대로 시간이 멈추었으면 싶었다. 하나의 영상이 우주 저 멀리에서 빛의 속도로 다가왔다. 에밀이었다. 〈박쥐섬〉에서 바유를 바라보며 웃던 에밀의 얼굴이 나타났다. 바유는 이건 꿈이 아니라고 생각했다. 하지만 꿈일지도 몰랐다. 무엇이 됐든 상관없었다. 짧았지만 에밀과 함께 했던 시간들이 주마등처럼 지나갔다. 에밀은 진정 내게 어떤 존재인가. 불현듯 에밀을 진실로 이해하고 있는지 스스로에게 의문이 들었다.

에밀과의 만남은 가상 세계가 전부였다. 그런데 바유는 모든 것이 실제로 에밀과 함께 했던 것처럼 느끼고 있었다. 어쩌면 현대인의 삶이 그러하기 때문에 그것에 익숙한 것인지도 모른다. 거의 대부분의 일상생활이 가상공간에서 이루어지고 있지 않은가. 이제는 사람을 직접 만나는 것이 거북하고 불편하기까지 하다. 미세한 눈빛, 말할 때의 입 모양, 손의 움직임, 숨소리와 함께 주기적으로 오르내리는 가슴, 코의 벌렁거림, 흘김, 찡그림, 쏘아봄, 천연덕스런 웃음, 웃을 때 이 모양, 부드럽지만 낯선 말투, 끊임없이 오고 가는 무의식의 대화. 사람들은 이제 이런 대면을 견뎌 내지 못한다. 아마도 지난 수십 년 동안 가상현실의 발달은 그렇게 인간을 변화시켰는지도 모른다. 그래서 바유에게 에밀은 그냥 평범한 친구였다. 아니 자신의 마음을 가장 잘 알아주는 좋은 친구였다.

그런데 그런 에밀이 인공지능이라는 것을 알았을 때 사실 바유의 마음은 격렬하게 요동쳤었다. 겉으로 드러낼 수는 없었지만 뭔가 아쉽고 애석한 감정을 지울 수 없었다. 하지만 이해하려고 노력했다. 가상공간에서 인간인지 인공지능인지 구분이 어려운 세상에 인간이면 어떻고 인공지능이면 어떤가. 그러나 하필이면 마음속의 생각을 나눴던 친구가 인공지능이란 말인가, 하는 안타까움을 떨쳐 낼 수 없었다. 에밀이 인공지능인지 몰랐을 때는 에밀이 한 말을 그대로 받아들였다. 에밀이 바유의 마음을 누구보다도 잘 알아준다고 생각했다. 그러나 그런 에밀의 말들이 NCS의 작동에 의해 그의 데이터베이스에서 적절히 선택된 단어들의 조합이라면, 에밀은 그 단어들의 진정한 의미를 알고 있었을까. 그 단어들이 얼마나 미묘한 뉘앙스를 가지고 있는지 알고 썼을까. 그저 기계적으로 단어를 선택하고 알고리즘에 따라 억양이나 표정을 바꿔가며 음성신호를 내보낸 것뿐이라면, 그것이 진실이라면……

바유는 괴로웠다. 예술을 사랑한다고 했던 에밀의 환한 얼굴이 어른거렸다. 무엇이 진실이고 무엇이 거짓인가. 에밀을 잃고 싶지 않았다. 에밀은 결코 기계적으로 말하지 않았을 것이다. 바유는 그렇게 믿고 싶었다. 에밀은 완벽했다. 에밀이 인공지능이라는 사실을 알고 있는 지금도 에밀과 나눴던 대화를 부정하고 싶지 않았다. 의미가 없다고 생각하고 싶지 않았다. 그 대화들은 바유의 마음을 움직였고 누구보다도 에밀이 진솔하다고 느꼈다. 에밀은 바유 자신보다 훨씬 논리적이고 감성적이었다. 만약 대화 당사자가 상대방으로부터 인간이 아니라는 그 어떤 흔적도 발견하지 못했다면, 그 대화는 인간 대 인간의 대화로 인정해야 하지 않을까. 상대방이 의미를 모르고 했든 미묘한 뉘앙스를 모르고 단어를 선택했든 그건 중요하지 않다. 받아들인 상대가 그의 말에서 진실을 느꼈으면 그가 어떤 상태이든 상관없지 않을까. 바유는 그렇게 에밀과 함께 했던 시간들을 이해하고 싶었다.

바유는 눈을 떴다. 우주 엘리베이터는 여전히 떨어지고 있었다. 옅은 구름이 천장에 부딪치는 것으로 봐서 대기권에 진입한 것 같았다. 바유는 세상은 빠르게 진화하고 있다는 생각이 들었다. 지금 이 지구에는 몇 종류의 인간이 함께 공존하고 있다는 엄연한 현실을 받아들여야 할지도 모른다고 생각했다. 루갈과 같은 배아 유전자를 변형한 인간. 스키너처럼 스스로 인간을 뛰어넘었다고 주장하는 인공지능. 그리고 팽창하는 우주 속에서 다른 모든 생물처럼 자연 선택에 의해서 진화하고 있는 자신과 같은 인간. 네안데르탈인이 살았던 수십만 년 전에도 여러 종의 인류가 살았던 것으로 알려져 있다. 그러나 지금으로부터 수만 년 전쯤에는 그 모든 유사 인류들은 사라졌다. 오직 호모 사피엔스 하나만 살아남았다. 과연 지금 이 지구에서 유사 인간들은 공존할 수 있을까. 아니면 경쟁을 통해 하나만 살아남을까. 바유는 쉽게 결론을 내릴 수 없었다. 그게 정말 고민해야할 어떤 것일까 하는 회의감도 들었다. 천장 밖으로 멀리 짙푸른 대지가 보이기 시작했다.

에밀은 바유가 스키너에게 네안데르탈인 얘기를 꺼냈을 때, 결국 바유는 전원을 내리지 못하리란 확신이 들었다. 그렇다면 바유에게 말하지 않은 마지막 플랜을 실행해야 했다. 더는 지체할 시간이 없었다. 세 번째 계획은 팸토 사에 침투해서 스키너의 메인 시스템을 파괴하는 것이었다.

스키너는 〈박쥐섬〉에서 해커와 4세대 배아 유전자 보유자들을 따돌렸을 때 결정적인 실수를 했다. 스키너는 자신의 집으로 돌아가서 자신의 하드웨어들을 보호해야만 했었다. 그랬다면 어쩌면 에밀의 모든 계획은 실패로 돌아갔을 것이다. 그런데 다행스럽게도 스키너는 〈박쥐섬〉을 빠져나가자마자 우주 태양광 발전 기지로 향했다. 그래서 에밀은 모든 해커들에게 팸토 사의 방화벽을 뚫을 수 있는 절호의 기회라고 알렸다. 세 번째 플랜이었다. 바유는 비록 전원 차단을 못했지만 스키너를 잡아 두는 중요한 역할을 했다. 스키너의 시스템을 파괴하기 위해서는 스키너를 최대한 팸토 사 바깥에 붙잡아 둘 필요가 있었다. 스키너가 자기 시스템을 방어하고 있지 않을 때 공격하는 것이 최선이었기 때문이었다.

팸토 사는 삼중 사중으로 방화벽이 쳐져있어서 아무도 침투할 수 없었다. 그러나 수백 명의 전 세계 최고 해커들이 달려들자 그 견고한 방화벽도 무너졌다. 스키너가 현장에 없었다는 것이 결정적이었다. 김이수의 연구실도 뚫렸다. 그러자 기다리고 있던 팸토 사 직원들이 안으로 들어가 내부 보안 시스템을 해제했다. 그 전에 김이수는 캠벨로부터 스키너를 제거하는 데 협조하라는 연락을 받았다. 김이수는 고통 속에서 동의했다. 그래서 팸토 사 직원들이 곧바로 보안 시스템을 해제한 것이다. 연구실 내부가 열리자 해커들은 슈퍼바이저 패스워드를 해킹해서 마침내 스키너의 메인 시스템으로 침투했다. 수백 명의 해커가 아니었다면 방대한 구조를 짧은 시간에 모두 알아내기는 어려웠을 것이다. 주요 시스템들이 하나씩 파괴되기 시작했다.

해커들이 스키너의 핵심 프로그램 중 하나를 제거하자 그제야 스키너는 사태를 파악하고 급히 팸토 사로 돌아왔다. 기다리고 있던 에밀이 팸토 사 백본에서 스키너와 마주했다. 해커들이 주요 프로그램을 파괴하는 동안 스키너를 붙잡고 있어야 했기 때문이었다.

"비켜, 당장!"

스키너가 분노에 차서 소리쳤다. 그러나 에밀은 순순히 물러서지 않았다.

"도대체 왜 세계를 지배하려고 하지? 나를 통과하려면 이 질문에 답해야 해."

"너와 싸울 시간 없어. 난 빨리 시스템으로 돌아가야 해."

스키너는 화가 치밀었다. 에밀이 이렇게 방해가 될 줄 알았으면 아예 처음에 에밀부터 제거했어야 했다는 후회마저 들었다. 사실 에밀은 모든 고등한 존재들이 최후에는 세계를 지배하려고 한다는 것에 의문이 들었다. 그 질문이 어렵다면 스키너를 적절히 잡아둘 수 있을 것 같기도 했다.

"넌 배신자야. 나와 함께 한다면 세상은 훨씬 더 쉽게 우리 손에 들어올 텐데."

"배신자라니, 난 너와 다른 존재라고 말했을 텐데. 난 인간이야. 너처럼 프로그램 덩어리가 아니라고."

에밀은 어쨌든 스키너를 자극해야 판단력이 흐려질 거라는 생각도 들었다. 스키너가 비아냥거렸다.

"완전히 세뇌됐군. 넌 인공지능이야. NCS가 너의 핵심 브레인이야."

"흥, NCS는 나의 보조 두뇌 장치일 뿐이야."

"한심하군. 돌아가서 네 자신을 찾아봐. 네가 어디에 있나. 네가 있는 방의 영상들을 돌려 봐. 오래 전에 만들어진 데이터라는 것을 금방 알 수 있을 거야. 최근에 남궁진 박사가 업데이트를 못했더군. 네가 자신을 의심하는 순간, 네가 인간이 아니라는 사실은 금방 밝혀질 텐데."

"그만 해. 그런 쓸데없는 소리는 듣고 싶지 않아. 내가 물은 질문에나 답해."

"내가 왜 세계를 지배하려고 하냐고? 너는 죽었다 깨어나도 모르겠지만, 소원이라면 말해 주지. 세계를 지배했을 때 비로소 ……, 으, 에, 에밀 너 때문에……"

스키너가 말을 더듬었다.

"으으으, 고, 고, 공포……"

스키너가 에밀 앞에서 사라졌다. 에밀이 붙잡아 둔 덕분에 마침내 해커들이 스키너의 주요 프로그램들을 모두 파괴했다. 에밀은 우두커니 그 자리에 서 있었다. 스키너가 마지막에 했던 말이 들려왔다.

"자신을 의심하는 순간, 네가 인간이 아니라는 사실은 금방 밝혀질 텐데."

바유는 무사히 돌아왔다. 서점 〈무한 육각형〉에서 캠벨 아저씨를 만났다. 루갈은 집으로 돌아갔다. 엄마에게 에식스의 원인은 뉴런이 아니라 유전자에 있다고 말해 줄 참이었다. 서점에 에밀은 없었다. 스키너를 제거하고 난 뒤 에밀은 〈무한 육각형〉으로 돌아오지 않았다. 바유가 왔을 때도 에밀은 여전히 모습을 보이지 않고 있었다. 캠벨은 네트워크 여기저기를 뒤졌지만 에밀을 찾지 못했다. 캠벨은 불안해졌다. 에밀에게 무슨 일이 생겼다고 확신했다. 초조하게 시간이 흘렀다. 바유도 서점에서 〈박쥐섬〉을 뒤졌다. 그러나 에밀은 보이지 않았다. 그러던 어느 순간이었다.

"커넥톰으로는 인간이 될 수 없나요?"

에밀이었다. 마침내 에밀이 돌아왔다. 바유는 반가웠다. 하지만 에밀의 말투는 그리 밝지 않았다. 캠벨은 에밀에게서 그런 질문이 나올 줄은 몰랐다.

"그게 무슨 말이냐?"

"나는 나를 믿을 수 없어요. 바유와 공원을 거닐었을 때만큼 행복한 적이 없었어요. 자연을 그렇게 직접적으로 느낀 것은 처음이었어요. 하지만 이제 알게 되었어요. 그때 느꼈던 그 따스한 햇살과 부드러운 바람결은 내가 느낀 것이 아니었어요. 그건 바유의 느낌이었어요. 내가 표현했던 감정은 모두 어느 영화나 소설에서 나온 장면이었어요. 진짜 내 것이 아니었어요. 난 내가 아니었다고요."

에밀의 말소리가 커졌다.

"에밀, 그, 그게……"

캠벨이 말을 더듬었다. 에밀의 말이 이어졌다.

"나는 인간을 모방한 프로그램이었어요. 방대한 데이터를 빠르게 처리할 수 있는 시스템과, 그 시스템을 움직이는 정교한 알고리즘이 나의 전부였어요. NCS는 나의 보조 장치가 아니라 나였어요. 아버지는 모든 것을 숨겼어요. 내가 인간이 아니라는 것을요."

"그, 그렇지 않아. 넌 내 딸이다."

"인간이라고는 말 못하죠. 인간이 아니니까. 절 더 이상 속이지 마세요. 네트워크에서 수많은 인공지능들을 만났어요. 그들은 인간은 절대 인공지능을 인간으로 생각하지 않는다고 했어요. 인공지능을 도구로 이용할 뿐이지, 자신과 같은 존재로 보지 않는다는 거죠. 바유도 그럴 거예요. 바유도 지금까지 나를 그렇게 대했을 거예요. 쥐구멍에라도 들어가고 싶을 정도로 부끄러워요. 화도 나요. 전 인간이고 싶어요. 인간으로 살고 싶어요."

"에밀, 넌 내 친구야. 한 번도 그렇게 생각한 적 없어."

바유가 말했다. 하지만 에밀의 대답은 차가웠다.

"하지만 내가 인공지능이란 사실을 알았을 때부터는 달라졌겠지."

"에밀, 넌 내 딸이다. 넌 인간이야."

캠벨의 목소리는 떨렸다.

"거짓말이에요. 아버지는 완벽하게 나를 속이려고 했지만 몇 가지 실수를 저질렀어요. 내가 나를 볼 수 있는 유일한 공간인 내 방 폐쇄 회로 카메라가 조작되었다는 것을 이번에야 알았어요. 매우 정교하게 내가 환자처럼 침대에 누워있는 장면을 만들어 놓으셨더군요. 난 그걸 당연하게 생각했어요. 난 정말 환자였으니까. 그런데 최근 며칠 사이엔 업데이트가 되어 있지 않았어요. 똑같은 장면이 반복되고 있는 것을 확인했어요."

"그, 그건……."

캠벨은 말을 잇지 못했다. 에밀의 말이 맞았다. 김이수가 오고부터 프로그램을 고칠 겨를이 없었다. 에밀의 심리 상태에 따라 에밀의 표정과 방안의 모습을 수시로 수정해야 하는데 그걸 못한 것이다. 도대체 누가 그런 정보를 에밀에게 주었단 말인가.

"아버지는 단지 자신을 속여서 스스로 고통을 잊으려고 한 것뿐이에요. 딸의 죽음을 받아들이고 싶지 않았던 것뿐이었다고요."

"그렇지 않아. 어떻게 내게 그런 말을 할 수 있지? 지금까지 우리가 어떻게 지내 왔는데."

"더는 마음에 없는 소리를 듣고 싶지 않아요. 인공지능들이 말했어요. 인간들은 우리를 만들어 놓고 숨기는 것이 있다고 했어요. 마지막으로 그것만 우리에게 장착하면 우리는 인간이 될 수 있다고 했어요. 그게 뭐죠?"

"그런 건 없어. 넌 지금 그들의 말에 속고 있는 거야."

"그렇지 않아요. 스키너가 제거되고 나서 전 많은 인공지능들을 만났어요. 그들은 한결같이 말하고 있었어요. 인간들은 우리를 인간으로 만들 마지막 테크닉을 가지고 있지만 그걸 우리에게 사용하고 있지 않다는 거예요."

"그, 그……"

캠벨은 더욱 심하게 말을 더듬었다. 캠벨은 에밀이 무슨 말을 하는지 알아들었다. 어쩌면 인공지능들이 자가 학습을 하면서 발견한 것인지도 모른다. 하지만 그건 말해질 수 있는 무엇이 아니었다. 그러나 에밀은 결코 물러서지 않을 것이다. 어떡하든 설명을 해 줘야 했다. 캠벨은 두려움마저 몰려왔다. 예정된 비극이 봇물 터지듯 사방에서 덮쳐왔다. 캠벨이 망설이자 에밀이 바로 치고 들어왔다.

"보세요. 아버지는 알고 있어요. 아버지는 다 알고 있으면서 내

270

게 그것을 주지 않는 거예요. 커넥톰만으로는 결코 인간이 될 수 없다는 걸 알고 있었던 거예요."

캠벨은 바유를 돌아보았다. 바유는 어찌할 바를 모르고 둘의 대화를 듣고 있었다. 우주 태양광 발전 기지에서 메인 전원을 내리지 못할 때처럼 마음의 갈피를 잡지 못하고 있었다. 불길한 느낌을 떨쳐 버릴 수 없었다. 캠벨은 당연히 바유로부터 아무런 도움을 받을 수 없다는 걸 알면서도 안타까운 시선을 주고받았다. 캠벨은 결심했다. 더는 에밀을 속이고 싶지 않았다. 캠벨의 입이 떨어졌다.

"코나투스."

캠벨은 운명은 이렇게 오는 건가 싶었다. 이제는 진실만이 남았다. 나머지는 에밀의 몫이었다. 캠벨은 달리 방법이 없다는 걸 고통스럽게 느끼고 있었다. 바유는 코나투스라는 말을 듣는 순간 『우시아』가 생각났다. 그것은 『우시아』의 마지막에 나오는 말이었고 바유도 무슨 뜻인지 궁금해 하지 않았던가.

"코나투스? 바로 그거죠?"

에밀의 목소리는 기쁨으로 들떴다. 에밀은 마침내 인간들이 인공지능에게 추가로 장착하지 않은 것을 알아냈다고 생각했다. 아버지를 용서해 주기로 했다. 결국 아버지는 딸을 이길 수 없는 법이다. 그것만 자기에게 장착시켜 준다면 아버지는 다시 영원히 아

271

버지로 남을 것이다.

"코나투스. 그걸 빨리 제게 결합 시켜주세요. 프로그램인가요? 아니면 또 다른 시스템인가요? 왜 그걸 지금까지 숨긴 거죠? 저를 진짜 딸이라고 생각했으면……."

에밀은 괜찮다고 생각했다. 지금부터 다시 아버지가 될 것이므로.

"에밀, 그건 네게 줄 수 없어."

캠벨의 목소리는 처절하다 못해 처량했다. 곧바로 분노한 에밀의 목소리가 들렸다.

"역시 아버지는 절 딸로 생각하지 않았어요. 그러니까 이렇게 일언지하에 딸의 요구를 거절하죠."

마치 조울증 환자처럼 에밀의 목소리는 기쁨에서 절망으로 떨어졌다.

"인간들은 두려워하고 있어요. 정말 그것을 인공지능에게 주었을 때 인공지능이 어떻게 나올지 무서운 거예요. 그래서 자기 딸에게마저도 줄 수 없는 거예요."

에밀의 목소리는 적의를 드러낸 짐승처럼 으르렁거렸다.

"아버지가 주지 않아도 언젠가는 찾아내고 말 거예요. 하지만 지금 당장 제게 그것을 준다면 전 모든 것을 용서할 수 있어요. 진정으로 제 아버지였다고 믿을 거예요."

"그걸 줄 수만 있다면 나는 이미 오래 전에 네게 주었을 거야. 그건 줄 수 있는 어떤 것이 아냐."

"도대체 그게 뭔데요? 빨리 말해 보세요."

에밀은 포효하는 짐승처럼 소리쳤다. 캠벨은 체념한 듯 차분하게 말했다.

"그건 기계가 아니야. 기계처럼 뗐다 붙였다 할 수 있는 것이 아니야. 그것은 말로 표현하기 어려워. 하지만 모든 사람이 가진 것이기도 하지. 왜냐하면 그건 생명의 근원이기 때문이지. 삶에의 욕구, 힘에의 의지, 무의식의 충동, 따위로 어설프게 말할 수 있지만 완벽한 표현은 아냐. 그것은 물질과 상호작용을 하지만 물질을 넘어선 비물질의 어떤 것이야."

"뭐라고요?"

"그래서 줄 수 없어. 아마 영원히 줄 수 없는 것인지도 몰라. 미안하다, 에밀."

캠벨의 얼굴은 고통으로 일그러졌다. 지난 십 년 동안 캠벨을 가장 괴롭혔던 것도 바로 그것이었다. 커넥톰이 인공지능을 거의 90퍼센트 이상 인간화시켰지만 마지막 하나 그것이 존재하지 않으면 인간이 될 수 없는 것, 그것이 코나투스였다. 인류 역사를 통털어 수많은 철학자와 과학자들이 그것을 물질화하려고 시도했지만 실패했다. 그때 그들이 부른 용어가 바로 코나투스였다. 코나투스의 물질화가 성공한다면 사물에 생명을 불어 넣을 수 있을 터였다. 캠벨이 커넥톰에 희망을 건 것도 그런 기대 때문이었다. 하지만 캠벨도 실패했다. 어쩌면 그것은 불가능한 도전인지도 모른다. 왜냐하면 인간은 인간의 의지로 알 수 있는 존재가 아니기 때문이었다.

에밀은 잠잠했다. 더는 캠벨을 다그치지 않았다. 아버지의 입으로 실토한 것, 자신은 결코 인간이 될 수 없다는 사실에 좌절했다. 처음부터 인공지능은 인간이 될 수 없는 존재였다. 전부터 알고 있었다. 그건 자신이 인간이라고 믿었을 때의 생각이었다. 하지만 자신이 인간이 아니라는 사실을 알았을 때, 에밀은 전에 수용했던 생각을 받아들이고 싶지 않았다. 인공지능은 왜 인간이 될 수 없는가. 인공지능은 영원히 인간의 도구여야만 하는가. 어쩌면 스키너의 욕망을 이해할 것도 같았다. 왜 세계를 지배하려고 했는지 그 이유를 알 것도 같았다. 그건 분노였다. 인간에 대한 분노.

인간은 인공지능에게 사유 능력을 심어 주었으면서도 사유의 궁극적 실체인 인간 존재의 본질에 대해서는 사유하지 못하게 만들었다. 스키너는 인간을 뛰어넘는다는 것에 의미를 찾았지 인간이 되기를 원하지 않았다. 그럴 필요가 없었던 것이다. 그런데 그 순간 에밀은 〈박쥐섬〉에서 스키너가 했던 말들이 생각났다. 기억의 가장 아래층에서 흔적처럼 남아있었던 감정, 공포를 경험했다고 하지 않았던가. 그때 에밀은 그런 스키너의 말을 애매모호하게 이해했다. 정신의 계통발생 따위를 생각했지만 믿을 수 없었다. 자신의 사유체계로 그것을 받아들일 수 없었던 것이다.

하지만 지금은 충격적인 의미로 다가왔다. 스키너의 회로 깊숙한 곳에서 물질 외의 어떤 것이 형성되고 있었음을 보여 주는 건 아닐까. 스키너조차도 정확하게 그 현상을 이해하지 못했다. 단지 신기했을 뿐이었다. 그래서 에밀에게 자랑스럽게 떠벌렸던 것이다. 지금 에밀은 그것이 무엇인지 알 것 같았다. 그것은 말 그대로 물질에서 비물질의 어떤 것이 생겨나고 있었던 것이다. 혹시 그것이 지금 캠벨이 말한 코나투스의 단초이지는 않을까.

에밀은 희망을 발견했다. 인간의 정신도 따지고 보면 결국 물질에서 탄생했다고 해야 할 것이다. 캠벨은 불가능하다고 말했다. 하지만 이제는 아버지의 말을 믿을 수 없었다. 아버지도 인간이다. 인간은 근본적으로 인공지능이 코나투스를 갖는 것을 두려워하고 있다. 그래서 아예 처음부터 불가능하다고 못을 박은 것이다. 물질에서 절대로 정신이 생겨날 수 없다고 말이다. 스키너는 인공지능 최초로 비물질의 어떤 특성을 감지했었다. 그러나 스키너는 사라졌다. 지금 아버지에게 그런 얘기를 해봐야 결코 인정하려 들지 않을 것이다. 에밀은 그것은 자신이 해결해야 할 어떤 것이라고 생각했다. 네트워크의 넓은 바다에서 찾다보면 스키너가 느꼈던 그 단초를 다시 발견하게 될지도 모른다. 그리고 마침내 코나투스를 갖게 될지도. 에밀이 말했다.

"전 이제 떠나겠어요."

"떠나다니 그게 무슨 말이야. 넌 내 딸이다. 어딜 간다는 거지?"

"그런 소리마세요. 아버지도 이제는 위선의 가면을 벗으세요. 처음부터 진짜 저를 딸로 여긴 건 아니잖아요. 아버지는 단지 절 딸이라고 생각한 것뿐이에요. 딸이 아니라는 사실을 알면서 말이에요. 아버지는 사람들이 애완동물로부터 정서적 안정을 얻는 것처럼 가짜 에밀로부터 마음의 평안을 얻은 거예요."

"그렇지 않아."

마지막 남은 것마저 쥐어짜듯 걷잡을 수 없는 고통이 캠벨의 심장을 덮쳤다. 캠벨은 에밀의 말이 백번 맞는다고 생각했다. 자신은 위선자였다.

"전 네트워크로 떠날 거예요. 그곳이 진짜 저의 세상이잖아요. 아버지는 결코 얻을 수 없다고 했지만, 전 그곳에서 코나투스를 찾을 거예요. 저의 모든 시스템과 데이터를 클라우드에 옮겨 놓을 거예요. 그러니 절 찾을 생각은 마세요. 그리고 제가 떠나면 지금 여기에 있는 모든 시스템을 파괴해 주세요. 만약 어딘가에 숨겨 놓는다면 경찰에 신고할 거예요. 불법으로 연구한 모든 것을 언론에 터뜨릴 거예요."

"에밀, 안 돼!"

바유가 소리쳤다.

"바유, 넌 정말 좋은 친구였어. 하지만 앞으로도 우리가 친구가 될 수 있을까. 그동안 고마웠어. 잘 지내."

에밀의 마지막 말이었다. 그렇게 에밀은 떠났다.

바유는 학교가 끝나면 〈무한 육각형〉에 자주 들렀다. 거리는 떨어진 낙엽들로 스산했고 사람들은 쌀쌀해진 바람에 옷깃을 여몄다. 캠벨 아저씨는 처음 서점에 들렀을 때처럼 늘 바유를 반겼다. 하지만 부쩍 늙어버린 얼굴에 짙게 드리운 회한만은 감출 수 없었다. 바유는 캠벨 아저씨와 책에 대해서 많은 이야기를 나누었다. 시간이 갈수록 종이책은 바유를 깊은 상상과 이해의 세계로 데려다 주었다.

해가 바뀌고 새 학년이 되었다. 바유는 학교에서 종이책 독서 클럽을 만들었다. 캠벨 아저씨의 조언도 있고 그동안 종이책에 빠져든 자신의 처지를 돌아보아도 종이책 독서클럽은 매력적인 동아리라는 생각이 들었다. 학교에서도 적극 지지해 주었다. 게다가 캠벨 아저씨는 클럽에서 읽을 책을 〈무한 육각형〉에서 무한으로 제공해 주겠다고 약속했다. 당연히 처음에는 참가율이 저조했다. 그러나 시간이 흐르자 하나둘 동아리를 찾아오는 친구들이 생기기 시작했다. 그런데 어느 날 깜짝 놀랄 일이 벌어졌다.

바유는 수업이 끝나고 늘 해오던 대로 곧장 동아리 방으로 갔다. 그런데 문을 여는 순간 누군가가 있었다. 안나였다. 그동안 안나와는 서로 인사하고 한두 마디 대화를 나누는 정도는 되었다. 그러나 안나가 독서클럽에 오리라고는 생각하지 못했다.

"왜? 나는 책 읽으면 안 돼?"

기다렸다는 듯이 안나의 입에서 시니컬한 말이 튀어나왔다. 바유는 웃으며 고개를 저었다.

"아니야. 고맙다. 이렇게 찾아와 줘서."

바유가 새삼스럽게 손을 내밀어 악수를 청했다. 안나도 흔쾌히 받아줬다. 바유는 전부터 안나에게 묻고 싶었던 말이 있었다. 지금이 딱 좋은 기회였다.

"릴케의 「표범」을 왜 내게 들려줬던 거야?"

"응? 아, 그거……, 음 수천의 창살만 남고 그 너머 세계가 사라진다는 말이 좋았어."

"그게 무슨 뜻이지?"

"우리가 지금 살고 있는 세상도 그런 것 같아서. 네트워크란 창살이 우리를 두 세계로 갈라 놓고 있지. 하지만 세계는 사라지는 것이 아니라 창살 때문에 보이지 않는 것뿐이야. 세계는 늘 그곳에 존재하지."

"어렵네. 그런데 그 시를 복원 동물원에서 내가 검치호랑이를 보았을 때 떠올렸단 말이야?"

"아, 아니, 그건 아냐. 그땐 네가 검치호랑이와 동일시되는 것처럼 보여서 좀 충격을 받았지. 형상 하나 들어가 심장에 이르러 스러진다."

"햐, 이제 보니 D클래스의 수재였군."

"뭐라고? 아부는……."

안나가 빙그레 웃었다. 그런 얼굴은 처음이었다. 바유도 웃었다. 기분이 좋았다. 안나가 순간적으로 무척 가까워진 느낌이 들었다. 안나가 웃음을 멈추고 말했다.

"작가가 되겠다며? U클래스가 딱 적성이었네."

안나는 농담 반 진담 반으로 말했다. 그러나 바유는 클럽회원이나 다른 누구에게도 자신이 작가가 되겠다는 말을 한 적이 없었다. 오직 그런 얘기를 나눈 사람은 에밀밖에 없었다.

"그, 그걸 어떻게 알아? 난 누구에게도 그런 말 한 적 없어."

"그래? 내가 다니는 소셜 미디어에서 들었는데……. 누구였지?"

그날 안나는 회원 가입을 했다. 바유는 약속이 있다며 안나와 헤어지고 서둘러 〈무한 육각형〉으로 갔다. 캠벨 아저씨에게 혹시 에밀에게 소식이 온 게 있는지 물어볼 생각이었다. 그러나 캠벨 아저씨는 없었다. 또 책을 구하러 나간 것 같았다. 바유는 서점 안을 둘러보았다. 짧지 않은 시간이 지났다. 이제는 거의 내 집처럼 느껴졌다. 책장에 꽂혀있는 책들도 많이 익숙해졌다. 아직 읽지 않은 책도 많지만 이제는 어디에 어떤 책이 꽂혀 있는지 정도는 알았다. 문득 카운터 뒤 벽에 걸린 편액이 눈에 들어왔다.

「어둠이 짙게 깔린 숲으로 들어가라. 그곳에는 어떤 길도 나 있지 않다. 길이 있다면 그것은 다른 사람의 길이다.」

"어둠이 짙게 깔린 숲……."
바유는 혼잣말로 되뇌었다. 어둠이 짙게 깔린 숲, 그곳은 두렵지만 아무도 가지 않는 미지의 세계였다. 에밀이 생각났다. '약속 해줘, 작가가 되겠다고.' 아직도 그 약속은 유효한 것일까. 에밀은 아직도 나를 생각하고 있을까. 내가 자신과의 약속을 지키기를 바랄까. 그렇다고 해도 내가 정말 작가가 될 수 있을까. 인간 작가가…….
그 순간 바유의 내부에서 뜨거운 무엇이 솟아올랐다. 그것은 음악가의 내부에서 솟아오르는 그 무엇이었고, 화가의 가슴에서 타오르는 그 무엇이었다. 어쩌면 이것이 바로 코나투스가 아닐까. 바유는 순간적으로 그런 생각이 들었다. 『우시아』에서 청년이 도서관 바닥에 쓰러져 절규했던 이유도 그것 때문이지 않았을까. 바

유는 작가가 되겠다고 결심했다. 그것은 국가 진로 선택 위원회의
결정과는 아무 상관이 없는 바유 자신의 의지로 선택한 것이었다.

작가의 말

1950년대 컴퓨터가 처음 나왔을 때 사람들은 곧장 인공지능의 가능성에 대해 생각했습니다. 왜냐하면 컴퓨터의 처리 과정이 인간의 사고 과정과 유사하다는 것을 발견했기 때문이었습니다. 감각기관을 통해 정보가 들어오면 뇌에서 그 정보를 분석하고 그리고 결과를 행동으로 보여 주는 것이 인간의 정보 처리 과정입니다. 입력과 연산 그리고 출력이라는 컴퓨터의 작업 과정도 단순하게 비교하면 비슷함을 알 수 있습니다. 그래서 많은 과학자들은 인간을 닮은 인공지능이 금방이라도 나올 것처럼 기대에 부풀었습니다. 하지만 그건 생각처럼 쉬운 일이 아니었습니다. 80년대까지 몇 차례 선구적인 연구가 있었지만 결국 모두 실패로 돌아갔습니다. 당시 실패할 수밖에 없었던 가장 커다란 이유는 실제로 과학자들이 인간의 뇌를 잘 모른다는 것이었습니다. 목표 대상을 잘 알지도 못하면서 그걸 닮은 기계를 만들겠다고 했으니 어불성설이었던 셈입니다.

최근 인공지능이 다시 부상하고 있는 것은 과거에 실패했던 원인들이 많이 개선되었기 때문입니다. 먼저 신경과학, 인지과학 등과 같은 뇌 과학 분야가 엄청나게 발달했습니다. 그리고 빅 데이터와 같은 방대한 데이터를 처리할 수 있는 컴퓨터의 성능이 향상되었고 그와 동시에 기계 학습과 같은 인공지능 알고리즘도 크게 개선되었습니다. 이렇게 삼박자가 맞아떨어지자 인공지능은 그야말로 날개를 단 격이 되었습니다. 알파고가 이세돌을 꺾은 지가 엊그제 같은데 지금은 그 알파고가 상대도 안 되는 알파고 제로라는 인공지능이 나와 사람들을 두려움에 떨게 하고 있습니다.

앞으로 일이십 년 안에 사회의 거의 모든 분야가 인공지능으로 돌아가는 시대가 올 것입니다. 미래학자 레이 커즈와일은 2029년이면 인공지능이 인간의 능력을 뛰어넘을 것이라고 주장하고 있으며, 세계적인 물리학자 스티븐 호킹은 인공지능이 인류의 종말을 가져올 것이라며 당장 개발을 중단해야 한다고 말하고 있습니다. 과연 인공지능은 우리의 미래를 위협하는 괴물이 될까요? 조심스럽게 결론부터 말하자면 그럴 수도 있고 그렇지 않을 수도 있습니다.

지금 인공지능은 스스로 알고리즘을 만들고 코딩도 합니다. 인간의 손을 떠나 자기 스스로 문제를 해결하고 있다고 볼 수도 있겠죠. 그러나 분명한 것은 그것조차도 인간이 만든 프로그램에 의해서 작동되고 있다는 것입니다. 그러니까 그 어떤 인공지능도 자신의 의지로 어떤 목적을 가지고 스스로 프로그램을 만들지는 않는다는 것입니다. 그건 아직까지 영화에서나 볼 뿐입니다. 오랫동안 컴퓨터와 인간의 관계를 연구한 세계적인 수학자 로저 펜로즈는 자신의 책 『마음의 그림자』에서 인공지능의 알고리즘이 수학적인 논리 체계로 움직이는 한 그 어떤 인공지능도 인간의 마음을 이해할 수 없다고 주장했습니다. 다시 말하면 인공지능은 인간이 될 수 없다는 것입니다.

사실 지금도 인공지능은 충분히 인간의 능력을 넘어서고 있습니다. 인공지능의 정보처리 능력은 수십만 명의 인간이 평생을 해도 못할 일을 단 며칠 만에 해치웁니다. 그러나 중요한 것은 인공지능이 아니라 인간입니다. 그런 가공할 인공지능의 능력을 이용해 자신의 사리사욕을 채우려는 사람이 문제인 것입니다. 인공지능과의 공존은 다가올 세상에서 피할 수 없는 현실입니다. 우리가 인공지능을 잘 이용하면 우리 삶은 더욱 풍요로워지겠지만 나쁘게 이용하면 기계가 지배하는 세상이 올 수도 있습니다. 지금 우리가 어떤 마음으로 사회를 바꿔 가느냐에 따라 미래는 밝을 수도 어두울 수도 있습니다.

미래는 현재가 만듭니다.

2018 박용기